Rebecca Schulz
Verliebt auf Fehmarn

Als waschechtes Küstenmädel lebt Rebecca Schulz im hohen Norden und schreibt Romane mit ordentlich Ostseefeeling. Sie entführt ihre Leser:innen mit Sonne, Sandstrand und Möwen im Gepäck für ein paar schöne Stunden ans Meer.

Rebecca Schulz

Verliebt auf Fehmarn

Roman

PIPER

Mehr über unsere Autorinnen, Autoren und Bücher:
www.piper.de

Wenn Ihnen dieser Roman gefallen hat, schreiben Sie uns unter Nennung des Titels »Verliebt auf Fehmarn« an empfehlungen@piper.de, und wir empfehlen Ihnen gerne vergleichbare Bücher.

www.piper.de
Für direkten Kontakt und Fragen zum Produkt wenden Sie sich bitte an: *info@piper.de*

ISBN 978-3-492-50692-2

Redaktion: Diana Napolitano
Satz auf Grundlage eines CSS-Layouts
von digital publishing competence (München)
mit abavo vlow (Buchloe)
Covergestaltung: FAVORITBUERO, München
Covermotiv: Bilder unter Lizenzierung von
Shutterstock.com genutzt
Printed in Germany

Für meine Eltern, die sich seit einer Ewigkeit lieben.

Willkommen daheim

Das Ruckeln der Schienen verstärkt sich, als der Zug auf die Fehmarnsundbrücke fährt. Mit der Stirn lehne ich am schmutzigen Fenster und genieße die Frühlingssonne, deren gleißende Strahlen auf der tiefblauen Ostsee glitzern. Wie kleine Soldaten, die mit weißen Segeln die Sonneninsel bewachen, gleiten Segelboote über die ruhige Oberfläche des Wassers, während kreischende Möwen sie begrüßen.

Im Südwesten der Insel entdecke ich den Flügger Leuchtturm, und mich überkommt dieses berauschende Gefühl, wenn man von oben hinab in die Tiefe schaut und erkennt, wie klein die Welt auf einmal aussieht.

Nicht weit von der Südwestspitze entfernt ragt der Leuchtturm von Strukkamp empor, an dessen Seite ein paar Männer in der Ostsee angeln. Der Strandabschnitt dahinter und auf der anderen Seite der Fehmarnsundbrücke ist überflutet mit Menschen. Während der Zug über sie hinwegrauscht, schließe ich die Lider und stelle mir vor, wie ich barfuß im warmen Sand spazieren gehe. Wie der seichte Wind durch meine weißblonden Locken weht und der salzige Duft der Algen mir die Sinne vernebelt.

Willkommen daheim, Rike.

Die Lautsprecherdurchsage erklingt und eine sympathische Männerstimme verrät mir, dass wir gleich in Burg auf Fehmarn eintreffen. Mein erster Griff gilt meiner kirschroten Steppjacke, die ich mir über den dünnen Pullover ziehe, denn trotz des Sonnenscheins kann immer eine steife Brise auf Fehmarn wehen. Anschließend packe ich mein Buch von Kristin Hannah, *Die Nachtigall*, zurück in die Handtasche.

Nach zwanzig Jahren auf die Insel zurückzukehren entlockt mir einen tiefen Sehnsuchtsseufzer. Grüne Wiesen, Weizen-, Gerste- und Rapsfelder so weit das Auge reicht und zartrosablühende Kirschbäume wie absichtlich gesetzte Farbtupfer. Der Frühling ist mit seiner beginnenden Farbenpracht die schönste Jahreszeit, um nach Fehmarn zu kommen.

Wenige Augenblicke später fährt der Zug in den Bahnhof ein. Räder quietschen, Türen öffnen sich und lassen eine Luft herein, die nach süß-salzigem Brackwasser riecht und nach Seewind schmeckt. Mit einem Lächeln steige ich aus. Selbst wenn ich wollte, könnte ich meine Mundwinkel nicht dazu bewegen, nach unten zu wandern, denn endlich bin ich angekommen.

Unter lautem Möwenkreischen sauge ich den frischen Sauerstoff ein, setze meine übergroße Sonnenbrille auf, als könnte mich nichts aufhalten, und tigere los.

Auf ein Empfangskomitee habe ich verzichtet. Meine Ankunft will ich in vollen Zügen genießen, obwohl meine Mutter sich schwerlich davon abhalten ließ, mich nicht vom Bahnhof abzuholen. Zur Entschädigung schicke ich meinen Eltern eine SMS, dass ich gesund angekommen bin. Ihre fast vierzigjährige Tochter hat es allein geschafft, in Berlin am Hauptbahnhof in den Zug zu steigen, um nach Fehmarn zu fahren.

Zwei, drei Herzschläge lang bleibe ich auf dem Gehweg stehen und sehe dem Zug mit einem lachenden und einem weinenden Auge hinterher, als fahre er mit meiner

Vergangenheit davon. Tief atme ich ein, drehe mich euphorisch um und wende mich meinem neuen Leben zu.

Meine Wohnung liegt in Burg, in der Nähe eines Feldes, an das ein kleiner Wald grenzt. Vor ein paar Monaten habe ich das Grundstück zum ersten Mal gesehen. Gänseblümchen thronten auf einer grasgrünen, sehr gepflegten Rasenfläche, zu der meine gelbe Sonnenliege, die ich mir extra gekauft habe, hervorragend passen wird. Auf der Terrasse befand sich ein Strandkorb mit einem Muster aus Muscheln und blau-weißen Streifen, das mir sofort mein Herz gestohlen hat. Selbst das Gartenhäuschen und der weiße Lattenzaun wirkten wie einem Traum entsprungen.

Der Lärm am Stadtpark zieht mich in die Gegenwart zurück. Um den Kreisel auf der *Bahnhofstraße* stauen sich Autos und Wohnwagen, von denen manche die Größe eines Einfamilienhauses besitzen. Alle drängen nach Burg hinein. Während ich die Kennzeichen betrachte und darüber staune, aus welchen entfernten Ländern die Menschen nach Fehmarn reisen, bleibt mein Blick an der Bushaltestelle hängen. Sie thront auf einem schmalen Fußweg zwischen Stadtpark und Straße.

Augenblicklich lässt mich meine Vergangenheit nach Luft schnappen. Auf dieser Bank hat Jasper mich das erste Mal geküsst. Süßlich frisch hat seine Haut gerochen. An seinen Lippen hing der Geschmack von Bier, wobei er mich entschlossen zu sich gezogen hat, als wolle er mich nie wieder loslassen.

Und doch hat er es getan. Eine Entscheidung, bei der ich mich seit Jahren frage, ob es die richtige gewesen war. Was wäre gewesen, wenn Jasper mir nach Berlin gefolgt wäre? Wenn ich nach wie vor mit meinem Jugendfreund zusammen gewesen wäre? Zwei, drei Kinder? Haus,

Hund und Katze? Familienessen an den Wochenenden? Weihnachten bei meinen Eltern, am 1. Weihnachtstag bei seinen? Ausflüge in den Zoo und …

Ein ohrenbetäubendes Geräusch ertönt, als mich eine Wolke aus Abgasen einhüllt. Ich stehe mitten auf der Fahrbahn. Eben war die Straße noch frei gewesen, das weiß ich genau. Oder nicht? Meine Erinnerungen müssen mir den Verstand geraubt haben. Jetzt ragt neben mir ein Feuerwehrfahrzeug auf, bedrohlich wie ein Monster und so nah, dass mir der Geruch nach heißen Reifen in der Nase sticht.

Röte schießt mir in die Wangen, und ich umklammere meine Handtasche in der Hoffnung, unsichtbar zu werden. Über mir schreit ein Mann Worte, dunkel und wütend wie ein Bär. Ich wage einen kurzen Blick nach oben und entdecke zwei samtbraune Augen, die mich vom Fahrersitz aus angiften. Sie gehören einem stattlichen Feuerwehrmann, dessen verzerrte Gesichtszüge einem Gemälde von Picasso ähneln. Um seinen Mund hängt ein Bart wie ein Bienenstock, struppig und gefährlich, als hause er im Wald.

»Sind Sie verrückt?« Durch das offene Fenster fuchtelt der Feuerwehrmann mit den Armen. Um uns herum beginnt ein Hupkonzert aus wartenden Autos. Mein Puls beschleunigt sich millionenfach, während ich den angsterfüllten Kloß in der Kehle nach unten schlucke. »Achten Sie gefälligst darauf, wohin Sie laufen, Lady. Die Ampel hinter dem Kreisel ist nicht zur Dekoration da.«

In mir dreht sich alles. Ich fasse es nicht, dass ich in den Verkehr geraten bin. Ich bewege die Lippen, doch mein Rachen gleicht einer Wüste, beinahe verschlucke ich mich. Es dauert, bis sich ein erbärmliches »Entschuldigung« aus meinem Mund hinaustraut, das im andauernden Geschrei des Feuerwehrmanns kläglich untergeht. Zum Schutz vor seinen barschen Worten hebe ich die Hände, hangle mich auf wackeligen Beinen zurück an den Fußgängerweg und schiebe mich geschwind an der Bushaltestelle über die kleine Mauer in den Stadtpark hinein. Tauben und Krähen suchen das Weite, als ich mich an einen Baumstamm lehne, der meinen zitternden Händen Halt gibt.

Auf der Straße hinter mir quietscht es, Reifen drehen. Ich traue mich nicht hinzusehen, dafür höre ich, wie das Feuerwehrfahrzeug weiterfährt und das fortwährende Hupen verstummt.

Wie nach einem Unfall taste ich meine Gliedmaßen ab, für den Fall, dass ich unterwegs einen Arm oder eine Hand verloren habe. Mein Herz jedenfalls liegt wehrlos auf dem Asphalt und jedes Auto rast darüber wie über ein wertloses Stück Papier.

Schwer atmend durchforste ich meinen aufgewühlten Kopf, um mich an die Anweisungen meines Yogalehrers zu erinnern, bei dem ich meditieren und richtig atmen gelernt habe. Mit einer Hand auf dem Brustkorb und der anderen auf dem Bauch sauge ich die Luft um mich herum durch die Nase ein, um sie langsam durch den Mund freizulassen.

Halbwegs beginne ich, mich in meinem Körper wieder wohlzufühlen. Mir gegenüber steht die Stadtbücherei, in der Michael Ende mit seiner *Unendlichen Geschichte* meine Leidenschaft für Bücher entfacht hat. Das kleine weiße Gebäude und der Gedanke an wohlriechende Buchseiten schenken mir Sicherheit, und mit jedem weiteren Augenblick senkt das konzentrierte Atmen meinen rasenden Puls.

Was war schon geschehen? Durch meinen Fehltritt habe ich den Verkehr von halb Burg zum Erliegen gebracht – mehr nicht. Ich rolle mit den Augen und seufze schwer.

Willkommen daheim, Rike.

Den Rest des Weges schleiche ich mit gesenktem Kopf abseits der Hauptstraßen. Es dauert eine Weile, bis meine Wangen ihre natürliche Blässe zurückerlangen.

Auf dem Weg zu meiner Wohnung drehe ich zur Sicherheit jedem roten Auto den Rücken zu und passiere mehr von Burgs Nebengassen, als ich geplant hatte.

Koffer trage ich zum Glück keine bei mir. Meine Möbel und meine Kleidung sind gestern von einer Umzugsfirma geliefert worden. Neele und Gerrit haben für mich die Tür geöffnet und das Treiben beaufsichtigt. Dafür werde ich meinen Freunden heute Abend die weltbesten Muffins backen und mir mit ihnen ein Gläschen Wein gönnen.

An dem Sandweg, der zum Grundstück hinter einem Neubaugebiet führt, reicht mir der Raps bis zur Hüfte. Wann ich das letzte Mal neben einem Feld gestanden habe, erinnere ich mich nicht. Mit den Fingern gleite ich über die Stängel, von denen ein paar bereits leuchtend gelbe Blüten tragen. Der Duft nach Honig hüllt mich ein, während Bienen und Hummeln von Frühling summen.

Nach wenigen Minuten biege ich um eine saftig grüne Hecke. Dahinter verharre ich auf der Auffahrt, wobei die Sohlen meiner Stiefel fröhlich auf dem Kies knirschen.

Hinter dem dunklen Glas meiner Sonnenbrille sieht die Farbe meines neuen Zuhauses bräunlich aus, obwohl die Fassade aus edlem, grauem Stein gemauert ist. Der Strandkorb auf der Terrasse, ein Überbleibsel der Vormieterin, schürt meinen Wunsch nach Gemütlichkeit. In meiner Vorstellung sitze ich abends darin mit einem Glas

Wein, höre den Wind beim Brausen zu und zähle Sterne am Nachthimmel. Sterne, die ich in Berlin wegen der vielen Lichter kaum gesehen habe.

Home sweet home.

Ein Lächeln huscht über mein Gesicht und lässt mich die erlebten Strapazen vor dem Stadtpark vergessen. Das weiße Gartenhäuschen mit weißem Lattenzaun vor dem grün-gelben Rapsfeld könnte dem Titelblatt von *Wohnen auf dem Lande* entstammen. Ein atemberaubender Anblick.

Während ich der Eingangstür entgegentrete, schlägt mein Herz schneller. Auf diesen Moment habe ich lange gewartet. Die Entscheidung, nach Fehmarn zurückzukehren, hatte ich recht schnell getroffen. Aber eine passende Wohnung in Burg zu finden, hat sich schwieriger gestaltet als gedacht. Mit Glück und einem Fünkchen Vitamin B habe ich dieses Schmuckstück am Rand der Stadt gefunden.

Das Holzgeländer neben der Tür ist von Kratzspuren übersäht. Es verläuft an der Hauswand hinauf zur Wohnung im obersten Stock. Meinen neuen Nachbarn und seinen Kater habe ich beim Besichtigungstermin nicht kennengelernt, aber offenbar wetzt das Tier die Krallen am Holz, was er hoffentlich nicht bei meinem Strandkorb probiert.

Der weiße Lack der Eingangstür blendet mich, als ich den Schlüssel ins Schloss stecke und hineingehe. Im Flur kriecht mir ein Geruch nach Putzmitteln, Pappe und Packpapier in die Nase. Ich ziehe Steppjacke und Stiefel aus, werfe sie auf den Boden und schleiche wie eine Einbrecherin auf Zehenspitzen in mein Wohnzimmer.

»Hallo?«, wispere ich. »Ist jemand zu Hause?«

Nichts. Weder ein Hundebellen noch die Sirene eines Rettungswagens oder laute Musik sind zu hören, so wie es in Berlin der Fall gewesen wäre. Auf Fehmarn dringt lediglich Vogelgezwitscher von den Bäumen. Irgendwie surreal.

An der hinteren Wand über meinem cremefarbenen Sofa hängt ein kunterbuntes Banner.

Schmunzelnd lese ich die Aufschrift *Welcome back, Perle!*. Neele und Gerrit geben sich viel Mühe, mich nach all der Zeit auf unserer Heimatinsel willkommen zu heißen. Ich muss mich beeilen, um mein Dankeschön vorzubereiten. Musik, Backzutaten und Förmchen müssen her. Ebenso eine von den Sektflaschen, die ich für Notfälle aufbewahre. Schließlich ist mein Neuanfang ein Grund zum Feiern.

Eine Spur aus Pappe, die meine wenigen Habseligkeiten beinhaltet, leitet mich an dem Sofa, den zwei weißen Kommoden, dem Mahagoniesstisch und den nicht dazu passenden Stühlen vom Flohmarkt im Mauerpark vorbei. Ein kurzer Blick auf die gestapelten Kisten, die meine Büchersammlung beschützen – alles scheint unversehrt. Ich widerstehe dem Drang, meine literarischen Schätze in das Bücherzimmer einzusortieren und gehe ins Schlafzimmer.

Meine Matratze starrt mich klagend an. Sie wartet sehnsüchtig darauf, bespielt zu werden. Dass mein großes Bett von Einsamkeit erzählt, wird sich hoffentlich auf Fehmarn ändern. Schließlich ist mein jahrelanges Singledasein der Grund dafür, dass ich heimgekehrt bin.

Ehe mich beim Anblick der verlassenen Matratze Melancholie übermannt, eile ich auf die Kartons mit der Aufschrift *Küche* vor dem Bett zu. Meine Lieblingsplaylist mit Shania Twain auf dem Smartphone spielt *Ka-Ching!*, während ich die ersten Klebestreifen entferne, um Kochlöffel,

Schüsseln und Muffin-Förmchen herauszunehmen. Den Sekt pelle ich vorsichtig aus den Küchentüchern.

Mit einem Knall befreie ich den Korken aus der Flasche. Ein Vorgang, der mich jedes Mal wie ein scheues Reh zusammenzucken lässt. Dabei schmettere ich mein schönstes *Can you hear it ring, it makes you want to sing*, schwinge die Hüften und greife nach einem Sektglas aus dem Karton. Zum Refrain tänzle ich ins Wohnzimmer, das an die offene Einbauküche grenzt. Endlich eine Kochzeile, auf die mehr als bloß eine Kaffeemaschine passt.

Den Backofen wärme ich vor, die benötigten Zutaten, Schüsseln und das Rührgerät stelle ich auf die Arbeitsfläche. Schon bin ich in meinem Element.

Als Shania Twain aus *I'm Gonna Getacha Good* darüber singt, den Richtigen im Leben zu finden, ist meine Sektflasche halb leer und die Schokoladen-Muffins aus dem Ofen. Summend verziere ich die wohlduftenden Küchlein mit rosafarbener, französischer Buttercreme aus dem Spritzbeutel. Anschließend folgt eine Dekoration aus kleinen Rosen und Herzen, denn das Auge nascht immer mit.

Kurz die Beine hochgelegt, ab unter die Wolldecke. Mit Buttercreme im Mundwinkel und Sektresten auf den Lippen schlafe ich auf dem Sofa ein.

Ein mir unbekanntes Klingeln, mehr ein kurzes, haarsträubendes Dröhnen wie bei einer lauten Tröte, weckt mich. Kerzengerade sitze ich auf dem Sofa, die weiße Raufasertapete an der Wand gegenüber kommt mir fremd vor. Ich blinzle und reibe mir das müde Gesicht. Wie ein ungebetener Gast hängt mir der Schlaf in den Augen und verklebt mir die Sicht. Dass mir die Wimperntusche in den Fältchen haftet, ignoriere ich und stehe auf.

»Wir sind's, Perle.« Neeles quirlige Stimme dringt gedämpft herein. »Pizza Party! Pizza Party!«, ruft sie noch, da gesellt sich ein starrköpfiges Klopfen hinzu, das mich unweigerlich zum Grinsen bringt.

Ein Blick auf das Smartphone verrät mir, ich habe länger geschlafen als beabsichtigt. Die frühe Abfahrt nach Fehmarn und der Beinahezusammenstoß mit dem bärtigen Feuerwehrmann haben mich überwältigt. Während ich in den Flur schlurfe, versinkt hinter der Fensterscheibe im Badezimmer der sonnige Tag in einer graublauen Dämmerung.

»Moin!« und »Na, du«, schießt es wie aus Kanonen. Zwei der freundlichsten Gesichter, die je mein Herz erwärmt haben, lächeln mich an.

Ich beuge mich zu Gerrit hinunter, lege meine Hände um sein Gesicht und küsse ihn auf die Stirn. Danach stürzt Neele mir in die Arme, als hätte sie mich jahrelang nicht gesehen. Als Begrüßung hinterlässt sie mir mit ihrem neonpinken Lipgloss einen saftigen Abdruck auf der Wange.

Mit der Hand deute ich in den Flur hinein. »Willkommen in meinem Zuhause.«

»Hast du etwa geschlafen?« Neele verzieht das schmale Gesicht, wie sie es immer tut, wenn sie mit einer Situation unzufrieden ist.

Während ich nach einer Antwort suche, übergibt Gerrit mir die beiden Pizzaschachteln von seinem Schoß und lässt seinen Rollstuhl von Neele mit einem Ruck über die Türschwelle schieben.

»Ich bin alt, was soll ich sagen?« Es sollte nach einem Scherz klingen, doch meine Worte umgeben einen Hauch bitterer Wahrheit.

»Du wirst vierzig, Perle, nicht hundert. Vergiss das nicht!« Neele nimmt mir die oberste Schachtel ab, durchquert das Kartonlabyrinth im Wohnzimmer und setzt sich mit der Pizza auf mein Sofa. Die langen Beine überschlägt sie und wackelt ungeduldig mit ihren bunten High Heels. Gerrit rollt ihr hinterher, die Umzugskartons stehen gerade so weit auseinander, dass er problemlos hindurchfahren kann.

»Wo ist der Wein?« Neugierig reckt er den Hals in die Küche. »Die leckeren Muffins sehe ich, aber wo ist das rote Traubenzeug zum Hinunterspülen der Krümel?«

»Gebt mir ein paar Minuten, bitte.« Geschwind verschwinde ich ins Badezimmer.

Vor dem Spiegel lächle ich mir besonders freundlich zu, um wegen meines verschlafenen Anblicks keine schlechte Laune zu bekommen. Rasch frisch gemacht und ins Schlafzimmer gehuscht. Aus einem Koffer krame ich eine schwarze Jogginghose mit dem glitzernden *Juicy*-Aufdruck auf dem Hintern, bei der mir die Worte meiner Mutter in den Kopf kommen. *Eine Jogginghose ist wie eine Einstiegsdroge, Rikchen. Einmal ausprobiert und dein Stil ist dahin.* Was bei ihr so viel bedeutet, wie *Kein Mann bei klarem Verstand wird sich jemals für dich interessieren.*

Aber für Pizza und Muffins brauche ich mehr Platz, als meine enge Jeans mir gewährt. Da ich derzeit keinen Mann sehe, der mich begutachtet, wage ich das Risiko und schlüpfe in den gemütlichen Stoff.

Aus dem Wohnzimmer dringt *Atemlos* von Helene Fischer, und ich ahne, wie die kleine Einweihungsfeier enden wird: feuchtfröhlich mit anschließenden Kopfschmerzen. Morgen früh ist mein Arbeitsbeginn in der Buchhandlung, aber anders als in Berlin öffnet Hanna ihr Geschäft erst um neun Uhr. Wir treffen uns eine halbe Stunde vorher in Burg. Genug Zeit also, um auszuschlafen und den ersten Abend mit meinen Freunden zu feiern.

Mit dem Karton, der die Weinflaschen und Weingläser beinhaltet, kehre ich zurück ins Wohnzimmer. Muffins und Pizza liegen mittig auf dem Tisch. Gerrit öffnet die erste Flasche, ich reiche drei Weingläser mit eingefärbtem Stiel herum.

»Wie war die Fahrt?« Neele reicht mir ein Stück Pizza Hawaii und nimmt sich selbst einen Muffin, von dem sie zuerst die Buttercreme ableckt und dabei grinst, als wäre sie im Himmel.

»Alle Züge waren pünktlich. Die Fahrt an sich war sehr entspannt.« Der erste Bissen von meiner Pizza schmeckt nach einem Traum aus Ananas und Schinken. Der warme Käse klebt mir am Gaumen und hinterlässt einen würzigen Nachgeschmack, der nach mehr verlangt. »Das Schlimmste war die Ankunft. Ihr werdet mir nicht glauben, was passiert ist.«

Neben mir entkorkt Gerrit den Wein und riecht für mein Verständnis zu lang am Flaschenhals.

»Ich habe extra deinen Lieblingswein geholt. Den roten aus Frankreich mit dem goldenen Etikett.«

Dass Gerrit die Nase rümpft, als hätte ich ihm Wein aus einem schäbigen Getränkekarton mitgebracht, trifft mich. Ich mag zwar keine perfekte Gastgeberin sein, aber ich halte meine Versprechen.

»Ich weiß«, antwortet er mit einem theatralischen Seufzer. »Der Rotwein müsste ziehen, aber wie ich sehe ...«, Neele und ich strecken ihm unsere Gläser entgegen, als besitze er den letzten Tropfen Wasser auf der Erde, » ... wollt ihr ihn gleich trinken.« Beide nicken wir, ich hechle dabei mit ausgestreckter Zunge wie eine durstige Hündin.

»Jedenfalls«, fahre ich fort, während Gerrit Wein einschenkt, »bin ich am Stadtpark vorbeigeschlendert und habe in Erinnerungen geschwelgt.«

»An der Bushaltestelle?« Neele zwinkert mir zu. Mich überrascht es, dass sie sich daran erinnert, auch wenn ich ihr damals als Erste von dem Kuss mit Jasper erzählt habe.

»Genau.« Ich nehme ein Glas und schwenke den dunkelroten Wein, als wüsste ich, was ich tue. »Als ich die Straße überqueren will – ich schwöre euch, sie war vollkommen frei – bremst plötzlich ein Feuerwehrwagen neben mir und alle Autos hupen. Ich bin völl –«

»Das warst du?« Gerrit grinst über sein gebräuntes Gesicht. Wie er Ende März aussehen kann, als wäre es Hochsommer, ist mir rätselhaft. »Alex hat mir heute Mittag davon erzählt. Eine Touristin soll kopflos in den Verkehr gerannt sein. Er war kurz davor, seine Kollegen vom Rettungsdienst zu rufen.«

»So dramatisch ist das nicht gewesen. Aber gut zu wissen, dass das Lauffeuer auf Fehmarn genauso hoch brennt wie früher.« Sobald ich die Worte ausgesprochen habe, schlüpft mir Hitze ins Dekolleté. In meinen Ohren brummt die Wut der Autofahrer nach. Samtbraune Augen, die garstiger nicht hätten schauen können, starren von der Wohnzimmerdecke auf mich hinab und verfluchen mich in die tiefsten Tiefen der Ostsee.

Ohne anzustoßen genehmige ich mir einen großen Schluck Wein, um das Geschehene in die hinterste Ecke meines Gedächtnisses zu spülen.

Neele entweicht ein freches Glucksen. »Auf der Sonneninsel hat sich nichts verändert, Perle. Willkommen zurück.« Sie hebt ihr Weinglas in die Höhe, Gerrit macht es ihr nach. »Wir freuen uns, dass du wieder bei uns bist.«

»Auf euch!« Meine Freunde aus Kindheitstagen bei mir zu haben verstärkt meine Zuversicht, dass der Neuanfang trotz Startschwierigkeiten auf Fehmarn besonders gut werden wird.

»Auf uns!«, erwidert Neele.

Ein Weinglas führt zum nächsten, während ich meinen Gästen dabei zuhöre, wie sie von ihrem Leben auf der Insel erzählen. Wie Neele sich in die Selbstständigkeit gestürzt und das Bekleidungsgeschäft ihrer Mutter übernommen hat. Und wie Gerrit an den Wochenenden der Barfrau in *Mopsy's* Bierbar schöne Augen macht, um ihr Herz zu gewinnen. Ich erzähle ihnen von Berlin, vom aufregenden Leben in der Großstadt, aber auch von der Einsamkeit, die mich zwischen all den Pärchen gepackt hat, und dem gesellschaftlichen Druck auf Singles in meinem Alter, meiner Sehnsucht nach Ostseeluft, Sandstrand und meinen Freunden.

Gerrits Smartphone spielt Musik aus den Siebzigern, genau mein Geschmack. Nach der ersten Flasche Wein hält es mich nicht länger auf dem Stuhl. Jeder Ton dringt mir unter die Haut, und kein Karton ist vor mir sicher. Mit den Händen trommle ich auf Pappdeckeln, schwirre hüftschwingend durch das Labyrinth aus Möbeln und trällere Songtexte aus vollem Herzen in einer falschen Tonlage. Neele tanzt mit Gerrit vor der Terrassentür, beide gackern wie kleine Kinder beim Topfschlagen.

Als wären wir drei niemals getrennt gewesen. Als wären wir wieder 20 Jahre alt, noch grün hinter den Ohren und auf der Suche nach dem großen Glück und der wahren Liebe.

Gerade als Shirley & Company *Shame, Shame, Shame* singt und ich einen der schmutzigen Kochlöffel als Mikrofon verwende, um mit dem anderen auf den benutzten

Schüsseln zu schlagen, klingelt es Sturm an meiner Haustür.

Ich halte inne und horche mit angespannten Gliedern. Definitiv meine schreckliche Tröte.

»Schscht«, zische ich. »Hört ihr das nicht?«

»Was meinst du?« Gerrit dreht sich in seinem Rollstuhl vor Neele zu *Shame, shame, shame, hey shame on you, if you can dance too* im Kreis.

»Mach die Musik leiser.« Ich schleiche zur Tür und bete, dass meine Eltern nicht dahinter stehen und durch das Fenster gesehen haben, wie ich angetrunken mit Kochlöffeln um mich schlage.

»Vielleicht eine Stripperin?« Neele lacht dreckig und schaltet nach mehreren Versuchen Gerrits Smartphone leise. »Hoffentlich hat sie eine Freundin dabei, denn ich teile nicht mit dir.«

Ich kichere, als Neele sich zu Gerrit hinabbeugt, um ihn auf die Stirn zu küssen. Angewidert streckt er die Zunge heraus und wischt sich den klebrigen Lipgloss ab.

Abermals dröhnt die Türklingel und weckt vermutlich die ganze Stadt auf. Morgen früh ziere ich das Titelblatt des *Fehmarnschen Tageblatts: Fehmaranerin hält mit irrer Willkommensfeier Insel wach.*

»Bin gleich da.«

Bei der Lautstärke des Klingeltons fühlt es sich an, als wäre die Tröte direkt in meinem Kopf.

Memo an mich selbst: neue Klingel kaufen.

Ehe ich die Tür öffne, setze ich das freundlichste Lächeln auf, das ich mir abringen kann. Nicht, dass meine Mutter mir nachher vorwirft, ich würde mich nicht über einen Überraschungsbesuch freuen. Mein Lächeln verpufft jedoch wie heißer Dampf bei tosendem Ostseewind.

Zwei samtbraune Augen, die mir schmerzlich bekannt vorkommen, starren mich aus einer verkniffenen Miene an. Der Mann aus dem Feuerwehrfahrzeug steht mir gegenüber und schnauft wie ein Bär. Dieses Mal trägt er keine Einsatzkleidung, sondern einen schwarzen Onesie übersäht mit Katzenhaaren. Ich weiß nicht, ob ich lachen oder weinen soll, denn sein Einteiler sieht unter seiner borstigen Gesichtsbehaarung besonders flauschig aus.

Mein Herz fängt so kräftig an zu pochen, dass ich befürchte, er könne es schlagen hören. Ist der Wahnsinnige mir hinterhergefahren und will mich für meinen Fehltritt von heute Vormittag bestrafen?

»Sind Sie mir etwa gefolgt?« Ich kann nicht glauben, dass er vor mir steht. Zur Verteidigung halte ich den schmutzigen Kochlöffel in seine Richtung, was seine schlechte Laune nur noch weiter ankurbelt, denn er brummt einen ungehaltenen Ton von sich.

»Wissen Sie, wie spät es ist, Frau ...«, er pausiert und wirft einen kurzen Blick auf meinen weißen Briefkasten. »... Frau Hansen? Einige von uns sind hart arbeitende Leute und müssen früh aus dem Bett. Also machen Sie Ihre dämliche Musik aus, und hören Sie auf, unter meiner Wohnung Polka zu tanzen!«

»Sie ... sind mein Nachbar?« Zögerlich blicke ich auf, wobei ich die Hoffnung nicht aufgebe, dass er sich im Haus geirrt hat. Eventuell ist er ein verwirrter Streuner, der nachts schlafwandelt, um seine überaus gute Laune an die Nachbarschaft zu verteilen.

Schweigend steht mir mein neuer Nachbar im riesigen Strampler gegenüber. Und obwohl ich noch nie einen Mann etwas Lächerlicheres habe tragen sehen, muss ich bei näherer Betrachtung feststellen, dass unter diesem Wust von Bart, Wut und Katzenhaaren ein attraktiver

Mann steckt. Ich habe definitiv zu viel Wein getrunken und schüttle den Kopf, um diese Erkenntnis fortzujagen.

»Ich wohne direkt über ihnen, Lady. Und wenn Sie die Güte hätten, sich an die Vorschriften der allgemeinen Nachtruhe zu halten, dann werden wir zwei auch keine weiteren Probleme bekommen.« Sein Bienenstockbart reibt sich am schwarzen Fleecekragen wund, während er spricht.

Kichernd spähen Neele und Gerrit um die Ecke in den Flur.

Schöne Freunde.

Mit dem Kochlöffel gebe ich ihnen hinter meinem Rücken ein deutliches Zeichen zu verschwinden. Nicht, dass die beiden meinen Nachbarn zu unserer gemütlichen Runde einladen.

»Hören Sie, bitte. Es tut mir ausgesprochen ...«

Doch der Mann im feinen Fleece denkt nicht daran, mir zuzuhören. Er geht. Stirnrunzelnd strecke ich den Kopf aus dem Türrahmen, die Nachtluft legt sich kühl auf mein gerötetes Gesicht. Um nicht zu frieren, streife ich die Ärmel meines Pullovers zurück über die Unterarme. Rechts von mir bewegt sich ein Schatten in der Dunkelheit und poltert unter stampfenden Schritten die Holztreppe an der Hauswand hinauf.

Offenbar ist mein Nachbar ein Arsch. Er hätte sich wenigstens meine Entschuldigung anhören können, immerhin die zweite an diesem Tag. Langsam bekomme ich Übung darin, mich bei ihm zu entschuldigen. Mit einem lauten Knall ziehe ich die Haustür hinter mir zu.

Meine Antwort auf seinen unhöflichen Abgang.

Zurück im Wohnzimmer sinke ich auf den Stuhl und werfe den Kochlöffel in eine der leeren Pizzaschachteln auf dem Tisch. Meine Willkommen-in-meinem-tollenneuen-Leben-Laune hat sich in Luft aufgelöst. Wie ein mies gelaunter Vampir hat mein Nachbar mir den letzten Funken Spaß ausgesaugt.

Während ich auf meine geringelten Socken starre, breitet sich ein pochender Schmerz zwischen meinen Schläfen aus, und jetzt, da keine Musik mehr spielt, höre ich in dem Stockwerk über mir, wie jemand von der einen Seite zur anderen schlurft. Dieses Haus besitzt die dünnsten Wände, die jemals auf der Erde gezimmert wurden.

»Da hast du dir einen schönen Nachbarn ausgesucht.« Neele legt die nackten Füße auf den Tisch, wobei ihre Fußnägel in einem zurückhaltenden Knallpink glitzern.

Gerrit genehmigt sich den letzten Schluck aus seinem Glas und zwinkert mir zu. »Neele hat recht. Weißt du, wer das da oben ist?«

Frustriert nippe ich am Wein. »Ein Verwandter von Frankenstein?« Wenn ich daran denke, dass ich mit diesem Griesgram unter einem Dach leben soll, stellen sich mir die Nackenhaare auf. Ich sehe mich bereits die nächsten Tage verzweifelt den *Reporter* nach neuen Wohnungen wälzen.

»Nicht ganz.« Gerrit stellt sein leeres Glas ab. »Mein Bruder ist bei ihm in der Freiwilligen Feuerwehr. Das ist Thies Kruse, Wehrführer von Burg. Die größte Spaßbremse, die es auf der Insel gibt. Der gute Mann dort oben kennt nur Pflichten, Pflichten, Pflichten.«

»Und Mord.«

Ich verschlucke mich bei Neeles Worten am Wein. Ein paar Tropfen laufen mir das Kinn hinunter. »Bitte, was?« Mit einer fettigen Serviette aus der Pizzaschachtel wische ich mir das Gesicht sauber. »Wovon sprichst du? Was meinst du mit … Mord?«

Gerrit wirft Neele einen eindeutigen Blick zu. »Willst du ihr das wirklich erzählen? Die Polizei hat keine Beweise gefunden.«

Mein Magen rumort. Thies Kruse ist ein Mörder? Jetzt wundert mich nichts mehr. Deshalb habe ich diese Wohnung so schnell bekommen. Wahrscheinlich bin ich die einzige Bewerberin gewesen.

Innerlich ist mir zum Heulen zumute. Mein idyllisches Heim mit weißem Gartenzaun und Rapsfeld entpuppt sich als ein Unterschlupf für Gewaltverbrecher. Mit der flachen Hand reibe ich mir den flauen Magen. Das letzte Glas Wein war zu viel für mich.

Neeles dunkle Augen funkeln herausfordernd in unsere kleine Runde. »Keine Beweise bedeuten nicht, dass Thies es nicht gewesen ist. Er hatte ein Motiv und genügend Zeit.«

»Wen hat er denn ...?« Vor Anspannung beiße ich mir auf die Lippen, während über mir ruckartig das Schlurfen verstummt. Kann dieser Thies unser Gespräch mithören? Im Flüsterton fahre ich fort. »Erzählt mir sofort alles!«

Verschwörerisch beugt sich meine Freundin vor und winkt mich zu sich heran. »Thies Kruse soll seine Ehefrau zerstückelt haben. Susanne Kruse. Das muss ein Jahr her sein. Seitdem hat sie niemand mehr gesehen.«

»Hat er sie nicht erschossen?« Gerrit schnalzt mit der Zunge, als ahme er den Schuss nach.

»Erst erschossen, dann zerstückelt«, korrigiert Neele. »Als Jäger weiß er, wie man seine Beute unauffällig entsorgt.«

»Mir wird schlecht.« Rücklings lege ich mich auf den Laminatboden und starre an die sich drehende Zimmerdecke. *Wohnt über mir ein Frauenmörder? Weiß die Polizei, wo der Kruse sich befindet?*

Lauthals lache ich über meine panischen Gedanken. Natürlich weiß die Polizei, wo er sich befindet. Dies ist schließlich kein Thriller.

»Siehst du, Neele, ich habe es dir gesagt. Keine gute Idee. Jetzt wird Rike Albträume von ihm haben.« Fürsorglich fächert Gerrit mit der Hand vor meinem Gesicht herum. »Dabei sollte sie lieber von heißen Fischern träumen, mit denen ihre Mutter sie verkuppeln will.«

Stöhnend lege ich mir die Arme zum Schutz vor der grausamen Welt über die Augen. »Nur einer von der Liste ist Fischer. Den Beruf meiner anderen potenziellen Ehemänner kenne ich nicht. Sonntag wird sie mir alles erzählen. Meine Mutter hat unseren Hochzeitstermin bestimmt schon festgelegt.«

»Warum erzählst du ihr auch den wahren Grund für deine Rückkehr?« Energisch stößt Neele mein Bein mit dem Fuß an und steht auf. Von hier unten wirkt sie wie eine Riesin mit pinken Lippen. »Du hättest von Luftveränderung sprechen sollen. Wegen deiner Gesundheit. Dann wäre dir diese Farce erspart geblieben.« Sie greift nach meiner Hand, um mich unter einem herzhaften Gähnen hochzuziehen. »Oder sag ihr einfach, du bist lesbisch, so wie ich, und gehst mit mir in Hamburg auf Frauenjagd.«

Ich werfe mich meiner Freundin in die Arme. Ohne Neele und Gerrit wäre ein Neuanfang auf Fehmarn um einiges schwerer gewesen.

»Das ist eine gute Idee«, antworte ich ihr. »Nur würde das meine Mutter auch nicht davon abhalten, mir eine Liste mit heiratswilligen Frauen unter die Nase zu halten. Solange ich Single bin, werde ich ihrer Meinung nach niemals glücklich sein.«

Neele und Gerrit schweigen, was entweder daran liegt, dass sie beide müde sind oder sie die Ansicht meiner Mutter teilen. Von Neele weiß ich, dass sie in Hamburg eine unregelmäßige Liebelei pflegt. Und auch Gerrit hat es satt, allein durchs Leben zu gehen. Vermute ich jedenfalls, da er in Sachen Liebe wesentlich verschlossener ist als Neele.

»Mach dir keinen Stress mit deiner Partnersuche, Perle.« Neele umarmt mich ein weiteres Mal, dieses Mal besonders fest. »Es ist viel wichtiger, die Spitzenunterwäsche für dich selbst zu tragen, als für deinen Partner.«

»Oder deine Partnerin.«

»Jetzt denkst du wie ich. Das gefällt mir.«

Ich verehre Neele dafür, wie sie ihre Selbstliebe zelebriert und sich für nichts geniert. Eines Tages, wenn ich groß bin, möchte ich auch so sein. Dann werde ich mit erhobenem Kinn durch Burg marschieren und mich nicht darum scheren, wer was über mich denkt.

Neele nickt Gerrit zu. »Komm, Kleiner.« Dann schiebt sie sich um die Kartons herum. »Du hast den Kruse gehört. Es ist spät. Wir sollten ins Bett gehen.«

Meinen gruseligen Nachbarn habe ich beinahe vergessen. Gänsehaut überflutet mich, als ich daran denke, dass ich ihm von nun an täglich begegnen werde. Diesem buschigen Bart, diesen garstigen Augen, dieser unbändigen Wut.

Zwischen zwei Stapeln Kartons hält Gerrit an und kramt in der Hosentasche. »Dein Ersatzschlüssel. Du solltest ein geeignetes Versteck für ihn suchen, wo Thies ihn nicht findet. Wir wollen ihm keine Gelegenheit geben, einen weiteren Mord zu begehen.«

»Fang du nicht auch noch an.«

Gerrit streckt mir die mit Wein belegte Zunge heraus und winkt mich zu sich herunter. »Glaub dem Gerücht über Thies nicht. Seine Frau soll ihn für einen jüngeren Bengel verlassen haben und mittlerweile in einem Vorort von Hamburg wohnen.«

Ich seufze erleichtert. »Das wäre mir auch lieber, als wenn sie irgendwo auf der Insel in Stückchen vergraben wäre.« Ich drücke Gerrit zum Dank und schiebe ihn anschließend in den Flur. »Danke, dass ihr gekommen seid. Und danke für eure Hilfe beim Umzug, ohne euch hätte ich das alles niemals geschafft. Das bedeutet mir sehr viel.«

»Du bedeutest uns sehr viel, Perle.« Neele steht in der offenen Tür und wirft mir unzählige Luftküsse zu. Gerrit drückt seinen Rollstuhl über die Türschwelle und fährt in die kalte Nacht. Der halb volle Mond hängt über uns am dunklen Nachthimmel, umrahmt von unzähligen Sternen, die mir jetzt erst auffallen. Der Duft von Blättern, Bäumen, Gras und Blumen umfängt mich wie einen wärmenden Mantel und mildert den Schrecken, den Thies mir eingejagt hat.

»Kommt gut nach Hause.«

Ich winke meinen Freunden, während sie das Gartenhäuschen in Richtung Rapsfeld passieren. Neele ist bereits hinter der Nachbarshecke verschwunden, als sie auf High Heels zurück zu meinem Zaun stöckelt. »Schlaf gut!«, ruft sie in einer Lautstärke, die mich zusammenfahren lässt. »Und träum was Schmutziges von deinem Feuerwehrmann!«

So ein Miststück.

Mit wedelnden Händen scheuche ich meine sogenannte *Freundin* vom Gehweg und schlage die Tür hinter mir zu. Einen Augenblick lang lehne ich mit schlagendem Herzen und keuchendem Atem an der Wand. Lausche, bete, flehe, dass mein Nachbar schlummernd kleine Feuerwehrwagen zählt. Als ich keine Regung im Obergeschoss vernehme, atme ich durch.

Zur Sicherheit schließe ich die Haustür mehrfach ab und überprüfe alle Fenster und Türen, ob sie verriegelt sind. Erst danach gehe ich zu Bett, während der Schein der Nachttischlampe über mich wacht.

Unter einem Dach mit einem vermeintlichen Mörder.

Willkommen daheim, Rike.

Aller Anfang ist schwer

Ein dumpfer Knall befreit mich aus einer unruhigen Nacht. Im Halbschlaf vernehme ich das Trampeln von Schuhen draußen auf den Treppenstufen. Offenbar hat mein freundlicher Nachbar die Wahrheit erzählt. Er ist ein waschechter Frühaufsteher.

Thies Kruse. Mein letzter Gedanke, bevor ich eingeschlafen bin und mein erster, wenn ich aufwache.

Leidenschaftlich gähne und strecke ich mich unter der Wolldecke, die als provisorische Bettdecke hatte herhalten müssen. Der gestrige Tag sitzt mir in den Knochen und quält meine eingerosteten Gelenke. Auf meiner Zunge liegt der bittere Geschmack nach schalem Rotwein, und das grelle Tageslicht, das durch mein Schlafzimmerfenster brüllt, stiehlt mir fast das Augenlicht. Ich vermisse die bodenlangen Vorhänge aus meiner Berliner Altbauwohnung, die zwar nicht den Großstadtlärm, dafür den beginnenden Tag aussperren konnten.

Der erste Griff gilt meinem Smartphone. Unzählige Nachrichten meiner Mutter. Kurz nach sieben Uhr. Viel zu früh, obwohl die Vögel vor dem Fenster zwitschern, als wäre es Mittag. Kurz überlege ich, weiterzuschlafen, entscheide mich jedoch dafür, meinen ersten Tag auf Fehmarn zu nehmen, wie er ist: laut, sonnig, mit einem Hauch von Kopfschmerzen und übersäuertem Magen.

Beim Aufstehen lese ich Neeles Nachricht. Sie ist mit Gerrit wohlbehalten zu Hause angekommen. Ich freue mich, bald ihre gemeinsame Wohnung zu sehen, wie Neeles ungezügelte Weiblichkeit Gerrits Hang zur Unordnung in jedem Quadratmeter aufmischt.

Eine Dusche und einen riesigen Becher Kaffee mit zwei Stückchen Zucker, nichts anderes verlangt mein Körper jetzt. Mit nackten Füßen und in einem viel zu kurzen weißen Schlafshirt quäle ich mich ins Wohnzimmer, um die Kaffeemaschine plus Filter zu suchen, die ich gestern Nachmittag hatte bereitstellen wollen. Ich winde mich durch das Kartonchaos und reiße das Klebeband von der obersten Pappe, als mein Blick auf die Terrasse fällt.

Ein ungeheuer lautes Quieken entweicht mir.

Mitten auf den grauen Steinen hockt ein getigerter Kater mit schweren Knochen. Unter seinen Schnurrhaaren wackelt ein langer, dünner Schwanz, der zu einem sehr lebhaften, sehr kleinen Mäuschen gehört.

»Kusch, kusch!«, krächze ich mit belegter Stimme. Mein Klopfen an der Terrassentür ist weniger verhalten. »Verzieh dich. Kusch!«

Der Kater, dessen rechtes Ohr abgeknickt nach vorn hängt, als komme er frisch aus einem Gefecht, rührt sich nicht von der Stelle. Mit wachen, gelben Augen schaut er mich an, als erwarte er ein saftiges Dankeschön für den Fang. Doch da kann der verwahrloste Tiger lange warten. Tote Tiere auf der Terrasse kann ich zu meinem eigenen Kater nicht gebrauchen.

Vorsichtig öffne ich die Glastür, die kalte Morgenluft kriecht mir unter das T-Shirt. Wie ein wackeliges Windrad wedle ich mit den Armen, um den Kater mitsamt der Beute zu verscheuchen. Der Störenfried scheint die Geste jedoch misszuverstehen. Mit dem Mäuschen im Maul trottet er auf mich zu.

»Nicht!«, kreische ich. »Bleib stehen!«

Ich strecke ihm das nackte Bein entgegen und halte ihn mit dem Fuß auf Abstand, immer darauf bedacht, das Mäuschen zwischen seinen Zähnen nicht zu berühren. Als ein weißer Firmenwagen mit grün-gelber Aufschrift die Auffahrt hinauffährt und die Reifen auf dem Kies knirschen, hoffe ich, dass der Kater sich fortbewegt. Doch der spuckt das arme Tier nur auf den schönen, grauen Stein und rollt das benommene Mäuschen anschließend mit der Pfote über die Platten.

»Treten Sie nach Thunfisch?«

Ich ziehe das Bein sofort zurück, denn das griesgrämige Gesicht zu der eiskalten Stimme kommt mir unangenehm bekannt vor.

Thies Kruse stakst auf mich zu. Sein harter Gang steht im Widerspruch zu dem weichen Holzfällerhemd, das über seinem Werkzeuggürtel hängt, den er locker um die Hüfte trägt. Sein Gesichtsausdruck ähnelt einem Krieger, der für einen Sieg über Leichen geht. Lächelt dieser Mann denn niemals?

»N-nein!« Ich verfluche mich dafür, dass ich die Terrassentür geöffnet habe. Ich hätte liegen bleiben und ausschlafen sollen, so wie ich es vorhatte.

»Bloß verscheuchen.« Ich schenke Thies ein besonders charmantes Lächeln, als er vor mir an der Rasenkante abrupt stehen bleibt. »Ich mag keine Mäuse in der Wohnung, wissen Sie? Ich habe nicht einmal ein Haustier.«

Er reagiert nicht, weshalb ich weiterrede. Stumm mit ihm auf der Terrasse zu verharren und zu sehen, wie er mich mit samtbraunen Augen verurteilt, ertrage ich nicht ohne einen starken Kaffee.

»Früher war ich eine richtige Pferdenärrin, aber meiner Mutter war der Kontakt mit großen Tieren zu gefährlich, deshalb durfte ich kein eigenes Pferd haben, nicht einmal ohne Begleitung auf einem reiten. Ich erinnere mich genau, wie ich das erste Mal auf einem Pferd saß. Das war auf dem Reiterhof in Gahlendorf. Meine Beine baumelten in der Luft und die Zügel hatte ich fest ...«

Ich lasse den Satz ohne einen Punkt ins Leere laufen. So forschend, wie mein Nachbar mich betrachtet, hört er mir nicht zu. Wie beim Appell drückt Thies den Rücken durch, als bereite ihm die Konversation mit mir Unbehagen. Gleich salutiert er, so angespannt sieht er aus. Schweigend wie eine kräftige, deutsche Eiche steht er vor mir. Eigentlich besitze ich eine Schwäche für große Männer, bei denen ich mich auf die Zehenspitzen stellen muss, um mir einen Kuss zu stehlen. Aber für Thies und seinen Bart mache ich eine Ausnahme.

»Die Maus wird nicht mehr lange leben«, sagt er mit Blick auf den Kater. »Thunfisch ist ein echter Killer.«

Genauso wie sein Dosenöffner, schießt es mir durch den Kopf und ich unterdrücke ein Lachen. Dass Neele mir dieses Gerücht erzählt hat, werde ich ihr nie verzeihen.

»Glauben Sie mir nicht?«

Mein Nachbar fixiert mich, als würde ich mir eher eine Beleidigung als jemals einen Kuss von ihm einfangen. Was hat dieser Mann gegen gute Laune? Er wirkt wie der Grinch. Grantig und haarig, nur weniger Grün.

»Doch, ich glaube Ihnen.« Mit Thies zu diskutieren würde heute früh nicht gut für mich enden. Mir fehlt meine übliche Dosis Koffein, die mich einigermaßen klar denken lässt. Dafür betrachte ich das wohlgenährte Fellknäuel vor mir, das abgeknickte Ohr, das strubbelige Fell, den sehnsüchtig verklärten Ausdruck im getigerten Gesicht.

»Ihr Kater sieht unglaublich gefährlich aus. Ein regelrechtes Monster.«

Ein Schmunzeln zuckt um die Mundwinkel meines Nachbarn. Ein zartes, scheues Lächeln. Wenn ich zu lange auf seinen schönen Mund starre, verscheuche ich es. Deshalb hole ich nach, was ich ihm gestern Nacht hatte sagen wollen.

»Es tut mir sehr leid, Herr Kruse ... wegen gestern.«

»Was meinen Sie?« Sein Lächeln löst sich so schnell auf, wie es entstanden war. »Dass Sie mir kopflos vor mein Auto gelaufen sind oder mich um meinen wohlverdienten Schlaf gebracht haben?«

Tiefschlag. Offenbar ist mein Nachbar niemand, der vergisst, geschweige denn verzeiht.

Ich schlucke meinen Stolz hinunter und will die Sache zwischen uns bereinigen. Immerhin habe ich vor, in dieser Wohnung ein paar schöne Jahre zu verleben, bis ich jemanden gefunden habe, mit dem ich mir ein Häuschen teilen kann. Da möchte ich nicht jedes Mal in Deckung hüpfen, wenn sein Bart auf unserer Auffahrt schleift.

»Für beides möchte ich mich entschuldigen.« Ich trete auf die Terrasse und spüre den kalten Stein unter den nackten Füßen. »Ich war so froh über einen Neuanfang auf Fehmarn, wissen Sie? Da habe ich glatt meine guten Manieren vergessen. Könnten wir nicht von vorn anfangen?« Energisch strecke ich ihm die Hand entgegen. »Ich bin Rike, Friderike Hansen. Ihre neue Nachbarin.«

Zu meinem Erstaunen reagiert Thies nicht. Von der weltbekannten Fehmaraner Freundlichkeit sehe ich nichts. Sein Blick ruht wortlos auf mir, selbst sein mächtiger Bart zeigt keine Regung, nur seine Ohren gewinnen unter dem nussbraunen Haar langsam an Röte.

Je länger wir uns schweigend gegenüberstehen, je länger er mich eindringlich betrachtet, desto mehr befürchte ich, dass meine Geste unpassend war und er sich von mir bedrängt fühlt.

Ehe ich die Hand zurückziehen kann, greift er nach ihr und hält sie mit einer Sanftheit fest, die ich hinter dieser grummeligen Fassade nicht für möglich gehalten hätte.

»Thies Kruse. Ihr neuer Nachbar.«

Erleichtert atme ich auf, denn die Welt zwischen uns ist wieder in Ordnung. Seine Finger fühlen sich rau an, warm. Als würde er viel mit den Händen arbeiten, draußen an der frischen Luft. Und der Duft, den er trägt, erinnert mich schlagartig an Wald, Laub, frische Herbstluft und ...

»Sie sollten sich etwas anziehen, Frau Hansen. Es ist kälter, als es aussieht. Nicht, dass Sie sich einen Schnupfen holen.«

»Wie bitte?«

Ich folge dem Fingerzeig, der auf meine nackten Beine gerichtet ist.

»Verflucht! Ich ... Oh, ich muss ...«

Erst jetzt bemerke ich, dass ich halb nackt vor ihm stehe. Geschwind ziehe ich mir das Schlafshirt über den Hintern, springe auf Zehenspitzen zurück ins Wohnzimmer und verriegele die Terrassentür, während Thunfisch und Thies mir wie einer Verrückten nachblicken.

Mit roten Wangen spähe ich durch die Scheibe, doch Thies ist gegangen. Offenbar genießt er es, ohne eine Verabschiedung auf dramatische Weise zu verschwinden. Das donnernde Geräusch, das seine Arbeitsschuhe auf der Holztreppe an der Vorderseite hinterlassen, bestätigt mir, dass er hinauf in seine Wohnung geht.

Verschämt blicke ich an mir hinab. Dunkelroter abgesplitterter Nagellack, kalkweiße Beine, die eher den Granitplatten auf der Terrasse ähneln als Gerrits attraktiver Sonnenbräune. Nicht zu guter Letzt pralle Schenkel, die an ein zu kurzes Höschen grenzen, das mit seinem getigerten Muster Thunfischs Fell Konkurrenz machen könnte.

Mist. Mist. Mist.

Schnaufend ziehe ich das weiße T-Shirt in die Länge, fast zerreißt es. Meine Wangen brennen, als ich auf die Uhr sehe. Halb acht. In einer Stunde bin ich mit Hanna verabredet, und ich habe weder Handtücher ausgepackt noch den passenden Karton mit den Utensilien für das Badezimmer gefunden.

Thunfisch ist fort und hat mir das Mäuschen dagelassen, wohl als Einweihungsgeschenk. Aber um das tote Tier werde ich mich später kümmern, jetzt muss ich erst meine Unterwäsche finden.

Eine heiße Dusche und ein langes Telefonat mit meiner Mutter später stehe ich abgehetzt vor der *Inselbuchhandlung* in Burg und warte mit einem Coffee to go in einem Thermobecher auf meine neue Chefin. Als Frühstück mussten zwei Muffins mit Buttercreme herhalten, die von gestern Abend übrig geblieben waren. Dass ich ohne Hose vor meinem Nachbarn gestanden habe, schießt mir alle paar Minuten wie ein heißer Strahl unangenehm durch den Körper. Ich umklammere den Kaffee, presse meine Finger an das glatte Material und vertreibe die Erinnerung durch mehrfaches Kopfschütteln.

»Rike! Moin!« Hanna steht hinter mir und sieht mich mit wachen Augen an. Ihre rotblonden Haare hat sie kunstvoll zu einem Dutt geformt, auf dem mühelos ein kleines Vogelnest Platz haben könnte. Zu Hause warten Mann und Kind, tagsüber arbeitet sie in ihrer Buchhandlung, und sie sieht trotzdem aus wie zu unserer Schulzeit. Nicht eine Falte. Ich dagegen kümmere mich bloß um mich selbst und fühle mich heute früh nicht wie Ende dreißig, sondern wie hundert. Und meine Frisur ähnelt etwas zwischen Pferdeschwanz und Hochsteckfrisur.

Ich umarme Hanna zur Begrüßung und betrete nach ihr die *Inselbuchhandlung*. Der Geruch nach beschriebenen Seiten voller Liebesgeschichten, Spannung und fantastischen Welten erinnert mich stets an die Stadtbücherei meiner Kindheit und gibt mir ein Gefühl von Heimat. In keinem Beruf könnte ich glücklicher sein als in dem einer Buchhändlerin. Als Neele mir erzählt hatte, dass in der *Inselbuchhandlung* eine Stelle frei wird, war mein Wunsch an die Ostsee zurückzukehren zum Greifen nahe.

»Wir machen um neun Uhr auf.« Hanna schaltet die Beleuchtung ein, was die Bücher in den deckenhohen Regalen und auf den Tischen in einem besonders gemütlichen Licht erscheinen lässt. »Bist du gestern gut angekommen?«

Ich nicke nur, da ich kein Bedürfnis habe, ihr von der Begegnung mit Thies zu berichten. Stattdessen lasse ich mich an meinem Arbeitsplatz herumführen. Für mich gibt es nichts Schöneres, als eine lange Unterhaltung über Bücher.

Der Aufbau ähnelt *Hugos Bücherkiste*, der kleinen Buchhandlung in Friedrichshain, in der ich meine Ausbildung absolviert und die letzten Jahre gearbeitet habe. Nur bietet Hanna in dem breiten Schaufenster ihrer *Inselbuchhandlung* neben den aktuellen Bestsellern und Neuerscheinungen eine große Auswahl an Ostseekrimis an.

Dieses Jahr scheinen Möwen auf dem Buchcover besonders begehrt zu sein.

Postkarten und Glückwunschkarten liegen neben dem Eingang in fein sortierten Drehständern. Dahinter hängen Ratgeber und Sachbücher an der Wand, die in erster Linie Ernährung und Gesundheit propagieren, aber auch Yoga, Erziehung und Selbstfindung. Die Hälfte dieser Bücher besitze ich selbst und schmunzle, als ich *Am Arsch vorbei geht auch ein Weg* entdecke.

Neben dem Regal für Kinder- und Jugendbücher zeigt Hanna mir eine Ecke für Young- und New-Adult-Bücher in Pastellfarben. Der Bereich für Fantasy und Science-Fiction fällt im Gegensatz zu meinem ehemaligen Arbeitsplatz klein aus. Offenbar interessieren sich die Fehmaraner und Touristen nicht sonderlich für Magisches oder Übernatürliches.

Die Rückwand der Buchhandlung ist mit Krimis und Thrillern gepflastert, mittig stehen Tische, auf denen sich ebenfalls Spannungslektüre stapelt, aber auch Frauenromane sowie historische Romane. »Fehmarns liebste Bücher«, wie Hanna diesen Bereich betitelt.

In meinen bevorzugten Regalen, die sich über die Wand neben dem Kassenbereich erstrecken, finden sich Klassiker wie Jane Austen und Charles Dickens, aber auch zeitgenössische Literatur und – besonders wichtig – die Liebesromane. *Mein letzter Wunsch* von Nicholas Sparks und Eli Shafaks *Das Flüstern der Feigenbäume*, aber auch *Ein ganzes halbes Jahr* von Jojo Moyes, die allesamt dazu einladen, sich Hals über Kopf in ein Abenteuer zu stürzen, um sich tränenreich zu verlieben. Ebenso wie ich es für meinen Neuanfang auf Fehmarn geplant habe. Nur weniger Tränen, dafür mehr Liebe.

»Diese Briefe müssen zur Post. Kann ich dich allein lassen?«

Nickend stehe ich neben der Kasse und widme mich den grauen Bücherboxen, die die neu bestellten Bücher beinhalten. »Lass dir Zeit. Wie die Kasse funktioniert, weiß ich.«

Mit einem Klicken löse ich den Deckel der ersten Box und betrachte die oben liegenden Bücher. Der Ravensburger *Dinosaurier-Atlas* verdeckt mit seinem dunkelblauen Cover den Großteil des Inhalts. Dazwischen schauen Lucinda Rileys *Die verschwundene Schwester* und *Der Zopf* von Laetitia Colombani heraus.

Ich nehme *Der Zopf* in die Hand, lese den Kundennamen *Purzel* auf dem Aufkleber über der ISBN und sortiere das Buch unter den Buchstaben *P* in den Abholschrank hinter der Kasse. Das nächste Buch ist *Perfect Day* von Romy Hausmann, *K. Schmidt* hat es bestellt. Mit dem Finger gleite ich über das Alphabet am Regal, um das passende Fach zu finden, als die Glastür aufschwingt und die Türglocke preisgibt, dass jemand hereinkommt.

»Hast du etwas vergessen, Hanna?« Ich drehe mich nicht um, sondern stelle erst den Thriller unter *Sch* für *K. Schmidt* bereit.

»Wenn ich aussehe wie Hanna«, raunt eine männliche Stimme hinter mir, »habe ich alles falsch gemacht.«

Ich schrecke herum und wünsche mir gleichzeitig, ich hätte ein Buch in der Hand, an dem ich mich festhalten kann.

»Oh ... Sie.«

»Ja ... ich.«

Mit jedem hätte ich an diesem Morgen gerechnet, selbst mit meiner Mutter, die mir zu meinem ersten Arbeitstag nach unserem ausgiebigen Telefonat noch persönlich

Glück wünschen möchte. Aber nicht mit ihm. Thies Kruse.

Seinem verwirrten Gesichtsausdruck nach zu urteilen scheint er ebenso überrascht zu sein wie ich. Seine linke Augenbraue wandert in die Höhe und legt seine Stirn in tiefe Falten.

»Sie haben meinen Rat befolgt und sich eine Hose anzogen.«

Ich blicke an mir hinab und ziehe das Bündchen meines dunkelblauen Rollkragenpullovers tiefer über die Jeans. Hoffentlich versteckt der weite Kragen meine aufsteigende Hitze am Dekolleté.

»Was …« Händeringend suche ich nach den passenden Worten, um ihn als Kunden zu begrüßen. Wenn wir uns professionell begegnen, kann nichts schiefgehen. »Womit kann ich Ihnen helfen?« Dem Ausgang? Der befindet sich hinter Ihnen. Vielen Dank für Ihren Besuch und auf Nimmerwiedersehen.

Thies blickt mich schweigend an. Wundert er sich, dass ich nicht auf seine Anspielung eingehe? Darauf kann er lange warten. Ich greife mir einen Kugelschreiber und tue, als müsse ich mir Notizen auf einem kleinen Papierstapel neben der Kasse machen.

»Ist Hanna nicht da?« Sein Blick verharrt auf mir. Irgendwie charmant. Und gleichzeitig gruselig.

»Sie ist gleich zurück. Soll ich ihr sagen, dass Sie nach ihr gesucht haben?«

Ein Brummen ertönt unter dem gewaltigen Bart, was ich als Ablehnung deute.

»Kann ich sonst etwas für Sie tun? Interessieren Sie sich für Dinosaurier?« Ich weiß nicht, warum ich das frage, aber ich nehme gleichzeitig das dicke Kinderbuch aus der grauen Box heraus. Das Buchcover präsentiert zähnefletschende Dinosaurier, die mich stark an meinen Nachbarn erinnern. »Das bringt Freude in Ihr Leben.«

Ich erkenne mich selbst nicht wieder. Gleich schwatze ich ihm ein Yoga-Buch für Fortgeschrittene auf. Alles würde ich ihm verkaufen, Hauptsache er geht.

»Ich möchte mein Buch abholen.«

»Ah, sicher.« Endlich. Eine Aufgabe, die ich erfüllen kann. »Thies Kruse.« Es ist mehr eine Aussage als eine Frage, der er jedoch mit einem Brummen zustimmt.

Hinter mir im Regal suche ich nach dem Buchstaben *K*, gleite mit den Fingern über die Bücher, um auf deren Rückseiten die Namen auf den Etiketten zu entziffern. *Thies Kruse* ist nicht dabei. Ich verkneife mir ein verzweifeltes Stöhnen und suche zwei Regalbretter tiefer unter *T*. Irgendwo muss Hanna das Buch abgelegt haben, oder befindet es sich bei den neuen Lieferungen?

»Wie lautet der Titel?« Mit jedem Wort klingt meine Stimme nervöser, eine Tatsache, die ich gern verschweigen würde. Ein schneller Blick zur Tür versichert mir, dass Hanna nicht so schnell von der Post zurückkommt, wie sie versprochen hat. Dann muss ich wohl allein mit dem Bartmann zurechtkommen. Automatisch knackse ich mit meinen Fingernägeln. »Ich werde es gleich für Sie heraussuchen.«

Ich hätte schwören können, dass Thies sich über mich lustig macht. Um seine samtbraunen Augen entstehen Lachfältchen, die ich vorher nicht bemerkt habe.

»Bestellt habe ich *Der Zopf* von …«

»Laetitia Colombani«, unterbreche ich ihn. »Ihr Buch ist heute angekommen.«

Habe ich den Roman nicht unter *P* einsortiert? Ich greife nach dem gold-blauen Hardcover aus dem Bereich *P* und entdecke den Abholnamen *Purzel* über der ISBN.

»Sind Sie ... *Purzel*?«

Ein kurzes Stöhnen ertönt, gefolgt von einem Augenrollen. »Ist das nicht offensichtlich?«

»N-nein. Nicht für mich.« Thies ist alles andere als klein. Gerade wirkt er wie ein mächtiger Vulkan, der alsbald Lava spucken und mich für die seltsamen Fragen verschlingen wird.

»Seit der ersten Klasse macht Hanna sich über mich lustig. Damals war ich der Kleinste.«

»Heute sind Sie definitiv der Größte.«

Thies brummt.

»Soll ich es für Sie einpacken?« Ich greife nach dem farbenfrohen Geschenkpapier, das über einer Rolle an der Wand befestigt ist, und reiße ein Stück ab, um das Buch als Geschenk einzupacken.

»Nicht nötig.« Er fährt sich über den Bart, als müsse er das Gestrüpp beruhigen. »Das Buch ist ... Es ist für mich.«

»Für ... Sie?«

Jetzt bin ich diejenige, die ihn anstarrt. Ich wünschte mir, ich könnte meine Verwunderung verbergen, kann es aber nicht. Dass mein Nachbar, der Tischler, mit den rauen Händen und dem verwilderten Bart, dass Thies Kruse diesen Roman selbst lesen will, ein Buch, das vermehrt von Frauen gelesen wird, damit hätte ich im Leben nicht gerechnet. Und mit meiner unüberlegten Frage überschreite ich eine Grenze, die ich nicht übertreten dürfte. Als Buchhändlerin geht mich der Lesegeschmack meiner Kunden absolut nichts an.

Und Thies sieht es genauso. Die Lachfältchen verschwinden, und seine Mundwinkel nehmen dieselbe ungehaltene Form an wie gestern.

»Es ist ... Ich wollte damit ...« Mir fällt keine geeignete Erklärung ein. Ich bin zu weit gegangen.

»Ich. Kann. Lesen. Frau. Hansen.«

Eiskalt läuft es mir den Rücken hinunter, so, wie er jede einzelne Silbe mit Verachtung bestückt und mit einem ungehaltenen Brummen hinterlegt. Rasch scanne ich das Buch in die Kasse ein und suche nach den passenden Worten, um ihn höflich hinauszukomplimentieren.

»Bitte entschuldigen Sie, so war das nicht gemeint.«

Thies schiebt mir das Geld, das er aus der Hosentasche genommen hat, über den Tisch zu, während ich synchron die Kasse öffne und es hineinlege.

»Möchten Sie eine Papiertüte?«

Er schüttelt den Kopf. Wie heiße Ware schiebe ich ihm den Roman über den Tisch, den er ruckartig entgegennimmt. Ich fühle mich, als hätte er mich mit dem Feuerwehrwagen angefahren, und sehe mit glühenden Wangen dabei zu, wie Thies sich von mir entfernt.

Die Türglocke ertönt, und ich will gerade durchatmen, da dreht sich mein Nachbar um.

»Sie sollten sich nicht über den Lesegeschmack anderer lustig machen. Dies ist eine freie Insel.«

Ich presse den Kiefer aufeinander und schnaufe. »Es ... Verzeihen Sie mir, bitte, Herr Kruse.«

Ein Brummen ertönt, die Glocke klingelt, und die Tür fällt hinter Thies zu.

Ich wage erst wieder zu atmen, als ich Hanna vor dem Schaufenster entdecke, wie sie ihn mit einer Umarmung begrüßt. Mein Nachbar gestikuliert mit dem Buch in der Hand, was mich nichts Gutes erahnen lässt. Ich wende den Blick ab.

Das nächste Buch aus der Kiste ist von Angie Thomas *The Hate You Give. R. Müller* hat es bestellt. Definitiv nicht

Thies Kruse oder *Purzel.* Ich sortiere das Buch unter *M* ein, als die Türglocke erklingt und Hanna auf mich zukommt.

»Du hast bei Purzel einen bleibenden Eindruck hinterlassen.« In den Händen sortiert sie Quittungen. Ich suche noch nach der passenden Entschuldigung, da fügt sie hinzu: »Mach dir nichts draus. Im Grunde steckt unter dieser groben Waldschratschale ein überaus herzlicher Kerl.«

Diese Schale ist sicher aus Beton.

»Ich kenne niemanden auf Fehmarn, der hilfsbereiter ist als Purzel. Besser aber, du lachst nicht mehr über seinen Buchgeschmack. Ich möchte ihn nicht als Kunden verlieren, das kann ich mir nicht leisten.«

»Gelacht habe ich nicht.« Nachdenklich sehe ich Hanna hinterher, wie sie an den Tischen vorbei in ihr Büro geht. »Ich war erstaunt, das ist alles.« Wer hätte gedacht, dass so ein Berg von Mann Frauenromane liest? Die männlichen Kunden in Friedrichshain interessierten sich eher für Krimis, Thriller, Fantasy und Science-Fiction. Eventuell ein historischer Roman, der im alten Rom spielt oder eine Biografie über einen erfolgreichen Mann. Um die gehobenere Literatur und Liebesromane machten die meisten von ihnen einen großen Bogen. Aber diesen Fehler würde ich nicht wieder begehen.

Da keine weiteren Kunden kommen, leere ich die Bücherboxen, befülle die kleinen Stapel auf den Tischen mit neuen Büchern und stelle meine bevorzugten Liebesromane mit dem Buchcover nach vorn ins Regal, um deren Verkauf zu steigern. Dass Hannas Buchhandlung außerhalb der Hauptsaison so wenig Kundschaft besitzt, bringt mich zum Nachdenken. In Berlin haben wir einen Buchclub ins Leben gerufen, um das gemeinsame Lesen in der Nachbarschaft zu fördern.

Ich erzähle Hanna von der Idee. Sie bittet mich sogleich, alles Nötige zu organisieren. Ein Buchclub auf Fehmarn. Treffen können wir uns donnerstags in der Buchhandlung. Wenigstens ein kleines Erfolgserlebnis, das meine Laune am ersten Arbeitstag gehörig steigert.

Nachdem ich zwei weitere Kunden mit Büchern versorgt habe, drucke ich Flyer aus, um die Zettel in der Mittagspause in den Geschäften von Burg zu verteilen und mich mit meinen Freunden beim Italiener zu treffen.

Die Pizzeria *Allegro* liegt schräg gegenüber vom Rathaus auf dem mittelalterlichen Marktplatz. Schnell husche ich über die Fußgängerampel bei der Volksbank und biege vor dem Modehaus *Olderog* auf das Kopfsteinpflaster ein. Auf meinen Absätzen wanke ich über die groben Steine wie ein Segelboot auf stürmischer See, während ich schon von Weitem meine Freunde entdecke.

Neele trägt einen grellgelben Pullover, der mich stark an Bibo aus der Sesamstraße erinnert. Der Wind weht heute mäßig, und an dem hellblauen Himmel hängt kaum eine Wolke. Im Slalom laufe ich zwischen einer Großfamilie hindurch, die mit ihren Fahrrädern das Schaufenster von Neeles Bekleidungsgeschäft versperrt.

Wenige Sekunden später sitze ich gegenüber von meinen Freunden. Das Rathaus aus rotem Backstein glänzt in der Sonne orangerot, darüber erkenne ich eine Möwengang auf dem dunklen Dach, die so laut kreischt, dass ich dem Tischgespräch nur schwer folgen kann.

Gerrit berichtet von einem Softwareproblem, an dem er gerade arbeitet, während ich neugierig die Umgebung inspiziere. Ich komme mir wie eine Touristin vor. Die Innenstadt hat sich in den letzten Jahren sehr verändert. Die Außenplätze der Bäckereien und Restaurants sind gut belegt, selbst bei *Rossmann* und *Kaufhaus Stolz* strömen die

Menschen wie am Fließband ein und aus. Warum kommen dann kaum Kunden in die *Inselbuchhandlung*? Liegt das Geschäft zu weit vom Marktplatz entfernt? Ich werde Hanna vorschlagen, hier in der Nähe ein Schild aufzustellen, damit jeder weiß, wo sie sich befindet.

Das Essen kommt, und ich erzähle meinen Freunden von der morgendlichen Begegnung mit Thies und Thunfisch auf der Terrasse. Neele verschluckt sich vor lauter Lachen an ihren Penne mit Garnelen, als ich mitten im Satz abbreche.

Ein breites Lächeln wächst auf meinem Gesicht, das ich nicht verhindern kann. Schlagartig fühle ich mich in meine Jugend zurückversetzt. Vor der Bäckerei *Junge* an der Straße gegenüber steht Jasper. Klassenschwarm und mein Ex-Freund. Wie ein Geist aus der Vergangenheit kommt er mir vor, der mich über die Jahre hinweg viel zu oft in meinen Träumen besucht hat.

Vor Jahren habe ich Jasper das letzte Mal auf Fehmarn gesehen. Flüchtig. Ich saß auf dem Beifahrersitz meiner Schwester, als Jasper im Polizeiwagen an uns vorbeifuhr. Die Hand hatte er beiläufig zum Gruß erhoben. Noch heute zweifle ich daran, dass er mich erkannt hat, sonst hätte er anders reagiert.

Vor Anspannung halte ich die Luft an und zähle die Augenblicke, bis er mich entdeckt. Dieses Mal ist es anders. Dieses Mal haftet sein Augenmerk auf mir. Nachdenklich beißt er von seinem Brötchen ab.

Freut er sich nicht, mich zu sehen? Auf die Entfernung kann ich das nicht sagen. Wie eine griechische Statue steht er am Polizeiwagen, imposant und charismatisch, obwohl die dunkelblaue Schirmmütze den Großteil seiner strohblonden Haare verdeckt.

»Was ist los?« Gerrit folgt meinem starren Blick. »Ah, das ist los. Das war nur eine Frage der Zeit, bis ihr euch begegnet.«

Viel zu oft habe ich mir das erste Treffen mit Jasper auf Fehmarn ausgemalt. Ich, wie ich gertenschlank in einem bunten Sommerkleid über den Sandstrand laufe. Jasper, oberkörperfrei und von der Sonne geküsst, sieht mich, und läuft freudestrahlend auf mich zu. Oder ich, wie ich mit dem Fahrrad über die Insel fahre, einen platten Reifen habe und er rechtzeitig vor Regeneinbruch mit dem Wagen vorbeikommt und wir in einer verlassenen Scheune vor dem Unwetter Schutz suchen und uns gegenseitig die Kleidung trocken reiben.

Ich schlucke schwer.

Jasper ist nach all der Zeit noch immer unendlich tief unter meiner Haut. Obwohl ich auf Abstand gehen sollte, hebe ich wie in Trance die Hand zum Gruß und winke ihn zu uns an den Tisch.

Mein Herz flattert, denn er kommt tatsächlich auf mich zu, als hätte er auf ein Zeichen von mir gewartet. Seine Mundwinkel tanzen, offenbar ringt er mit einem Grinsen. Ich hingegen habe mich meinem längst ergeben.

»Wovon sprecht ihr?« Neele wendet sich um und stöhnt bei Jaspers Anblick. »Sei unnahbar«, zischt sie. »Tu so, als könntest du dich nicht an ihn erinnern.«

»Psst. Gleich ist er da.«

»Moin zusammen.« Zwischen Gerrit und mir sieht Jasper auf mich hinab. Graublaue, freundliche Augen zwinkern mir zu.

»Moin«, erwidert Gerrit und fixiert seine Pizza Funghi, als gehe ihn dieses Zusammentreffen nichts an.

Neele schweigt und stöhnt abermals in ihre Nudeln. Sie hat Jasper nie verziehen, dass er mir nicht in die Großstadt gefolgt war, sondern gleich nach unserer Trennung Dina geheiratet hat. Eine Tatsache, von der ich selbst nicht weiß, ob ich sie bereits verdaut habe, jetzt, wo er vor mir steht. So groß und in einer engen, dunkelblauen Uniform, die seine sportliche Figur hervorhebt.

»Moin«, säusele ich. Es fällt mir schwer, nicht aufzustehen und Jasper in die Arme zu fallen. Sein Lächeln ist genauso umwerfend wie früher. Dieses kleine Grübchen am Kinn, das ich so gern geküsst habe, wenn er neben mir im Sand lag und die Ostsee hinter uns rauschte. Meine Hüften dagegen besitzen nicht mehr dieselbe Form und ich wünschte mir, dass ich mir nicht den Rollkragenpullover angezogen hätte, der mir durch das grobe Wollmaterial mehr Gewicht verleiht als nötig. Ich zwinge mich dazu, sitzen zu bleiben und von unten ganz bezaubernd auszusehen.

»Du bist hier.«

»Ja«, hauche ich.

»Wir haben uns lange nicht gesehen.«

»Zu lange.« Ich benehme mich wie ein Teenager, der zum ersten Mal mit einem Jungen spricht. Mein rasender Puls bringt meine Lippen beinahe zum Zittern. Beiläufig kralle ich die Finger in die Tischkante, um nicht völlig den Halt zu verlieren.

»Besuchst du Regine und deine Eltern?«

Ich schüttle den Kopf. »Ich bin her–«

»Sie wohnt jetzt auf Fehmarn. So schwer zu erraten ist das nicht. Es ist immerhin Montagmittag.« Das genervte Grummeln, das aus Neeles Kehle kriecht, erinnert mich stark an Thies Kruse und zieht mich in die unangenehme Realität zurück. Schlagartig werfe ich ihr einen Blick zu, der ihr den Mund verbieten soll. Neele jedoch übergeht mein Flehen. »Musst du keine Strafzettel verteilen? Auf der Insel laufen viele böse Touristen frei herum. Alle ohne Parkticket.«

Ich möchte im Boden versinken. Wie kann sie ihn derartig vorführen? Liebes Kopfsteinpflaster, bitte verschlinge mich und Jasper. Gemeinsam könnten wir die Unterwelt regieren wie Hades und Persephone.

»Du bist zurück.«

»Ja«, hauche ich. »Bin gestern angekommen. Ich arbeite bei Hanna in der Buchhandlung.«

Jasper lächelt. Ein strahlendes, freundliches Lächeln, das ich sehr lange nicht mehr gesehen habe und das den totgeglaubten Schmetterlingen in meinem Bauch neues Leben schenkt.

»Dann sind Bücher nach wie vor deine Leidenschaft? Das wundert mich nicht.«

Es fühlt sich an, als wären Neele und Gerrit nicht mehr vorhanden, als lösten sich die Spaziergänger auf dem Marktplatz in Luft auf. Selbst das Möwenkreischen auf dem Rathausdach ist verschwunden. Ich versinke in Jaspers graublauen Augen und verschwinde in Erinnerungen, die ich längst vergessen glaubte.

Unser erster Kuss an der Bushaltestelle, unser erster gemeinsamer Sommer, den wir jeden Tag am Strand verbracht hatten, unseren Abschlussball und unsere erste gemeinsame Nacht. Alle Bilder laufen in einem geballten Gefühlschaos zusammen, das sich in einem heftigen Schauder entlädt, bei dem mir gleichzeitig heiß und kalt wird. Ruckartig richte ich mich auf und stoße an den Tisch, halte jedoch mein Wasserglas fest.

»Dein Salat wird kalt.«

Neeles Mundwerk führt oft ein amüsantes Eigenleben, aber dieses Mal wünschte ich mir, meine Freundin würde sich an ihren Nudeln verschlucken.

»Ich muss sowieso los.« Auf einmal klingt Jaspers Stimme belegt. Er winkt einer rothaarigen Frau in Uniform, die vor der Bäckerei auf ihn wartet.

Nein, geh nicht!, schreie ich innerlich, gebe mich nach außen jedoch gelassen.

»Die Pflicht ruft.« Entschieden greift er sich an den schwarzen Gürtel mit Schlagstock und Telefon. »Es war schön, dich zu sehen. Vielleicht sieht man sich ...«

Ehe er ausgesprochen hat, bewegen sich meine Lippen und laden ihn am Freitag in *Mopsy's* Bierbar ein. »Komm vorbei. Der alten Zeiten wegen.«

Alte Zeiten. Mir gefällt der Klang der Worte nicht. Als wären wir zwei Greise, deren gemeinsame Jugend eine Ewigkeit zurückliegt.

Dass Neele wegen der Einladung fast die dunklen Augen aus den Höhlen fallen und Gerrit kichert, als kitzelte ihn der Pizzakäse am Gaumen, ignoriere ich. Ich kann mir vorstellen, was beide denken, werde aber meine Handlung nicht infrage stellen. Ich möchte meinen Neuanfang gebührend feiern. Und dass ich dazu zufällig meine große Liebe einlade, hat keine besondere Bedeutung. Auch nicht, dass ich aufstehe und Jasper hinterherlaufe, um ihm zwei Flyer zu geben, die er interessiert liest.

»Kannst du die bitte auf dem Revier aufhängen? Wir gründen einen Buchclub für jeden, der Lust am Lesen hat.«

Ich erinnere mich an seinen Lesegeschmack. Thriller, Krimis und politisch orientierte Sachbücher.

Jasper nickt. Sein Strahlen verdreifacht meine Energie und lässt mich grinsen.

»Mach's gut, Rike.«

Ich winke ihm hinterher und genieße einen Moment lang, wie er von mir fortgeht und die dunkelblaue Stoffhose seinen Hintern besonders zur Geltung bringt. An der *Am Markt* Straße bleibt er stehen, obwohl kein Auto vorbeifährt, und dreht sich um. Jasper lächelt mich an, als wüsste er, dass ich ihm nachgesehen habe.

Mist. Mist. Mist.

Meine Hand schießt zum Abschied in die Luft. Danach stöckle ich auf Absätzen über das holprige Kopfsteinpflaster zurück an den Tisch. Neele straft mich mit einem Blick, als hätte ich ihre Penne versalzen.

»Was soll ich machen?« Meine Schultern zucken. »Ich kann das nicht kontrollieren. Jedes Mal, wenn ich ihn sehe, kommen die Gefühle von früher hoch. Meine Knie werden weich, in meinem Bauch tummeln sich Hornissen und ...«

»Schmetterlinge, Perle. Eigentlich sollten es klitzekleine, wunderbare Schmetterlinge sein.«

»Weiß ich, aber es fühlt sich heftiger an als zarte Falter. Das sind mindestens Hornissen, wenn nicht sogar Raubvögel, die meinen Puls zum Rasen bringen.«

Eine seltsame Stille breitet sich an unserem Tisch aus, minutenlang. Ich fixiere die letzten Salatblätter und frage mich, wie es Jasper nach unserer Begegnung geht, bis Neele sich räuspert.

»Er ist verheiratet, Rike.«

Rike. Plötzlich bin ich nicht mehr ihre *Perle*, sondern *Rike.* Warum sagt sie nicht gleich *Friderike Hansen?* Hat denselben Effekt. Eine höfliche, aber ernst zu nehmende verbale Backpfeife.

Ich könnte ihr sagen, dass ich mir darüber bewusst bin, dass Jasper verheiratet ist. Ich habe nicht vergessen, dass er wenige Monate, nachdem ich mich von ihm getrennt hatte, Dina einen Antrag gemacht hat. Ich könnte ihr auch sagen, dass ich mich niemals in eine Ehe drängen würde, mag sie auch noch so falsch in meinen Augen sein.

Doch ich entscheide mich, zu schweigen und stumm meine Tomate zu essen, obwohl mir eher nach Calzone ist.

»Mein Bruder sagt, in ihrer Ehe kriselt es.« Gerrit hat seine Stimme wiedergefunden. »Einer seiner Kollegen hat gesehen, dass Jasper abends immer allein im *Mopsy's* Fußball guckt.«

»Gerüchte sind das, nichts weiter. Solange er einen Ring am Finger trägt, irrt sich dein Bruder.« Wie ein unzufriedenes Kind, das keinen Nachtisch bekommt, wirft Neele ihren Löffel auf den Tisch. »Ich will nicht, dass du verletzt wirst, Perle. Mir gefällt nicht, wie er dich ansieht. Mit diesen verträumten Hundewelpenaugen und diesem dümmlichen Sunnyboy-Grinsen.«

Insgeheim freue ich mich, dass ich mir seine Freude über unser Wiedersehen wohl nicht eingebildet habe.

»Er hat dich schon einmal verletzt.«

»Ich habe mich von ihm getrennt, nicht andersherum. Ich wollte nach Berlin und Buchhändlerin werden. Er wollte ...«

»Dina! Der Mistkerl wollte diese falsche Schlange. Wir haben alle gedacht, ihr zwei bleibt ewig zusammen. Ihr seid das perfekte Paar. Gewesen.«

Ich seufze. Obwohl unsere Beziehung sehr lange her ist, fühlt sich das Gespräch wie eine eiskalte Dusche an. Unsicher stochere ich mit der Gabel auf dem Teller herum und hoffe, dass die Mittagspause bald vorbei ist.

»Außerdem traue ich keinem Mann, der Angst vor Achselhaaren hat.«

»Jasper hat keine Angst vor Achselhaaren.«

»Er sieht aber so aus.«

Hilfesuchend blicke ich zu Gerrit, der den Mund so voller Pizza hat, dass ich das Gefühl bekomme, es sei Absicht. Vor sich hin kauend schaut er stur geradeaus, als beobachte er Touristen auf *Wisser's* Terrasse. Aber ich weiß es besser. Er will sich nicht einmischen. Gerrit ist die Schweiz. Wenn zwischen Neele und mir eine Diskussion ausbricht, legt er sich auf den Rücken, streckt alle Viere von sich und spielt den Taubstummen, was ich ihm nicht verübeln kann. Neele und ich können leidenschaftlich werden, wenn wir nicht einer Meinung sind.

»Jetzt kommt Jasper Freitag mit uns zu *Mopsy's*.«

Ich nicke, als wäre das keine große Sache und genieße das aufsteigende Flattern der Raubvögel im Bauch.

Der Nachmittag meines ersten Arbeitstages verläuft ruhig. Die Flyer habe ich rund um den Marktplatz verteilt und bestücke mit Hanna das breite Schaufenster mit neuen Büchern. Den Hintergrund gestalten wir frühlingshaft bunt mit mehrfarbigem Bastel- und Krepppapier sowie selbst gebastelten Möwenfiguren aus Pappmaschee. Die Bücher stellen und legen wir als Eyecatcher davor, um die Kauflust anzuregen.

Als ich den neuesten Fitzek neben die Ecke mit den Ostseekrimis stelle, betritt meine Mutter mit ihrer Freundin Gerda die Buchhandlung. Nach einer innigen Umarmung, die eine strenge Kontrolle meines Outfits inklusive vehementem Kopfschütteln nach sich zieht, ist mein Singledasein das Hauptthema zwischen meiner Mutter, Gerda und Hanna, die mehr spielerisch als ernsthaft der Unterhaltung folgt. Und neben guten Ratschlägen, wie ich ohne Rollkragen schneller einen Mann finde, heißt meine Mutter ihr Rikchen mit einem Körbchen voller hausgemachter Fehmarn-Marmelade willkommen. Das einzig Gute an der

Unterhaltung ist, dass ich Gerda überrede, nächste Woche Donnerstag zu unserem Buchclub zu kommen. Als erstes Buch haben Hanna und ich uns für den *Gesang der Flusskrebse* von Delia Owens entschieden, was ich sowohl meiner Mutter als auch Gerda verkaufe, bevor sie gehen.

1:0 für mich.

Zum Feierabend habe ich mir das Leseexemplar von Dora Heldts neuestem Werk *Drei Frauen und ein falsches Leben* mitgenommen. Zu Hause falle ich auf das Sofa. Meine Füße verfluchen mich, dass ich den Tag über Stiefel mit Absätzen getragen habe. Doch zum ersten Mal seit meiner Ankunft beginne ich, mich trotz des Umzugschaos in meiner Wohnung heimisch zu fühlen.

Und da eine Frau in meinem Alter von einem Salat zum Mittag nicht leben kann, löffle ich eine kleine Packung Mascarpone, während eine Portion Nudeln auf dem Herd blubbert und ich so tue, als würde ich Kartons auspacken.

Frühlingsgefühle

Frauen und Technik. Ich darf mit Stolz behaupten, dass ich in der Lage bin, den Haartrockner selbst anzuschließen, und auch die Kaffeemaschine habe ich erfolgreich zum Laufen gebracht. Deshalb stehe ich in aller Herrgottsfrühe mit trockenen Haaren und einem dampfenden Becher Kaffee vor der Tür und warte auf den Techniker. Denn da hören meine Talente, was die Installation von technischen Geräten angeht, auch schon auf.

Mit dem Smartphone am Ohr flaniere ich durch den Garten. Seit mehreren Minuten verdeutliche ich dem Handwerker auf der anderen Leitung auf nachdrückliche, aber charmante Weise, dass ich keine saubere Unterwäsche mehr besitze. Ich flehe Gerrits Bekannten an und besteche ihn mit einem saftigen Trinkgeld, damit er meine Waschmaschine anschließt, bevor meine Arbeit beginnt.

So sehr ich auch auf die Tränendrüse drücke, der Handwerker scheint aus Granit zu sein. Auch dass ich wartend vor meiner Tür stehe, quittiert er lediglich mit einem trockenen Lachen, und meine Schmutzwäsche schert ihn nicht. Mein Termin soll irgendwann nächste Woche sein, was mich schwindeln lässt. Als wäre das als Hiobsbotschaft nicht genug, schlägt die Haustür meines Nachbarn schräg über mir zu.

Wie eine von Thunfischs Mäusen drücke ich mich an unsere Hauswand, denn sein griesgrämiges Gesicht ertrage ich heute früh zu meinem Waschmaschinendebakel nicht. Ein letztes Mal flüstere ich in das Smartphone, doch die unhöfliche Stimme am Ende der Leitung hat aufgelegt.

Jetzt habe ich keine funktionierende Waschmaschine und muss mir überlegen, wie ich in wenigen Sekunden hinter den Strandkorb springen kann, damit ich meinem Nachbarn nicht in die Arme laufe. Schwere Schritte kommen auf die Hausecke zu, hinter der ich mich verstecke. Da ich nicht sportlich genug bin, um die fünf Meter in fünf Sekunden zu laufen, tue ich so, als putze ich das Mauerwerk mit dem Finger.

Ein paar Herzschläge lang verharrt Thies hinter mir, wobei ich mich frage, wie meine spontane Putzaktion für ihn auf einer Lächerlichkeitsskala von 1 bis 10 aussehen muss. 50?

»Probleme, Frau Hansen?«

Ich fahre zusammen, obwohl ich weiß, dass er hinter mir steht. Seine tiefe Stimme löst bei mir eine Gänsehaut aus, bei der ich nicht sagen kann, ob sie mir gefällt.

Mit dem freundlichsten Lächeln, das ich heute früh aufbringen kann, drehe ich mich zu ihm um.

Holzfällerhemd, Arbeitshose, Werkzeuggürtel und der Duft von Bäumen. Für einen Moment bleibt mein Blick auf seinen kräftigen Armen hängen, bis er sich im Einsiedlerbart verfängt und in seinen samtbraunen Augen landet.

»Herr Kruse, ach, haben Sie mich aber erschreckt. Wo kommen Sie denn auf einmal her?«

»Von oben.«

»Von oben?« Hyänenartig gackere ich wie nach fünf Bechern Kaffee und zehn Stückchen Zucker. Passenderweise rast mein Herz, denn ich frage mich inständig, wie ich diese unangenehme Konversation beenden kann. Aus meinem Mund fallen Worte, von denen ich nicht einmal geahnt habe, dass ich sie besitze. »Das ist aber ein Zufall, dass wir zwei uns so nonchalant begegnen.«

Thies brummt.

»Nein? Na ja! Wie schade. Ich muss jedenfalls vor der Arbeit Kartons auspacken. Sie wissen sicherlich, wie das ist. Wir sehen uns. Ciao!«

Wie eine Diva auf einer Filmpremiere winke ich ihm zu, während ich einen großen Bogen um ihn ziehe. Der Kaffeebecher ist das Einzige, was mir Halt gibt, meine Beine sind in der engen Jeans zu Gummi geworden. Wieso ruft Thies Kruse in mir die unmöglichsten Verhaltensweisen hervor?

»Wo steht Ihre Waschmaschine?«

»Meine ... Was?« Wie angeschossen bleibe ich stehen. »Oh, das. Wissen Sie, das ist alles halb so schlimm.«

»Ich schließe sie Ihnen an.« In zwei Schritten ist er bei mir. Wie ein Footballspieler breite ich die Arme aus, damit er sich nicht an mir vorbeitraut. Nach all dem, was zwischen uns geschehen ist, möchte ich Thies nichts schuldig sein.

Obwohl, wenn ich länger darüber nachdenke, wäre es purer Luxus, heute nach der Arbeit frische Wäsche aufzuhängen. Aber ich bin eben keine Jungfer in Not, die der Bartmann vor einem bösen Waschmaschinendrachen retten muss. Ich regle mein Leben seit Jahrzehnten allein. Ich warte auf den Handwerker.

»Das ist unnötig. Herr Mechtel kommt nächste Woche. Sie müssen nicht ...«

Thies scheint mir nicht zuzuhören. »Da entlang?« Er zeigt auf meine Haustür, bei der ich mit Bedauern feststellen muss, dass ich sie offengelassen habe.

»Wie? Nein! Hören Sie, Herr Kruse, das ist nicht nötig.«

Aber Thies Kruse ist wohl auf beiden Ohren taub, was vermutlich daran liegt, dass sich sein nussbrauner Schopf mit dem Bart vereint hat. Seine Sturheit trägt er wie ein Rammbock vor sich her, marschiert an mir vorbei und verschwindet in der Wohnung.

Ich ringe noch mit Fassungslosigkeit, als mir einfällt, dass meine Schmutzwäsche auf dem Badezimmerboden verteilt liegt.

Jetzt laufe ich fünf Meter in einer Sekunde und haste Thies hinterher. Ohne Schwierigkeiten scheint er den Übeltäter gefunden zu haben und hängt mit Schlauch und Schelle bereits über der Waschmaschine.

»Herr Kruse!« Atemlos entferne ich meine getigerten Slips und schmutzigen Socken um seine Stiefel herum und werfe sie in die angrenzende Dusche hinter der Glastür. »Sie können nicht in meine Wohnung einbrechen und die Waschmaschine anschließen. Das geht zu weit!«

»Ihre Tür war offen, Frau Hansen.« Er betont meinen Nachnamen, als würde er ihn amüsieren. Seine tiefe Stimme umspielt eine Leichtigkeit, die ihn fast sympathisch klingen lässt. »Auf Fehmarn hilft man sich. Da gibt es keine zwei Meinungen.«

»Ich weiß, dass die Hilfsbereitschaft auf unserer Insel sehr hoch ist, Herr Kruse. Schließlich bin ich hier aufgewachsen. Trotzdem können Sie nicht ohne Erlaubnis in meine Wohnung gehen.«

Thies brummt, während er die Schelle dem Schlauch anpasst und den Waschmaschinendrachen bändigt.

»Sie sind mit Neele Eilers in eine Klasse gegangen.« Er ist besser informiert, als ich geahnt hatte.

Ich nicke, obwohl er es nicht sieht. Erschöpft sinke ich auf den Toilettensitz und halte mich mit einer Hand an der Heizung unter dem Fenster fest.

»Ich erinnere mich an Friderike Hansen und ihre Pferdeliebe.« Thies beugt sich über die Maschine und mein erschrockener Blick bleibt auf seinem knackigen Hintern hängen.

»Wie meinen Sie das, *Sie erinnern sich*?« Meine zweite Frage, welche Art von Unterhosen er wohl trägt, behalte ich für mich.

»Ich bin auch auf die *Inselschule* gegangen. Zwei Klassen über Ihnen bei Herrn Hasemann. Sie waren die mit den bunten Leggings, die ständig auf unserem Pferdehof herumgelungert hat.«

»Richtig.« Das klingt nach mir, aber an Thies kann ich mich nicht erinnern. »Und wer waren Sie?«

Mit einem Stirnrunzeln, das den Schluchten des Grand Canyons Konkurrenz macht, dreht er sich zu mir um. Den Schlauch hält er weiterhin in den Händen.

»Thies Kruse.« Seine Ernsthaftigkeit lässt mich Seufzen.

»Ich weiß, wie Sie heißen, *Herr Kruse*. Aber wie haben Sie früher ausgesehen? Als Schüler kann ich Sie mir nicht vorstellen. Oder war Ihr Bart damals schon ein Zufluchtsort für Bienen?«

Thies schaut an sich hinab, als bemerke er zum ersten Mal, wie üppig seine dunkelbraune Gesichtsbehaarung ist. Im Schein der Deckenlampe schimmert sie leicht rötlich, was seine gesamte Erscheinung mit Werkzeuggürtel sanfter wirken lässt. Zögerlich fährt er sich über das Gesicht, und ich frage mich, ob ich mit meinem Bienenkommentar zu weit gegangen bin.

Doch sein Grinsen lehrt mich, dass mein Nachbar Humor besitzt. Und während ich seine Fältchen um die Augen und das Schmunzeln unter dem Bart betrachtete, taucht ein vages Bild von einem Jungen in meinem Gedächtnis auf, der ihm wie aus dem Gesicht geschnitten ist. Groß, kräftig, wortkarg.

»Sind Sie der Junge, der den Stall mit freiem Oberkörper ausgemistet hat?«

Thies nickt, und ich könnte schwören, dass ich ihn mit der Frage verlegen mache. »Dann waren Sie es, der mich damals auf den Rappen gehoben hat, weil ich das Aufsitzen vermasselt hatte?«

»Auf Fehmarn hilft man sich.«

Jetzt wird mir einiges klar. Vor mir steht *der* Thies Kruse. Der Junge vom Reiterhof *Bonanza*, der mit seinen Eltern die Feriengäste betreut hat und Anfängerinnen wie mir gezeigt hat, wie man mit Pferden umgeht.

Mein Nachbar stöpselt den Schlauch an das Rohr der Waschmaschine oder was immer er knebelt, zerdrückt, zerhackt und schließt, damit ich gleich Wäsche waschen kann.

Ein Funken Freude wächst in mir. Morgen muss ich nicht in schmutziger Wäsche herumlaufen, und Thies besitzt einen Ferienhof. Von Neugierde gepackt, springe ich vom Toilettensitz und quetsche mich zwischen meinen Nachbarn und die Außenwand der gekachelten Dusche, immer darauf bedacht, dass unsere Becken sich nicht berühren.

»Warum wohnen Sie in Burg und nicht in Gahlendorf? Haben Sie den Pferdehof Ihrer Familie etwa verkauft?«

Ich klinge vorwurfsvoller, als ich es beabsichtigt hatte. Doch wie man in einer Dachgeschosswohnung hausen kann, obwohl ein Dorf weiter ein Hof auf einen wartet, ist für mich unerklärlich.

»Ich habe den Hof verkauft, weil …« Er pausiert und reibt sich die Hände. Wir stehen uns so nah gegenüber, dass ich seinen holzigen Duft und einen Hauch Moschus wahrnehme. Mein Nachbar ist der personifizierte Wald. Tief atme ich ein, um das Aroma in mich aufzunehmen und gedanklich im Frühlingswald spazieren zu gehen. Die Sonne wärmt mir mit ihren Strahlen das Gesicht, während der Boden mit Gänseblümchen, Krokussen und Narzissen am Wegesrand bedeckt ist. Wie ein Blumenmeer leuchtet der Wald zwischen den alten Baumstämmen der Tannen, Eichen, Birken und Rotbuchen. Vor mir liegt ein kleiner Teich, an dem zwei Rehe …

»Frau Hansen?«

»Hm?« Ich blinzle und ertappe mich dabei, wie ich Thies einen verträumten Blick schenke.

»Ihre Waschmaschine funktioniert.«

»Oh, ähm, ja. Aber sagen Sie …«, rufe ich ihm hinterher, während er in den Flur geht. »Wieso haben Sie diesen schönen Hof verkauft? Und was ist aus den Pferden geworden?«

»Die Tiere wurden allesamt übernommen. Und verkauft habe ich, weil, nun ja, meine Frau … Sie …«

…von mir ermordet worden ist, beendet mein Kopf seinen Satz. Ich bin kaum drei Tage auf Fehmarn, und schon hat mich die Gerüchteküche wie ein tratschender Virus infiziert.

»Für mich allein waren die Gäste und die Tiere zu viel Arbeit. Der Hof gehört jetzt den Rathjens.«

Er öffnet die Haustür, ist beinahe draußen, da lehne ich mich lässig an die Raufasertapete im Flur. Meine Neugierde zwingt mich, ihn nicht gehenzulassen.

»Aber, wo ist Ihre Frau jetzt, Herr Kruse? Wohnt sie hier?«

Ich musste ihn fragen, auch wenn mir die Hitze unter dem Rollkragen ins Gesicht kriecht. Vielleicht bekomme ich nie wieder eine Möglichkeit und muss mit dem Gedanken leben, dass ein Mörder mit mir im Haus wohnt.

Thies bleibt in der geöffneten Tür stehen und sieht mich an, als wüsste er, dass ich längst von den Gerüchten gehört habe. Auch er kennt den Buschfunk der Fehmaraner, der ebenso zuverlässig ist wie jeder Sonnenaufgang.

»Ihre Waschmaschine ist angeschlossen, Frau Hansen. Ich denke, mehr bin ich Ihnen als guter Nachbar nicht schuldig.

Als er den Weg hinunter zum Kies stapft, höre ich »Einen schönen Tag noch!« Aber sicher bin ich mir nicht. Seine stampfenden Schritte und seine verkrampfte Körperhaltung weisen mich zurück in die Wohnung und hinter eine Linie, die ich nicht hätte übertreten dürfen.

Noch Stunden später fühle ich mich wie der schlimmste Mensch auf der Insel. Zwar läuft die Trommel der Waschmaschine rund, aber dass ich bei Thies den Eindruck einer neugierigen Schnattertante hinterlassen habe, quält mich bei jedem Schritt. Auf hohen Schuhen gehe ich die *Breite Straße* hinauf nach Burg in den Stadtkern und genieße meinen Kaffee aus dem Thermobecher.

In Berlin war ich auf öffentliche Verkehrsmittel angewiesen, auf Fehmarn liegt meine Wohnung in Laufnähe zum Arbeitsplatz. Deshalb erfreue ich mich an der frischen Morgenluft und laufe im Sonnenschein am *Kaufhaus Stolz* vorbei in Richtung Marktplatz.

Kleine Fachwerkhäuser reihen sich an Backsteinhäuser mit Volutengiebeln, gesprengten Giebeln und Schweifgiebeln. Das Zentrum glänzt mit einem Potpourri aus verzierten Häusern mit verschiedenfarbigen Fassaden und verschafft dem Zentrum ein zauberhaftes Flair von historischer Altstadt-Romantik.

Auf der Höhe des Rathauses fällt mir die Begegnung mit Jasper ein, und meine getrübte Laune weicht einem zaghaften Kribbeln. Ich überquere die Straße, bleibe neben der Bäckerei *Junge* stehen und krame in meiner Handtasche nach etwas, das ich nicht brauche. Dabei linse ich durch das breite Glasfenster an den Tresen. Außer zwei Frauen und einem älteren Herrn mit Gehstock ist das Geschäft leer.

Mit der Absicht, mittags wieder an der Bäckerei vorbeizugehen, um herauszufinden, ob Jasper jede Mittagspause bei *Junge* verbringt, passiere ich die Apotheke und den Edeka *Jens*. Der Marktplatz mit dem mittelalterlichen Kopfsteinpflaster auf der gegenüberliegenden Seite ist leer, lediglich ein paar Möwen suchen vor den geschlossenen Geschäften und Restaurants nach Essbarem. Vor Neeles *Moinsens* steht ein Fußgänger. Sein Hund schlürft Wasser aus dem Napf neben der Eingangstür, und ich erkenne den grellgelben Pullover im Schaufenster wieder, den Neele gestern zum Mittagessen getragen hatte. Sobald ich die Zeit finde, werde ich bei ihr shoppen gehen, da mich das Inselwetter zwingt, meine Garderobe wenigstens um Fleecejacke und Regenjacke zu erweitern.

Während ich die *Am Markt* Straße hinauf zur Volksbank gehe, um an den Ampeln auf die *Niendorfer Straße* zur Buchhandlung zu biegen, beschließe ich, mich zum Feierabend mit einem Sechserpack Bier bei Thies für meine unangemessene Neugierde zu entschuldigen. Alles für eine gute Nachbarschaft.

Hanna öffnet mir mit einem Lächeln die Glastür, ihre wallende, rotblonde Mähne trägt sie heute offen und sieht aus wie ein Model für Haarpflegeprodukte. Ich erzähle ihr von dem morgendlichen Waschmaschinenfiasko. Dabei kümmere ich mich um die Bücherboxen und lege jedes bestellte Buch hinter die Kasse für die Kunden bereit. Auch sie ist der Meinung, dass ich mich bei ihrem Purzel mit einer Kleinigkeit bedanken sollte.

Wir überlegen, wie und wo wir am besten ein Schild am Marktplatz aufstellen, damit die Touristen auf die Buchhandlung aufmerksam werden. Hanna will sich bei der Stadt erkundigen und übergibt mir die Führung.

Im Laufe des Vormittags steigt meine Stimmung, als sowohl ein älterer Herr als auch zwei Frauen in meinem Alter sich in die Liste für unseren Buchclub eintragen. Sie alle nehmen jeweils ein Exemplar von *Der Gesang der Flusskrebse* für nächsten Donnerstag mit. Anschließend fülle ich die Stapel auf den Tisch mit weiteren Krimis, Thrillern und Wohlfühlromanen nach, die wir gestern verkauft haben.

Da mir meine Freunde zum Mittagessen abgesagt haben, schlendere ich auf dem Weg nach Hause wieder bei der Bäckerei *Junge* vorbei. Wie eine Schwerverbrecherin komme ich mir vor, die ein Objekt für ihren nächsten Raubzug ausspäht. Vor der Apotheke bleibe ich stehen und halte nach einem Polizeiwagen Ausschau, der nicht kommt.

Und mit jeder Minute, die ich mit rasendem Herzen an dem Fahrradständer stehe und mir den Hals nach vorbeifahrenden Autos verrenke, frage ich mich, warum ich die wertvolle Pausenzeit mit Herumlungern vergeude. Zu Hause warten meine Wäsche und ein Leben auf mich, das zwar nicht aufregend ist, aber mir gehört.

Meine Beziehung mit Jasper ist zwanzig Jahre her, und er ist inzwischen verheiratet. Ich hingegen bin nach Fehmarn gezogen, um mich zu verlieben und einen Mann zu finden, mit dem ich den Rest meines Lebens verbringe. Ich will in keinem Gefühlschaos aus der Vergangenheit versinken.

Wütend und enttäuscht über mich selbst, wie mich rostige Teenagergefühle mitreißen konnten, kralle ich mich an meiner Handtasche fest und eile nach Hause, um die Wäsche aufzuhängen. Viel Zeit bleibt mir nicht. Als Mittagessen schmiere ich mir Käsebrote, die ich auf dem Rückweg zur Arbeit verzehre. Dieses Mal nehme ich den Umweg vorbei an der *Inselschule* in Richtung Bäckerei *Börke*, um nicht Gefahr zu laufen, rückfällig zu werden und vor *Junge* auf Jasper zu lauern.

Der beginnende Frühling erstrahlt auf den Grundstücken der angrenzenden Wohnhäuser mit Löwenzahn, Primeln, Krokussen und Narzissen. Bei dem Anblick wächst meine Vorfreude auf den Sommer, wenn die Blumenstreifen um die Felder in ihren allerschönsten Farben strahlen.

Da Hanna am Nachmittag im Büro den Schriftverkehr erledigt, bediene ich die Kunden; gebe Auskunft über David Safirs *Miss Merkel*-Reihe, philosophiere über Ferdinand von Schirachs *Kaffee und Zigaretten* und preise Ostseekrimis von Fehmarn an, bei denen die Touristen Schlange stehen. Jeder von ihnen will die Urlaubsinsel durch ein spannendes Buch erleben. Als die Uhr zum Feierabend schlägt und ich Geburtstagskarten aus dem Drehständer verkaufe, freue ich mich, dass ich nicht einen Augenblick an Jasper gedacht habe. Vermutlich ist es normal, dass man bei der ersten Begegnung mit seiner Jugendliebe an Herzklopfen leidet. Damals erschien eben alles leichter.

Auf dem Weg nach Hause besorge ich für meinen Nachbarn und mich ein Sechserpack Bier. Den Wein lasse ich im Regal, denn Thies Kruse sieht mir nicht nach einem erlesenen Weinkenner aus.

Von Weitem bemerke ich den weißen Firmenwagen auf unserer Einfahrt. Unter seinem Fenster verharre ich. Wie ein aufmerksamer Wachhund blickt Thies auf mich hinab. Ob er lächelt oder die Mundwinkel nach unten zieht, erkenne ich nicht, kann mir aber denken, was er von mir hält. Nervig, anstrengend und neugierig.

Das wird sich gleich ändern. Friderike Hansen ist eine amüsante, wohlerzogene und äußerst rücksichtsvolle Nachbarin, die sich zu entschuldigen weiß, wenn sie einen Fehler begangen hat. Mit einem freundlichen Lächeln halte ich ihm das Sechserpack Bier, das mir die Arme ausleiert, entgegen. Eine von Thies' buschigen Augenbrauen wandert hoch, und er legt den Kopf schief.

Abwechselnd zeige ich mit dem Finger auf mich und die Flaschen. Jetzt muss auch mein Nachbar begreifen, dass wir das Bier gemeinsam trinken werden. Ich komme mir vor, als erklimme ich Rapunzels Turm, als ich zu Thies hinaufsteige.

Ehe ich die Klingel betätige, öffnet er mir. Hinter dem glänzenden Weiß erscheint ein Warum-stören-Sie-mich-Blick und ein schwarzer Onesie.

»Sie haben es sich aber gemütlich gemacht.«

Ich bin eine leidenschaftliche After-Work-BH-Auszieherin und Jogginghosen-Anzieherin. Thies missversteht mich und lehnt sich mit verschränkten Armen vor sich hin brummend an den Türrahmen, als wollte ich ihm ein Zeitungsabo aufschwatzen.

»Was kann ich für Sie tun, Frau Hansen? Funktioniert Ihre Waschmaschine nicht?«

Sein frostiger Empfang läuft mir eiskalt den Rücken hinunter. Doch ich gebe nicht auf. Eine Hansen gibt niemals auf. Lächelnd halte ich mein klimperndes Mitbringsel hoch.

»Nein, sie funktioniert einwandfrei. Deswegen bin ich nicht hier. Ich habe Bier mitgebracht.«

»Das sehe ich.«

Einen Augenblick lang überlege ich, ob ich ähnlich wie er heute früh einfach in seine Wohnung stürmen soll, traue mich jedoch nicht. Wie ein Türsteher, der daran zweifelt, dass ich volljährig bin, versperrt er mir den Weg.

»Ich möchte mich bei Ihnen bedanken. Für Ihre Hilfe mit der Waschmaschine.« Demonstrativ halte ich ihm das Sechserpack entgegen und presse es auf Brusthöhe gegen den Einteiler. »Auf eine gute Nachbarschaft.«

»Ich trinke nicht mehr.«

»Oh.« Das Sechserpack sinkt hinunter, ebenso wie meine Stimmung. »Müssen Sie noch arbeiten?«

»Nein.«

»Gut, wenn das so ist, könnten wir bei einem Bier einander das *Du* anbieten.« Wieder hebe ich die Flaschen an und bedauere es, dass ich vor zehn Jahren aufgehört habe, ins Fitnessstudio zu gehen. »Außerdem wollte ich mich bei Ihnen entschuldigen.«

Jetzt scheine ich seine Neugierde geweckt zu haben, denn Thies richtet sich auf.

»Wofür?«

Ich fühle mich wie eine unartige Schülerin, die sich beim Direktor dafür entschuldigt, dass sie den Matheunterricht gestört hat.

»Für mein unpassendes Interesse an Ihrem Privatleben heute Morgen.«

Er brummt, während seine Lippen eine strenge Linie formen.

Stur halte ich das Bier ein Stückchen höher.

»Stoßen wir auf unsere gute Nachbarschaft an?«

»Nein, danke!«

»Warum nicht? Ich habe das Bier extra nach Hause geschleppt. Falls Sie sich Sorgen darüber machen, ich werde niemandem davon erzählen.«

Thies rührt sich nicht. Bloß seine Augenbrauen wandern tiefer, und langsam komme ich mir vor, als belästige ich diesen Mann.

»Nun? Was sagen Sie? Ein kleines Bierchen mit mir?«

»Nein, danke.«

»Wieso nicht? Mit dem Bier möchte ich mich bei Ihnen entschuldigen.«

Ich werde das Gefühl nicht los, dass mein Nachbar ein nachtragender Miesepeter ist, mit dem es die Hölle sein wird, unter einem Dach zu wohnen.

»Es geht Sie zwar nichts an, Frau Hansen, aber ich trinke seit einem Jahr keinen Alkohol mehr. Und ich werde nicht wieder damit anfangen, weil Sie Ihr schlechtes Gewissen plagt. Schwatzen Sie ruhig mit Ihren Freunden über mich und meine Ehe. Das Gerede der Fehmaraner interessiert mich nicht. Hat es nie und wird es nie.«

Das Gewicht der Biere und die Schamesröte im Gesicht ziehen mich fast die Treppe hinunter. Mit offenem Mund starre ich ihn an.

»Einen schönen Abend«, ruft er mir zu. »Genießen Sie Ihr Bier, aber halten Sie sich an die Nachtruhe.«

Wenige Zentimeter vor meiner Nase fällt seine Haustür zu.

Als wäre ich einen Marathon gelaufen, schleppe ich mich mit geröteten Wangen und dem verschmähten Bier in meine Wohnung. Absichtlich knalle ich die Tür zu. Thies darf ruhig wissen, dass mich seine Abweisung verletzt hat. Die Flaschen vergrabe ich in einem Küchenschrank, damit sie mich nicht an meine Schmach erinnern.

Als ich mich mit Klaus-Peter Wolfs *Ostfriesengier* für ein paar Minuten auf das Sofa legen will, entdecke ich Thunfisch durch die Fensterscheiben. Er sitzt auf der Terrasse, im Maul trägt er ein Mäuschen.

Mein erster Impuls ist, liegen zu bleiben, in der Hoffnung, dass der Kater samt Maus verschwindet. Doch auch nach zwanzig Seiten verharrt er wie ein Kurier an Ort und Stelle, der auf der Terrasse übernachten wird, wenn er sein Paket nicht ausliefern darf.

»Guten Abend.« Einen Spalt breit öffne ich die Tür, damit er sich nicht eingeladen fühlt. »Ist das für mich?«

Thunfisch schaut mich an, als verstehe er jedes Wort.

»Willst du dich für deinen Dosenöffner entschuldigen? Mir ist leider der Appetit vergangen.«

Seine treuen, gelben Augen wandern an mir hinauf und verharren hypnotisch in meinem Gesicht. Plötzlich lächle ich, weil der Kater mit einem Geschenk im Maul vor mir sitzt und schnurrt, als wäre es das einzig Wichtige im Leben, jemandem eine Freude zu machen.

Zum Dank streichle ich ihm den struppigen Kopf. Zufrieden lässt er die Maus fallen und bewegt sich genügsam von der Terrasse.

»He!«, rufe ich ihm hinterher, während er um die Hausecke verschwindet. »Willst du das nicht mitnehmen?«

Aber Thunfisch hat seine Aufgabe erledigt und widmet sich dem wohlverdienten Feierabend. Mir bleibt nichts anderes übrig, als mir zwei Esslöffel zu holen. Vorsichtig hebe ich die Maus hoch und trage sie mit weit von mir gestreckten Armen hinter das Haus, um sie auf das angrenzende Feld zu werfen.

Der feuerrote Abendhimmel über dem Raps raubt mir fast den Atem. Ich war so verärgert über meinen Nachbarn, dass ich nicht mitbekommen habe, wie die untergehende Sonne den Himmel erdbeerrot einfärbt. Zum ersten Mal seit der Ankunft atme ich durch. Ich bewohne meine neuen vier Wände, die Arbeit in Hannas Buchladen erfüllt mich und von der Rückseite des Hauses sehe ich das Paradies.

Wegen der kühlen Abendluft ziehe ich den Rollkragen höher, während ich mich seitlich ans Gartenhäuschen lehne und über den weißen Lattenzaun blicke. Alles um mich herum duftet nach Gras, nach Gänseblümchen und nach Kirschlorbeer. Ein paar Spatzen surfen auf den Rapsstängeln, die der Wind sanft hin und her bewegt.

Mein Blick gleitet über den tanzenden Raps in den glühenden Himmel und hinüber zu dem Wäldchen, das an die Felder grenzt. Ich suche nichts Bestimmtes, jage keinem Ziel nach. Genieße nur den Augenblick.

Raubvögel im Bauch

Die nächsten beiden Tage fliegen nur so dahin. Zwischen dem Verkaufen von Wohlfühlromanen und Ostseekrimis, räume ich Umzugskisten aus, richte die Wohnung ein und dekoriere alles um, bis ich zufrieden bin. Selbst den Spinnen, die auf Fehmarn die Größe eines Fußballs besitzen, scheint es bei mir zu gefallen. Ich habe bereits Glas und Papier bereitgestellt, mit denen ich jeden ungebetenen Gast in den Garten befördere. Selbst ist die Frau!

Das Einsortieren meiner Büchersammlung hebe ich mir bis zum Wochenende auf. Um die Kisten in die Regale des Bücherzimmers zu sortieren, brauche ich Ruhe, Vanillekerzenduft, Pumpkin Spice Kaffee mit ordentlich Milchschaum und meine Lieblingsplaylist.

Jedes Mal, wenn ich meinen Nachbarn auf der Außentreppe höre, presse ich mich in eine Ecke oder versinke unter eines meiner gardinenlosen Fenster. Seitdem er mein *Du* und mein Bier abgelehnt hat, verspüre ich weder die Lust, ihn zu grüßen, noch mit ihm über das Wetter zu sprechen.

Umso schlimmer ist es, als er am Freitagmorgen die *Inselbuchhandlung* betritt. Als die Glastür aufschwingt und die Glocke die fröhliche Nachricht überbringt, dass ein Kunde hereinkommt, trifft mich beinahe der Schlag. Wir haben eben erst geöffnet, und Hanna ist gegenüber im Bioladen Tee besorgen. Ich schiele durch das Glasfenster über die Straße, sehe sie jedoch nicht zurückkehren.

»Hanna kommt gleich!« Wie eine verbale Axt werfe ich ihm meine Begrüßung entgegen, die ihn davon abhalten soll, mich anzusprechen.

Er brummt »Moin, Frau Hansen« und kommt auf den Tresen zu. Stumm bleibt er vor mir stehen. Thies trägt dasselbe Outfit wie jeden Tag, als würde er gleich einen Baum fällen und daraus einen exquisiten Tisch mit Stühlen für vier Personen zaubern.

Ich überlege, mich tot zu stellen. Wie bei einem Kaninchen auf dem Feld, das von einem Bussard in Augenschein genommen wird, doch seine samtbraunen Augen kochen mich weich.

»Moin, Herr Kruse. Was darf es heute für Sie sein?«

»Wann kommt Hanna?«

Seine Frage fühlt sich wie ein Dorn in meiner Fingerkuppe an. Ich verstehe, dass er lieber von meiner Chefin beraten werden möchte. Ich hätte auch lieber Brad Pitt als Kunden. Darin sind wir uns sicher einig. Sein Schicksal kann man sich jedoch nicht aussuchen, und wir beide müssen mit dem Ergebnis leben.

»Sie ist im Bioladen.«

Seine versteinerte Miene dreht sich zur Glasscheibe, und ich vermute, dass er ebenso die gegenüberliegende Straße mustert und hofft, Hanna zu entdecken.

»Soll ich ihr etwas ausrichten?«

Er sieht auf die Regalwand neben der Kasse und seufzt. Offenbar hat er nicht vor, ohne ein Buch zu gehen.

»Von Kürthy. *Morgen kann kommen.*«

Ganze Sätze scheinen meinem Nachbarn fremd zu sein.

»Sie suchen das neue Buch von Ildikó von Kürthy? Habe ich das richtig verstanden?« Ich zwinge mich, so wertungsfrei wie möglich zu klingen.

Mit einem zustimmenden Brummen antwortet er mir.

»Gleich hier.« Erleichterung durchflutet mich, dass ich die Aufgabe, die er mir stellt, dieses Mal problemlos erfüllen kann. Ich steuere das rosapastellige Aquarellcover an, das ich erst gestern für jeden Kunden sichtbar mit mehreren Exemplaren zwischen Isabel Allendes *Violeta* und Alena Schröders *Junge Frau, am Fenster stehend, Abendlicht, blaues Kleid* gestapelt habe.

Das Buch rutscht mir aus der Hand, als ich danach greife, doch im letzten Moment fange ich es auf und überreiche es ihm wie eine Trophäe.

»Bitte sehr, Herr Kruse. Mitreißend und bewegend, mit viel Witz geschrieben. Für jede ...« Ich schlucke, denn beinahe hätte ich meinen Nachbarn als *Frau* bezeichnet. »... für jede Gelegenheit.« Ich bin stolz auf mich, die Kurve genommen zu haben, ohne Thies wegen seines Lesegeschmacks vor den Kopf zu stoßen.

»Darf es sonst noch etwas sein?« Ich habe gerade einen guten Lauf und vielleicht kann ich ihm auch *Was man von hier aus sehen kann* von Mariana Leky verkaufen.

Thies wirkt unschlüssig, während er zwischen dem Buchcover und mir hin und her schaut.

»Gar keinen Kommentar zu meiner Buchwahl?«

Er klingt fast enttäuscht, aber ich weiß, worauf er hinauswill. Er will mich provozieren.

»Viel Vergnügen beim Lesen, Herr Kruse.«

Ich lächle überaus freundlich. Selbst die frühlingshaften Sonnuntergänge haben weniger Strahlkraft als mein zauberhaftes Lächeln, das ich stets für Kunden reserviere, die mir den letzten Nerv rauben.

Zurück an der Kasse scanne ich das Buch und nehme das Bargeld entgegen. Während ich Thies sein Rückgeld abzähle, entdeckt er den Flyer neben der Kasse.

»Ein Buchclub?«

Mir rutscht das Herz in meine Jeans. *Nein. Nein. Nein.* Das darf nicht sein.

»Äh.« Krampfhaft suche ich nach einer Möglichkeit, wie ich mit aller Macht verhindern kann, dass ...

»Ich werde da sein.«

Zu spät. Meine Mundwinkel wissen nicht, ob sie sich nach oben oder unten beugen sollen. »Sicher?«

»Denken Sie, ich kann nicht lesen?«

»Natürlich nicht, Herr Kruse. Nur ist ein Buchclub dafür da, um sich über Bücher zu unterhalten. Und mir scheint ...« Ich suche nach den passenden *höflichen* Worten, die *Sie sind ein störrischer Kautz, der seinen Mund nicht aufbekommt* ersetzen. »Mir scheint, dass Kommunikation nicht zu Ihren Stärken zählt.«

»Welches Buch soll vorbereitet werden?«

»*Der Gesang der Flusskrebse.*«

»Delia Owens?«

»Brauchen Sie das Buch?« Mit meiner Hand weise ich auf den Buchtisch in der Mitte, der überfüllt ist mit Romanen und besonders vielen Exemplaren von Delia Owens. »Ich kann Ihnen eins ...«

Thies winkt ab. »Nicht nötig. Das habe ich zu Hause.« Er wirft einen Blick auf den Flyer. »Donnerstag, 18 Uhr?«

Mein Lächeln gleicht weniger einem Sonnenuntergang, sondern mehr wie der Moment, an dem die Müllabfuhr durch die Straßen fährt. Man freut sich, dass die Mülltonnen geleert werden, aber auf den süßlichen Geruch, der sich überall auf dem Asphalt verteilt, kann man gut verzichten.

»Ich werde da sein, Frau Hansen.«

Und ich glaube ihm, so euphorisch wie er das Buch von Ildikó von Kürthy hochhält. Dann trägt er sich in die Liste ein, auf der mittlerweile die Namen von vier anderen Personen stehen.

Die Glocke der Glastür kündigt Hanna an. Rund 10 Minuten zu spät für meinen Geschmack. Ihren Purzel begrüßt sie mit einer innigen Umarmung. Ich kümmere mich weiter um die Einsortierung der bestellten Bücher und bin halbwegs glücklich. Das ist das erste Mal, dass ich Thies begegnet bin und mich danach nicht wie eine Verliererin fühle.

Der perfekte Start für einen Freitag, den Neele, Gerrit und ich heute Abend bei *Mopsy's* ausklingen lassen.

Nach dem Feierabend stöbere ich im Kleiderschrank nach dem passenden Outfit für *Mopsy's Bierbar.* Nicht zu viele Pailletten, aber auch keinen Rollkragen. Zwar bin ich auf der Jagd, aber ich will auch niemanden mit meiner geballten Weiblichkeit verschrecken. Insulaner können eigen sein.

Obwohl ich es nicht möchte, drängt Jasper sich mir in den Sinn, und ich frage mich, welche Kleidung ihm an mir gefallen würde. Die kurzen Shorts, die direkt unter meinem Hintern enden oder die enge Jeans, die ihn verführerisch betont?

Da die Zeit knapp wird, entscheide ich mich für kniehohe Stiefel, eine nicht blickdichte Feinstrumpfhose und einen Rock bis fast zu den Knien. Darüber ziehe ich eine weite Bluse, die mir erlaubt, mühelos den Ausschnitt meines Dekolletés zu verschönern, sofern es angebracht ist. Frei nach Shania Twains Motto *Man! I feel like a woman.*

Schnell den Trenchcoat übergeworfen, den Lippenstift zu Smartphone und Schlüssel in die Clutch gelegt, schon umhüllt mich die kühle Abendluft. Die gute Laune vom Tanzen in der Wohnung zu *I wanna dance with somebody* befördert mich wie auf Wolken am Rapsfeld in Richtung *Inselschule,* an *Börke* vorbei und in die *Niendorfer Straße.*

Neele und Gerrit warten bereits vor dem Eingang auf mich. Wir umarmen und küssen uns herzlich auf die Wangen, dann zieht Neele uns in die Bar.

Das letzte Mal war ich bei meiner Abschiedsfeier im *Mopsy's.* Damals hing ein schwerer Zigarettendunstschleier zwischen den massiven Holzbalken.

Das Einzige, was in der Bierbar nicht aus Holz ist, sind die Toiletten. Selbst der hufeisenförmige Tresen zu Beginn strotzt vor dunklem Holz. Die Barkeeperin am Zapfhahn begrüßt uns. Als sie Gerrit entdeckt, winkt sie ihm zu. Neele navigiert uns an den Barhockern vorbei und unter einem Wagenrad an der Decke zum Separee am Ende der Bar.

Im Hintergrund läuft Santiano mit *Salz auf unserer Haut,* während Neele für uns Getränke holt. Hinter der Bar, auf der anderen Seite sitzen Gäste auf einem Podest mit Tischen und Bänken. Uns gegenüber im abgetrennten Bereich der Stehtische steht ebenfalls eine Gruppe. Bekannte Gesichter erkenne ich nicht, doch mich plagt das Gefühl, beobachtet zu werden. Dieses ungute Gefühl, bei dem sich einem die Nackenhaare aufstellen.

»Das sind deine Stiefel.« Gerrit ist mein nervöser Blick nicht entgangen. »Der Stammtisch am Tresen ist derartiger Sex-Appeal nicht gewohnt.«

Ich ziehe meinen Rock so tief wie möglich hinunter und bin froh, auf den goldenen Paillettenrock verzichtet zu haben.

»Aber Neele trägt einen Minirock!«, wehre ich mich. »Niemand starrt sie an. Siehst du, sie kommt zurück und keiner der Männer am Tresen dreht sich nach ihr um.«

»Sie wissen, dass Neele Frauen bevorzugt.« Gerrit grinst.

»Und sie wissen, dass ich ihnen auf die gierigen Fettfinger schlage, wenn sie mich anfassen.« Sie setzt sich neben Gerrit und mir gegenüber auf die Bank. »Hier.« Neele schiebt ihrem Mitbewohner den Wein über den Tisch und mir mein Bier zu. »Bei Dirk, dem Grauhaarigen mit dem Totenkopfshirt, musst du aufpassen, Perle. Letztens ist er mir auf die Toilette gefolgt und kam mit einem blauen Auge wieder raus.«

»Hat er dich angefasst?« Mit offenem Mund drehe ich mich zum Tresen. Dirk und sein Nebenmann zeigen mit Fingern auf mich. Das nächste Mal ziehe ich einen Müllsack über, wenn wir ausgehen.

»So mutig ist er nicht gewesen. Er hat so getan, als wäre er *aus Versehen* in die falsche Toilette gestolpert.«

»Das macht er nicht noch mal.« Anerkennend hebt Gerrit sein Weinglas. »Auf die Powerfrauen an meiner Seite. Neele, die jeden Mann in seine Schranken weist und Rike, die der Liebe wegen nach Hause gekehrt ist.«

Wir heben unsere Bierflaschen und prosten uns zu. Der erste Schluck des Abends ist immer der beste.

Der Liebe wegen. Sofort kommt mir Jasper in den Sinn. Seine sanften Berührungen, seine fordernden Küsse, seine Arme, die mich an sich gedrückt haben. Bei niemandem habe ich mich je so sicher gefühlt wie bei ihm. Es ist eine Ewigkeit her, dass wir zusammen waren, doch an diese Dinge erinnere mich, als wäre es gestern gewesen.

Sobald die Tür hinter dem Tresen aufschwingt, schaue ich hin. Langsam befürchte ich, dass Jasper meine Einladung vergessen hat. Oder schlimmer: Er ignoriert sie. Schließlich führt er ein eigenes Leben. Ohne mich.

Je weiter der Abend voranschreitet, je mehr Bier und Wein unseren Tisch passieren, desto weniger denke ich an ihn und versinke im Gespräch mit meinen Freunden.

Bei jedem Getränk, das Gerrit für uns holt, bleibt er länger am Tresen als nötig, und wir drängen ihn, sich endlich mit Magda zu verabreden. Immerhin unterhält sie sich mit ihm am längsten. Aber so sehr wir ihm auch zureden, er kann seine Scheu nicht überwinden.

Neele sucht nicht mehr nach der Einen, wie sie uns erzählt. Ihr gebrochenes Herz hat dazu geführt, dass sie durch die Hamburger Clubszene gondelt. Sie hält nach einer Frau Ausschau, die es für eine Nacht mit ihr aufnehmen kann. Langfristige Beziehungen sind aus ihrer Sicht zum Scheitern verurteilt.

»Alles andere ist zu kompliziert«, sagt sie. »Liebe wird überbewertet. Alles zu unberechenbar. Da setzt du all deine Zeit, all deine Gefühle für jemanden ein, und was bekommst du?« Fragend blickt sie Gerrit und mich an. »Eine Geschlechtskrankheit.«

Irgendwann stampfe ich mit meinen Absätzen unter dem Holztisch. »Ich bin extra nach Fehmarn gezogen, um mich zu verlieben. Da könnt ihr mir nicht von euren gescheiterten Beziehungen erzählen. Ich möchte Erfolgsgeschichten hören. Wo bitte ist die Liebe, wenn man sie braucht?«

Beide schauen mich ratlos an.

»Weißt du, Perle, vielleicht solltest du allein glücklich werden. Das Leben ist zu kurz, um irgendeinem Mann nachzujagen, nur um es der Gesellschaft recht zu machen.«

»Oder deiner Mutter«, fügt Gerrit hinzu.

»Genau! Hör auf unseren sexy Informatiker hier.« Sie küsst Gerrit auf die Wange und hinterlässt einen glitzernden, pinken Abdruck. »Genieß dein Leben, wie es ist. Allein und wunderbar.«

»Das meinst du nicht ernst!« Ich fasse es nicht, was ich höre. »Ich will mein Leben nicht allein verbringen und in Einsamkeit versinken. Ich will das ganze Paket. Heiraten, Flitterwochen und eine Familie. Den obligatorischen Hund, der sich ständig mit der Katze streitet, die Postkarte zu Weihnachten mit kitschigen Weihnachtspullovern und einer überglücklichen Familie darauf. Ich verdiene es! Außerdem ...«, hektisch trinke ich einen Schluck Bier. »Was ist mit all den Liebesromanen? *Stolz und Vorurteil*, *Die Liebe in den Zeiten der Cholera* oder *Wie ein einziger Tag*? Denkst du, all diese Geschichten sind falsch? Ist Liebe etwa nicht erstrebenswert? Liebe ist der Sinn unseres Lebens!«

Nach meiner Ansprache gackert Neele, bis Tränen ihren dunklen Eyeliner verschmieren. Gerrit hingegen schweigt. Ein klares Anzeichen dafür, dass er ebenso wie ich den Glauben an die Liebe noch nicht verloren hat.

»Du lässt dich von Traumgeschichten aus Büchern verleiten, Perle. Keine Frau und kein Mann verhält sich ...«

Automatisch schweift mein Blick zum Eingang. Ein Mann kommt auf unser Separee zu. Groß, strohblonde, kurze Haare und ein umwerfendes Lächeln im Gesicht, das meinen benebelten Kopf zwangsläufig zum Grinsen bringt. Mein Herzklopfen kehrt zurück. Jasper kommt im nachtschwarzen Hemd, dunkelblauer Jeans und passenden Sneakern auf uns zu.

So sehr ich mich auch wehre, so sehr ich auch versuche, ihn als eine entfernte Erinnerung aus meiner Jugend, als einen alten Freund zu betrachten, der rein zufällig auf derselben Insel wohnt, sein Anblick lässt mich schwach werden.

Anders als erwartet, hebt er lediglich die Hand zum Gruß und geht an uns vorbei.

Wo will er hin?, schreit mein Herz. Ich traue mich nicht, ihm hinterherzusehen, weil meine Freunde mich wie Raubtiere fixieren.

»Hätte nicht gedacht, dass er kommt.« Gerrit leert sein Weinglas in einem Zug.

»Der hat Nerven, hier aufzutauchen«, keift Neele.

»Ich habe ihn eingeladen, vergiss das nicht.«

Im Stillen bete ich, dass der heutige Abend nicht im Chaos endet. Neele in der einen Ecke, Jasper in der anderen. Dazwischen Gerrit und ich, die die beiden davon abhalten, sich verbal zu zerfetzen.

»Trotzdem. Muss er seinen Kindern keine Gutenachtgeschichte vorlesen? Wieso ist er so spät noch gekommen?«

Weil er mich sehen will, brennt es mir auf den Lippen, aber ich schweige und genieße dieses Gefühl, das mich in Sphären hebt, für die ich nicht bereit bin.

»Wahrscheinlich hat mein Bruder recht und Jasper ist nicht mehr mit Dina zusammen.«

»Glaub ich nicht, Gerrit. Wenn der Single ist, fresse ich Grünzeug. Heute Mittag hatte er einen Ring am Finger.« Neele hat ihren Satz kaum zu Ende gesprochen, da versteift sie sich, und ich weiß, dass Jasper zu uns auf dem Weg ist.

»Moin!« Er will sich neben mich auf die Bank setzen, als Neele die Arme hebt.

»Da ist besetzt!«

Fürchterlich übertrieben lache ich, wobei ich meine Freundin in Gedanken verfluche. »Sie macht einen

Scherz. Nicht wahr?« Ich deute ihm an, sich neben mich zu setzen und werfe Neele einen vorwurfsvollen Blick zu. Als Antwort streckt sie mir die Zunge heraus.

Kaum hat er sich gesetzt, umhüllt mich sein frischer, intensiver Geruch nach Meer. Ich ringe mit mir, um nicht in eine Schnappatmung zu verfallen. Er trägt dasselbe Parfum wie früher. Dasselbe, das ich ihm zum Geburtstag geschenkt habe.

Mist. Mist. Mist. Was hat das zu bedeuten? Tief durchatmen und den Puls beruhigen. Nur nicht durchdrehen!

»Worüber unterhaltet ihr euch?«

»Über die Liebe.« Absichtlich schaue ich Gerrit an, damit ich bei Jaspers Augen nicht schwach werde.

»Hartes Thema für einen Kneipenabend.«

»Findest du? Warum das?« Neele hat keine Schwierigkeiten, Jasper anzusehen. »Fällt es dir schwer, deinen Hannes in der Hose zu behalten, seit du verheiratet bist?«

»Neele!«

Meine Freundin reagiert nicht auf meine Zurechtweisung. In ihren dunklen Augen brennt ein angriffslustiges Feuer, das Funken über den Tisch versprüht. Sie wird meinen Gast als Mitternachtssnack verspeisen, wenn ich mich nicht dazwischenwerfe.

»Was denn? Wir sind doch alle befreundet, oder nicht? Erzähl mal, Jasper. Wie ist das, wenn man den Rest seines Lebens mit ein und derselben Person schlafen muss? Wann hast du angefangen, dich zu langweilen? Nach den Flitterwochen in Puttgarden oder erst ein paar Tage später?«

Im Hintergrund singt Santiano von den *Mädchen aus Haithabu,* und ich frage mich lieber, ob Magda nur diese eine CD besitzt, als mich mit der dicken Luft an unserem Tisch zu beschäftigen.

Jasper lehnt sich zu Neele wie bei einem Angriff. »Für jemanden, dessen Beziehungen nie länger als ein Wochenende halten, meinst du, viel über die Ehe zu wissen.« Er nimmt einen Schluck von seinem frisch gezapften Bier und fährt fort. »Weißt du, was Liebe bedeutet? Hast du je wirklich in deinem Leben geliebt? Ich denke nicht. Du trägst deine große Klappe als Schutzschild vor dir her, damit dir niemand zu nahekommt, Neele. Das weiß jeder, der sich eine Minute lang mit dir unterhält.«

Schachmatt. Selten habe ich meine Freundin sprachlos gesehen. Obwohl ich weiß, dass sie eine erwachsene Frau ist und sich selbst in diese Situation manövriert hat, tut sie mir leid. Ebenso weiß ich, dass sie mich für dieses Mitleid im Burger Schwanenteich versenken würde.

»Ich will Darts spielen.« Ruckartig steht sie auf.

»Nein!«, flehe ich sie an. »Komm, Neele. Bitte! Heute Abend wollen wir uns alle amüsieren und nicht streiten.«

Sie beugt sich über den Tisch, sodass Jasper und ich ihr tief in das gut gefüllte Dekolleté sehen können. Im selben Moment dreht Jasper den Kopf weg und starrt in sein Bierglas.

»Ich muss etwas mit einem Pfeil durchbohren, Perle. Entweder ist es die Dartscheibe oder dein Polizist. Such es dir aus.«

»Ich spiele mit dir.«

»Gerrit, nicht du auch!« Ich sehe Neele hinterher, die über den Holzfußboden zur Dartscheibe neben dem Tresen eilt. »Bitte, bleib!«

»Lass sie sich abreagieren. Du kennst sie. Wütend ist sie ungenießbar.« Gerrit fährt an unserem Tisch vorbei, hält kurz an und zwinkert. »Tut nichts, was ich nicht auch tun würde, Kinder.«

Seufzend schließe ich die Lider. Der Abend ist ein Reinfall. Ich habe geahnt, dass die Kombination Neele und Jasper explosiv ist, aber dass sie sofort zündet, wenn sie sich gegenübersitzen, hätte ich nicht gedacht. Beide waren nie wirklich Freunde gewesen, aber seit meinem Weggang scheint sich ihre gegenseitige Abneigung verzehnfacht zu haben.

»Tut mir leid.« Mit seinen graublauen Augen sieht Jasper mich an. »Du hast dir den Abend sicher anders vorgestellt. Aber wenn sie denkt, dass sie über meine Ehe herziehen kann, liegt sie falsch.«

Für einen Moment setzt mein Herz aus. Die Gerüchte um seine gescheiterte Ehe stimmen nicht. Er ist glücklich verheiratet. Sofort verwandeln sich die Raubvögel in meinem Bauch in kleine Larven und schlüpfen zurück in ihren Kokon. Das Unwohlsein, das sie hinterlassen, passt zu meinem Bier, das plötzlich bitter schmeckt.

»Ich hätte dich nicht einladen sollen.«

»Vielleicht.« Jasper trinkt einen Schluck und dreht sich mir entgegen. »Aber dann hätten wir uns heute Abend nicht gesehen.«

»Stimmt.«

Einen Augenblick lang ruht sein Blick auf mir, und ich bin mir unsicher, was er mir mit der Intensität und dem unübersehbaren Funkeln sagen will. Deshalb lächle ich und spiele mit meinem Bierglas, während er seins halb austrinkt.

In *Mopsy's* Bierbar ist mittlerweile kein Platz mehr frei. Mit jedem weiteren gefüllten Glas und jeder Flasche, die Magda über den Tresen reicht, steigt der Geräuschpegel. Von unserem Separee sieht es aus, als tanze die Barkeeperin von einem Gast zum nächsten.

»Wie ist es, zurück zu sein?« Jasper unterbricht die Stille zwischen uns. »Du bist sicher Besseres gewohnt, als das *Mopsy's*.«

»Das denkst du von mir? Hältst du mich für eine verwöhnte Dame, die in Luxusläden Champagner schlürft?«

Nach einem weiteren Schluck ist Jaspers Bier leer.

»Ich habe mir dein Leben in Berlin immer aufregend vorgestellt. Wilde Partys, Konzerte von berühmten Bands, Lesungen von Bestsellerautoren, Kunstausstellungen ... Du musst Hunderte von interessanten Persönlichkeiten kennengelernt haben. Da kann eine steife Brise auf dem Deich nicht mithalten. Das war mir klar, seitdem du erzählt hast, dass du wegziehen willst.«

Wir sind schneller am Brennpunkt angelangt, als ich gehofft hatte. Während ich Jaspers Grübchen am Kinn betrachte, kurz auf seinen verführerischen Lippen verharre und ihm danach in die Augen sehe, überlege ich, ob er getrunken hat, ehe er hergekommen ist.

Nachdem er das leere Glas abgestellt hat, ruht seine Hand an meinem Arm, und unter meiner Bluse kribbelt es, als würde ein Blitz über meine Haut schießen.

»So ist das nicht.« Ich suche mir einen Punkt auf seinem Hals, der mich ruhig atmen lässt. »Ich liebe Berlin, und in der Großstadt zu leben, war immer ein Traum von mir. Aber Fehmarn ist und bleibt meine Heimat. An der Ostsee bin ich aufgewachsen. Ein Leben ohne Meer kann ich mir auf Dauer nicht vorstellen.«

»Und jetzt bist du wieder hier.« Er sagt es, als müsse er sich selbst davon überzeugen. »Warum bist du zurückgekehrt?«

»Wie meinst du das?« Mit einem Mal fühle ich mich beinahe nüchtern. Sein Tonfall schwankt von überaus freundlich hin zu forsch und nachdrücklich, als wäre er sich selbst nicht sicher, welche Richtung er einschlagen möchte.

»Wenn Berlin dir so gut gefallen hat, warum bist du auf die Insel zurück? Hat sich Beates Gicht verschlechtert, oder ist Herberts Krebs zurück?«

»N-nein!« Jasper ist gut über meine Eltern informiert. Standen sie all die Jahre in Kontakt, ohne es mir zu sagen? »I-ich …« Mir fällt partout keine Ausrede ein. Andererseits, warum sollte ich ihm nicht von meinem Vorhaben erzählen? Er ist ein guter, alter Freund. Ein guter, alter, *verheirateter* Freund, der sich höflich für mein Leben interessiert. Er wird es verstehen.

»Was ist? Kannst du es mir nicht sagen? Vertraust du mir nicht?« Jasper grinst. »Oder willst du wieder Fahrradtouren für die Touristen anbieten und ihnen dabei Seemannsgarn erzählen?«

»Nein! Das war eine einmalige Sache!« Spielerisch knuffe ich ihn in die Schulter und pralle dabei an seinen Muskeln ab. Als Polizist scheint er noch mehr zu trainieren als früher. Kein Wunder, dass sein nachtschwarzes Hemd aussieht, als wäre es ihm auf den Leib geschnitten worden.

»Dann sag es, allzu schlimm kann es nicht sein.«

Als er mir eine Strähne zurück hinter das Ohr schiebt, die mir schon eine Weile vor den Augen hängt, trifft mich fast der Schlag. Stürmische Wellen brausen über mich hinweg und hinterlassen ein Verlangen, das mich schmerzlich daran erinnert, wie sehr ich mich nach vertrauter Zweisamkeit sehne.

»Ich will mich verlieben.«

Jasper sieht mich an, als würde ich dänisch sprechen. Im selben Augenblick weiß ich, dass es ein Fehler war, ihm die Wahrheit zu sagen. Seine Hand zieht er schneller zurück, als Santiano im Hintergrund *Liekedeeler* singen kann.

»Du willst ... was?« Er hebt das Glas an die Lippen, obwohl kein Bier mehr darin ist. »Du bist nach Fehmarn gezogen, um dich zu verlieben?«

»Warum nicht? Die Liebe ist ein guter Grund, um umzuziehen und ein neues Leben zu beginnen. Findest du nicht? Wie bei *Romeo und Julia* möchte ich mich verlieben, nur ohne das Ende.«

Auf einmal sieht sein freundliches Gesicht verständnislos aus.

»Gibt es in Berlin nicht genügend Männer, oder hast du sie alle durch?«

Automatisch weiche ich von ihm zurück. Beinahe zu spät erinnere ich mich, dass ich auf einer Bank sitze, die keine Rückenlehne besitzt, und halte mich mit einer Hand am Holztisch fest. »Was willst du mir damit sagen, Jasper?«

»Ich meine ...« Er knallt sein Bierglas auf den Tisch. »Ich verstehe das nicht. Erst trennst du dich von mir und verschwindest von der Insel, weil du dich *selbst verwirklichen willst,* und jetzt kehrst du zurück, um dich zu verlieben?«

Männer werden nie verstehen, warum Frauen alles für die Liebe tun. Aber der Zorn in seinem Unterton lässt mich schwindeln. In meinem Kopf dreht sich alles, und ich sehne mich nach einem Augenblick Ruhe.

»Ich muss mal für kleine Königstiger.«

Jasper schaut mich an, als laufe ich vor ihm davon. Was ich ja auch tue. Wenn ich noch länger vor ihm sitze, werden mir Tränen in die Augen schießen. Und das Letzte, was ich heute Abend will, ist weinen.

»Rike ... Bitte ...«

Ich drehe mich nicht um, sondern schiebe mich an ihm vorbei, ohne ihn zu berühren.

Neele und Gerrit amüsieren sich an der Dartscheibe, während ich mit polterndem Herzen um das Separee wanke. Einen Moment bleibe ich stehen, winke ihnen mit aufgesetztem Lächeln durch den Raum zurück. Ich bin froh, dass sie nicht mitbekommen, wie meine Idee, Jasper für heute Abend einzuladen, nach hinten losgeht.

Dirk an der Bar blickt mir nach, als wäre ich Freiwild. Ich wünschte, er würde mir folgen, damit ich an jemandem meine Verzweiflung auslassen kann.

Schnellen Schrittes husche ich zu den Toiletten. Die kleine Damentoilette schenkt mir Zeit zum Durchatmen. Mit den Händen am klebrigen Waschbecken starre ich in ein verzerrtes Spiegelbild, das einer beinahe vierzigjährigen Frau ähnelt, die mit Stiefeln und Rock in eine Kneipe gegangen ist, um die große Liebe zu finden. Lächerlich komme ich mir vor. Habe ich wirklich gedacht, dass ich heute Abend den Mann meiner Träume finde?

Das kalte Wasser über den Händen dämpft meinen Ärger. Warum ist Jasper laut geworden? Stört es ihn, dass ich nach Liebe suche?

Als es klopft, balle ich reflexartig die Hände zu Fäusten, bereit, Dirk seine nimmersatte Wollust auszutreiben. Nicht dass ich jemals jemanden geschlagen hätte, aber irgendwann ist immer das erste Mal.

Wieder ertönt ein Klopfen.

»Besetzt!«, rufe ich als Warnung.

»Ich bin's, Rike.«

Jasper steht vor der Tür.

Ich habe keine Ahnung, wie ich reagieren soll. Ich bin zu aufgebracht, um ihn jetzt zu sehen. Auf der anderen Seite ist es nicht meine Art, mich wie ein eingeschnapptes

Schulmädchen auf der Toilette zu verbarrikadieren, bis die Kneipe schließt und ich im Morgengrauen hinausgeschoben werde.

»Machst du bitte auf? Es tut mir leid.«

Ich betätige die Türklinke. Reuevoll schaut er mich an. Seine Hände stecken in den Jeans, während er meinen Blick sucht.

»Darf ich?«

Unschlüssig gehe ich beiseite, damit er eintreten kann. Nachdem er die Tür geschlossen hat, dreht er sich zu mir um. Er steht so nah vor mir, dass sein Duft ausreicht, um meine Verärgerung zu zähmen.

Mit halb geöffneten Lippen sieht er mich an. Sein Brustkorb unter dem Hemd bewegt sich hypnotisch auf und ab. Seine Hände gleiten aus der Jeans und verharren vor ihm in der Luft.

In diesem Moment wünsche ich mir nichts sehnlicher, als dass er mich greift, mich nach hinten an die kalten Kacheln schiebt und mich küsst. Intensiv, lang, gierig. Ich wünsche mir, dass wir beide wieder zwanzig sind, dass uns die Welt offensteht und wir uns niemals trennen.

Aber Jasper wird mich nicht küssen, denn im schummrigen Schein der Deckenlampe blitzt ein Ehering am Ringfinger seiner rechten Hand auf. Ein schlichter silberner Ring. So wie er ihn sich ausgesucht hätte, wenn er mich geheiratet hätte.

Ein Ehering ist wie eine Ohrfeige für Singles. Wie ein Stoppschild, das der unverheirateten, alten Jungfer mitteilt: Bis hierhin darfst du schnuppern, nicht weiter. Anfassen ist nicht gestattet! Und das ist eine Regel, an die ich mich halte. Ich verschränke die Arme hinter dem Rücken, damit mich der Alkohol im Blut nicht dazu bringt, meine Manieren zu vergessen.

»Ich habe mich wie ein dummer Arsch verhalten.«

Stimmt.

»Dein Leben geht mich nichts an.«

Richtig.

Während ich auf seine nächsten Worte warte, packt er mich und hält mich fest. Atemlos sehe ich ihn an und habe das Gefühl, aus meinem Körper zu fahren, denn sein Gesicht ist nah an meinem.

»Und wenn du nach Fehmarn gekommen bist«, flüstert er mir ins Ohr, »um dich zu verlieben, will ich dich dabei unterstützen. Versprochen.«

»Was?« Ein Lachen entweicht mir und Jasper lässt mich los.

»Warum lachst du? Bin ich eine Witzfigur für dich?«

»Nein ... Ach, bitte. Bleib stehen!« Er stürmt aus der Toilette, doch ich halte ihn am Arm zurück. »Warte!«, flehe ich. »So habe ich das nicht gemeint.«

Wie eine Salzsäule steht er vor dem Türrahmen und sieht dabei aus wie ein durchnässter Hund.

»Warte, warte, warte«, säusle ich. »Ich danke dir für deine Worte. Und deine Unterstützung. Das meine ich ernst. Guck nicht mehr so traurig. Bitte.«

Zum Dank umarme ich ihn, und während ich mich an ihn schmiege, fällt mir ein, dass ich das eigentlich nicht tun wollte. Verheiratete Männer werden nicht umarmt!

»Entschuldige«, sage ich kopfschüttelnd und will an ihm vorbeigehen, doch Jasper hält mich fest.

Halb im schmalen Flur, halb in der Damentoilette stehen wir nah beieinander und halten uns gegenseitig, als müssten wir die Jahre nachholen, die wir getrennt voneinander verbracht haben.

»Platz da!« Dirk drängelt sich an uns vorbei.

Widerwillig lösen wir uns und lassen ihn passieren.

»Wir sollten …« Ich will den Satz nicht beenden. Das würde bedeuten, dass wir uns fortbewegen und nicht mehr beieinanderstehen.

»Das sollten wir.« Jasper lässt mir den Vortritt. Ich versuche, mich nicht extra aufreizend zu bewegen, während ich wie ein Model vor ihm herlaufe.

»Geht ihr schon zu zweit aufs Klo?«

Weder Jasper noch ich reagieren auf Neeles Kommentar, die neben Gerrit an unserem Tisch sitzt. Unbeholfen quetsche ich mich auf die Bank, Jasper verfolgt jede meiner Bewegungen, während er wartet. Sein intensiver Blick lässt mir einen angenehmen Schauder den Rücken hinablaufen.

»Ich habe Durst.« Das ist das Einzige, an das ich denken möchte. Mehr Alkohol, der meine Verwirrung betäubt.

»Ich hole Bier. Möchtet ihr auch? Gerrit, Wein? Neele, etwas, das dich sanftmütig macht?«

Meine Freundin wirkt, als zähle sie von Drei runter, um ihm gebührend Zeit zu geben, aus der Kneipe zu fliehen.

»Ich helfe dir.« Gerrit fährt um Neeles Stuhl herum.

Am liebsten wäre ich aufgesprungen und beiden hinterhergelaufen. Neele sieht mich an, als hätte ich ihr die einzig wahre Liebe ausgespannt.

»Ehe du ein Wort sagst, zwischen ihm und mir ist nichts geschehen. Wir haben uns zufällig auf der Toilette getroffen.« Das entsprach zwar nur halb der Wahrheit, aber zu viele Details würden Neeles Gereiztheit grundlos befeuern.

»Von wegen. Deine Wangen sind rot, und Jasper grient, als hätte er ein Parkticket verteilt.«

»Das ist der Alkohol.«

»Wie du meinst. Aber komm nicht bei mir angerannt, wenn der Sunnyboy dein Herz gebrochen hat. Denn das wird er. Jasper bedeutet Drama, Perle. Hör auf mich.«

Ich nicke, damit sie zufrieden ist.

Der weitere Abend verläuft zwischen Neeles Sticheleien und Gerrits Witzen schleppend daher. Ich habe das Gefühl, Jasper achtet penibel darauf, mir nicht zu nahe zu kommen. Was mir unter Neeles forschenden Blicken recht ist.

Es ist längst nach Mitternacht, als Magda zum Abschluss *Alle, die mit uns auf Kaperfahrt fahren, müssen Männer mit Bärten sein* von Santiano aufdreht. Die Gäste drängen auf Tische, Stühle und Bänke, grölen im Rhythmus des Liedes. Jasper zieht mich zu sich auf die Bank und hält mich in den Armen, damit ich auf den hohen Schuhen nicht umfalle. Gemeinsam schunkeln wir zur Melodie. Neele tanzt neben Gerrit und trällert lauter als wir alle zusammen, bis das Lied zu Ende ist und Magda das Licht anmacht.

»Alle, die mit uns auf Kaperfahrt fahren«, lalle ich an Jaspers Seite, als wir neben Neele und Gerrit vor *Mopsy's Bierbar* stehen. Gleichzeitig bin ich froh, dass ich am Wochenende nicht arbeiten muss.

»Kannst du allein stehen?«

Grinsend hebe ich meine Clutch in die Höhe und drehe mich um mich selbst.

»Bravo, Perle. Eine waschechte Ballerina.«

»Bravo!«, ruft Gerrit mit italienischem Akzent und klatscht, als hätte ich eine perfekte Pirouette gedreht.

»Gut, ähm. Ich werde jetzt gehen.« Mit beiden Daumen zeigt Jasper hinter sich die *Bahnhofstraße* hinauf. »Findest du allein nach Hause?«

Die Frage ist an mich gerichtet, und ich wünschte, dass meine Freunde nicht neben mir stehen und mich anstarren würden.

»Ich habe es nicht weit, danke. Komm gut nach Hause.«

Er winkt mir zu und geht.

Ich bleibe zurück und kann nicht fassen, dass das unser gemeinsamer Abend gewesen war. Ich kann nicht fassen, dass ...

Mir kommt eine absolut geniale Idee!

»Warte!«

»Was hast du vor, Perle? Er ist verheiratet.«

»Ich weiß«, zische ich. »Darum geht es nicht.« Wankend laufe ich ihm hinterher.

»Alles in Ordnung?« Besorgt sieht Jasper mich an, und ich frage mich, wie verzweifelt ich aussehe.

»Du weißt von unserem Buchclub. Bei Hanna?«

Jasper grinst. »Den habe ich nicht vergessen. Deine Flyer habe ich bei der Arbeit ans Brett gepinnt.«

»Das meine ich nicht. Ich wollte dich fragen ...« Soll ich es wagen? Soll ich so dumm sein und ihn einladen?

»Was wolltest du mich fragen?« Jasper sieht mich so zuversichtlich an, dass ich ihm in diesem Moment alles fragen würde.

»Nächste Woche Donnerstag treffen wir uns zum Feierabend. Wir lesen *Der Gesang der Flusskrebse.* Kennst du das?«

»Klar.«

Ich kann mein Glück kaum fassen und möchte vor Freude in die Luft springen.

»Dann komm vorbei. Es ist nicht dein bevorzugtes Genre, ich weiß, aber uns fehlt ein Mann im Club«, lüge ich. »Wir hätten einen Grund … Also, wir könnten uns …«

Ich finde die passenden Worte nicht.

»Ich werde da sein«, sagt er mit den Händen an meinen Oberarmen. »Wir sehen uns nächste Woche, Rikchen.«

Spielerisch schnaufe ich. »Nenn mich nicht so, das kann ich nicht leiden.«

»Das habe ich nicht vergessen. Wie vieles andere auch nicht.«

Dann lässt er mich los und verschwindet in die Dunkelheit.

»Ich habe schon befürchtet, der geht nie.«

»So schlimm ist er nicht.«

Meine Freunde stehen hinter mir und sehen aus, als hätten sie die Nacht durchgetanzt.

»Aus dir spricht der Alkohol, Perle. Bier macht unvernünftig.«

»Wein auch.« Gerrit kichert. »Komm, meine Liebste, schieb mich heimwärts. Mein Bett wartet auf mich.«

»Findest du allein nach Hause?« Neele äfft Jasper mit einem gekünstelten Knutschmund nach.

Ich tue ihr nicht den Gefallen und gehe auf ihre Provokation ein, sondern küsse sie auf die verschwitzte Wange. »Gute Nacht, Neele.« Gerrit küsse ich auf die Stirn. »Gute Nacht, Gerrit.«

»Gute Nacht, John-Boy«, ruft Neele mir hinterher. Ich drehe mich aber nicht um, sondern gehe auf die *Niendorfer Straße* zu und winke mit meiner Clutch.

Eine halbe Minute später, die spärlichen Straßenlaternen und vereinzelten Spaziergänger habe ich längst hinter mir gelassen, ist es stockduster und kalt. Augenblicklich fange ich an zu rennen. Wenn ich nachts in Berlin allein nach

Hause gegangen bin, habe ich mir ein Taxi genommen oder bin mit S- oder U-Bahn gefahren. Immer zu einer Zeit, zu der viele Menschen unterwegs waren. Auf Fehmarn ist es an einem Freitagabend weit nach Mitternacht totenstill.

Während ich mich ständig umdrehe, da es dort raschelt und da hinten gurrt, steigt mein Hunger mit jedem Schritt. Wenn ich heil nach Hause komme, schwöre ich mir, mich mit einer übergroßen Portion Käsenudeln zu belohnen.

Als ich auf das Gartenhäuschen zulaufe, das hinter dem weißen Lattenzaun steht, wird mir schmerzlich bewusst, dass mein Kühlschrank leer ist und sich der nächste Sushi-Laden in Kiel befindet.

Deprimiert schlurfe ich um die Kirschlorbeerhecke und verharre auf der Stelle. In meinem Garten steht eine Gestalt.

»Jasper?« Auf Zehenspitzen eile ich am Zaun entlang. Ich weiß nicht, ob ich mich freuen oder fürchten soll. Tausend Fragen strömen mir durch den Kopf. Wie soll ich das Neele erklären? Wie meinen Eltern und meiner Schwester? Was ist mit seinen Kindern? Werden sie bei Dina leben oder bei ihm, wenn sie getrennt sind? Und wenn er zu mir zieht, wird mein Bücherzimmer dann zu einem Kinderzimmer?

Als ich die Gartenzauntür erreiche, höre ich eine tiefe Stimme. »Wer ist Jasper?«

Thies Kruse.

Ungeniert stöhne ich und betrete den Garten, während ich mich für meine Gedanken schäme. Als wenn Jasper heute Nacht zu mir gekommen wäre. Er ist verheiratet! Und er hat eine Familie, die er über alles liebt!

Warum bin ich bloß so naiv?

»Weil ich an die Liebe glaube«, flüstere ich mir zu.

Vor dem bärtigen Schrank, der mein Nachbar ist, bleibe ich stehen. »Was stehst du vor meiner Tür? Schlüssel vergessen?«

Dass *Sie* habe ich unterwegs verloren.

»Na, Frau Hansen.«

»Ich bin Rike.«

»Ich weiß. Aber schön zu hören, dass Sie das nicht vergessen haben.«

Arschloch.

»Sie riechen wie ein alter Aschenbecher. Kneipenbummel?«

»Das geht dich nichts an.« Ich krame in meiner Clutch nach dem Haustürschlüssel. »Und du riechst ...« Ich schnuppere in seine Richtung und bedauere es zutiefst. Thies Kruse riecht verdammt gut. Als käme er frisch aus dem Wald, wo er oberkörperfrei Holz gehackt und nebenbei ein Rehkitz gestreichelt hat.

Konzentriere dich, Rike. Konzentriere dich.

»Ihr Magen knurrt. Sie sollten nicht auf leeren Magen trinken. Das ist schlecht für Ihre Gesundheit.«

Provokativ halte ich den Schlüssel in sein Gesicht. »Wären wir jetzt in Berlin, würde ich Sushi essen. Einfach in den Laden gehen, bestellen und mit nach Hause nehmen.«

»Frischen Fisch gibt's in Burgstaaken auf den Kuttern. Aber mit Kopf.«

»Du bist widerlich.« Angeekelt rümpfe ich die Nase und bemerke erst jetzt, dass Thies sich nicht von der Stelle rührt. »Warum stehst du im Dunkeln im Garten wie ein komischer Kauz? Hast du keine Freunde?«

Ich folge seinem Fingerzeig in die Luft. Über mir strahlt der schönste Sternenhimmel, den ich seit Langem gesehen habe. Schräg über uns entdecke ich den *Großen Wagen* und weitere Sternenbilder, die mir nicht bekannt sind.

»Wunderschön«, hauche ich.

»Das gibt es in Berlin nicht.« Thies kommt zu mir und sein warmer Wollpullover reibt an meiner Hand, was mich aus dem Gleichgewicht bringt. Aber mein Nachbar greift nach mir, stützt mich. Schulter an Schulter stehen wir nebeneinander und schauen in die Sterne.

»Sehen Sie? Dort oben ist der *Große Wagen.* Er ist Teil des *Großen Bären.* Aber für gewöhnlich sehen wir nur seine sieben Sterne, denn sie sind die hellsten.«

Im Kopf zähle ich die Sterne nach. Sieben an der Zahl. Ihre Strahlkraft ist beeindruckend. Intensiv und dabei unaufdringlich.

Auf einmal komme ich mir klein vor, unbedeutend. All meine Pläne, all meine Hoffnungen für mein Leben. Was sind sie gegen die Sterne, die nachts am Himmel leuchten?

Thies' Nähe verwirrt mich, denn seine Wärme, sein langsamer Atem fühlen sich auf eine seltsame Weise vertraut an.

Ich löse mich von ihm und trete zwei Schritte zurück. Der Alkohol scheint mein Urteilsvermögen zu beeinflussen.

»Berlin hat ... auch seine guten Seiten«, schwärme ich. »Die besten Cafés, internationale Restaurants, zahlreiche Museen und jede Menge Shoppingmöglichkeiten. Im Sommer liegen die Berliner in Parks oder am See. Keine Großstadt ist lebendiger.«

Thies brummt. »In der Großstadt sind Lärm und Gewalt an der Tagesordnung. Jedes Mal wenn ich in eine Stadt fahre, bin ich froh, wieder nach Hause zu kommen. Für mich ist nichts beruhigender als das Rauschen der

Ostsee. Auf Fehmarn steht die Zeit still. Abseits des Tourismus gibt es für mich kein friedlicheres Leben als auf dieser Insel.«

Träume ich oder erzählt er mir etwas über sich? Als ich ihm zustimmen will, wendet er sich ab, um die Holztreppe hinauf zu gehen.

»Gute Nacht, Rike.«

Die Art wie Thies zum ersten Mal meinen Vornamen ausspricht, verschafft mir eine Gänsehaut. Rasch stecke ich den Schlüssel in das Schloss. Im schwachen Schein des Bewegungsmelders brauche ich einen Moment, bis er passt.

»Gute Nacht, Thies.« Seinen Namen betone ich besonders charmant, damit er versteht, dass ich sein *Du* zu schätzen weiß. Mit einem Lächeln gehe ich rein. Vielleicht wird mein neues Leben auf Fehmarn weniger anstrengend, als ich gedacht habe.

Gut gelaunt tänzle ich ins Wohnzimmer. Auf halbem Weg zum Kühlschrank blitzen zwei Augen im Mondlicht auf meiner Terrasse auf. Vorsichtig bewege ich mich zur Glastür, bis ich erkenne, dass Thunfisch mit einer Maus im Maul vor mir sitzt.

Wenn dieser Kater vorhat, mir jeden Tag ein totes Tier auf die Steine zu legen, muss ich mit Thies ein ernstes Wörtchen über seine Erziehungsmethoden reden.

»Kusch!«, rufe ich durch die Scheibe. Thunfisch rührt sich nicht. Auch nachdem ich die Tür geöffnet habe und mit beiden Armen nach ihm fächere, bleibt er sitzen.

Stur wie sein Dosenöffner.

Mein Smartphone piept. Ich greife nach der Clutch, um zu sehen, was Neele mir um diese Uhrzeit zu sagen hat. Zu meiner Überraschung entdecke ich eine mir unbekannte Nummer auf dem Display.

Schön, dass du zurück bist. Jasper.

Mit klopfendem Herzen lese ich den Text. Wie hat er sich meine Nummer besorgt? Neele wird sie ihm nicht gegeben haben. Dann war es Gerrit!

In Gedanken sende ich meinem Freund tausende Küsse, während meine Finger über die Tastatur rasen und ich hoffe, dass ich nüchtern genug bin, um keine verwirrenden Sätze zu schreiben. Tief in mir drin möchte ich ihm anzügliche Nachrichten schreiben, doch ich entscheide mich für eine unverfängliche Antwort.

Wir sind alte Freunde, mehr nicht.

Das finde ich auch!

Als ich die Tür schließe, ist Thunfisch nicht mehr da.

Wir sehen uns im Buchclub. Schlaf gut.

Neugierig lese ich Jaspers Nachricht und wanke ins Badezimmer. Abschminken und Zähneputzen laufen wie von selbst.

Gute Nacht!, antworte ich. Bei mehr Worten befürchte ich, die Beherrschung zu verlieren. Dass Jasper sich meine Nummer besorgt hat, ist der Höhepunkt des Abends. Erst ein friedliches Gespräch mit Thies, und jetzt kann ich Jasper jederzeit erreichen, wenn ich es will. Nicht dass ich es tun werde, aber die Möglichkeit besteht.

Rasch schlüpfe ich ins Bett und schlafe mit einem verschmitzten Lächeln auf den Lippen ein.

Zwischen den Zeilen

Sein Bart kratzt über meine nackten Schenkel. Langsam schiebt er sich über mich hinweg. Jede Sekunde fühlt sich wie eine Ewigkeit an, seine Liebkosungen bringen mich fast um den Verstand. Tief drücke ich mich in die Matratze und kralle die Finger in das weiche Bettlaken. Seine Hände wandern über meine Beine und hinterlassen ein Prickeln, das mich zum Stöhnen bringt. Mein Körper fiebert seinem entgegen, und ich bin mir sicher, es gibt nur diesen Mann für mich. An meinem Becken verharrt Thies und schenkt mir ein verführerisches Lächeln. Er weiß, dass mich seine Zurückhaltung quält. In seinen Augen brennt ein Verlangen, dass tiefe Sehnsüchte in mir weckt.

Schweißgebadet wache ich auf.

War das Thies in meinem Traum? Dieser Bart ... Das kann nicht sein. Oder war es Jasper? Ich versuche, mich an das Gesicht des nächtlichen Besuchers zu erinnern, und sehe bloß ein verschwommenes Lächeln. Definitiv Jasper, denn Thies lächelt nicht. Aber der Bart? Habe ich Gefühle für meinen Nachbarn?

Das muss der Restalkohol sein.

Irritiert schaue ich an die Decke. Ich befinde mich in meinem Schlafzimmer, liege im Bett, der Tag hat längst begonnen. Aber dieser Lärm?

In meinen Ohren rattert es. Draußen tobt ein Rasenmäher, als wären wir im Krieg. Wer zum Teufel mäht an einem Samstagmorgen den Rasen?

Das nervtötende Brummen wird von einem seltsamen Surren begleitet, das ich nicht zuordnen kann. Nicht nur mein Kopf fühlt sich tonnenschwer an, sondern auch mein Bauch. Als läge ein Stein auf mir. Ein schwerer Brocken, der sich ... bewegt?

Ich schrecke hoch. Thunfisch sieht mich zufrieden an.

»Wie bist du ...? Kusch!«

Wie auf seiner Beute thront der Kater auf mir. Erst als ich die Beine bewege, bequemt er sich vom Bett.

»Los!« Mit nackten Füßen laufe ich seinem getigerten Hintern nach, lenke ihn zur Terrassentür und schiebe ihn hinaus. »Du hast Hausverbot!«

Die frische Morgenluft ist wie ein Segen, der grausige Rasenmäherlärm dagegen nicht.

Thunfisch stiefelt zufrieden davon, als hätte er eine gemütliche Nacht auf mir verbracht. Ich sehe ihm nach, bis er um die Hausecke verschwindet und ich die Maus auf der Terrasse entdecke. Vage erinnere ich mich daran, dass er gestern Nacht vor der Tür gestanden hat, als ... Jasper hat mir geschrieben.

Ich eile zurück ins Schlafzimmer, werfe mich auf das Bett und durchsuche die Nachrichten im Smartphone.

Jasper hat mir vor ein paar Stunden geschrieben, dass wir uns im Buchclub sehen. Daran, dass ich mit ihm darüber gesprochen hatte, kann ich mich nicht erinnern. Aber seine Zusage beflügelt mich, mit schwerem Kopf aufzustehen, mir Kaffee zu machen und meine Lieblingsplaylist zu starten.

In Slip und Schlafshirt tanze ich zu *I'm Every Woman* von Chaka Khan durch die Wohnung. Den Lautstärkepegel drehe ich bis zum Anschlag, um gegen den Rasenmähermann anzukommen. Die weißblonden Locken habe ich zu einem lockeren Knoten hochgezwirbelt, damit ich wie eine Profisängerin den Kochlöffel als Mikrofon vor mir her schwingen kann.

Als ich aus dem Küchenfenster erkenne, wer auf dem Rasen steht, schlage ich mir vor Schreck den Löffel an die Lippen.

Meine Eltern unterhalten sich mit Thies.

Dass der Rasenmäherlärm verstummt ist, bemerke ich erst jetzt. Geschwind schließe ich die Playlist und laufe zur Terrassentür, um das Schlimmste zu verhindern. Nachher kommt meine Mutter auf die Idee, meinen Nachbarn zu unserem Sonntagsessen einzuladen.

»Moin!« Beim Winken aus dem Türrahmen renke ich mir beinahe den Arm aus. Meinen halb nackten Hintern verstecke ich hinter der Wand. »Hier wohne ich.«

»Huhu, Rikchen!« Meine Mutter winkt ebenso theatralisch wie ich und so wie ihre Wangen glühen, hat sie Thies bereits in ihr Herz geschlossen. Um sie herum steht eine Ansammlung von Tüten wie nach einem Schlussverkauf. »Komm raus. Wir schwärmen dem Wehrführer gerade von deinen Backkünsten vor.«

Ich möchte im Boden versinken, habe jedoch keine Zeit, mich zu schämen. Thies klammert sich an den Rasenmäher und wirkt hilflos zwischen meinen Eltern.

»Sie ist bloß schüchtern«, sagt meine Mutter. »Kommen Sie doch zu unserem Sonntagsessen vorbei, Herr Kruse, und bringen Sie Ihre Frau oder Ihre Freundin mit. Wir haben immer genug Hausmannskost auf dem Tisch.«

»Ich ... bin ledig, Frau H–«

»Hörst du das, Herbert? Unser Wehrführer ist Single. Ein Feuerwehrmann im besten Alter, der über unserem Rikchen wohnt. Das muss Schicksal sein.«

»Mutter!« Mit der Hitze, die durch meinen Körper strömt, könnte ich einen Eisblock zum Schmelzen bringen. »Lass Thies in Ruhe!«

»Komm, Liebes«, sagt mein Vater zu meiner Mutter. »Ich glaube, unser Rikchen friert.«

»Wieso hat sie auch nichts an? Kein Wunder, dass sie keinen Mann findet. In Berlin hat sie verlernt, wie man sich zu kleiden hat.«

Mit einem äußerst freundlichen Lächeln wendet sich meine Mutter an Thies. »Seien Sie nachsichtig mit unserem Rikchen. Die Großstadt hat nicht ihre besten Seiten gefördert.«

Thies brummt. Ich mag mir nicht vorstellen, welche Gedanken ihm durch den Kopf gehen.

Wenige Momente später zerre ich meine Eltern mitsamt ihren Taschen in die Wohnung.

»Belästigt Thies bitte nicht. Wir haben gerade so eine Art Frieden geschlossen, da müsst ihr ihm nicht seine Zeit stehlen.«

»Belästigt? Wir belästigen den Wehrführer nicht. Wir sind Bürger von Burg, und unser Wehrführer hat stets ein Ohr für die Bedürfnisse der Einwohner.«

»Das mag sein, aber meine Muffins gehören nicht zu den Themen, die ihn interessieren.«

»Ich habe ihm von dir vorgeschwärmt, weil wir uns freuen, dass du zurück nach Fehmarn gezogen bist.«

Als hätte ich sie schwer beleidigt, lässt meine Mutter ihre Taschen fallen und setzt sich zu meinem Vater auf das Sofa. Nebenbei inspiziert sie die Überbleibsel des Umzugschaos'. Sie kräuselt die zartrosa Lippen, als säße sie auf einer Müllhalde.

»Ich weiß«, besänftige ich sie. »Aber Thies muss nicht alles über mich wissen, und er wird nicht zu unseren Sonntagsessen kommen.«

»Wieso nicht? Er fand meine Einladung äußerst zuvorkommend.«

Grinsend lehnt mein Vater sich zurück und faltet die Hände im Schoß, als ginge ihn die Unterhaltung nichts an.

»Soweit es mich betrifft, ist er Single und du, mein Fräulein, suchst einen Ehemann. Das ist der Grund, warum du deine Siebensachen gepackt und nach Fehmarn gekommen bist. Eine Entscheidung, die meiner Meinung nach viel zu spät gefallen ist. Vor zehn Jahren schon hättest du herziehen sollen. Mit vierzig ist es viel schwieriger, einen Mann zu finden. Glaub mir. Ich sehe das bei deinen Cousinen. Gisela musste erst letztes Jahr einen aus der Druckerei heiraten, weil kein anderer übrig gewesen ist. Ein schlimmer Spieler ist der. Jeden Abend Poker. Und wenn du nicht schnell handelst, wird kein vernünftiger Mann mehr für dich übrig bleiben.«

Gleich schickt meine Mutter mich ohne Essen auf mein Zimmer. Ich sinke auf einen Karton, der Bücher enthält. »Da magst du recht haben, Mutter. Aber nicht Thies. Jeden anderen Mann, nicht ihn.«

»Sei nicht wählerisch, Rikchen. Das kannst du dir in deinem Alter nicht leisten. Herr Kruse war bereits verheiratet. Das bedeutet, er hat keine Bindungsangst. Wenn du ordentlich für ihn backst, wird er dich gut behandeln. Er ist schließlich Feuerwehrmann.«

»Freiwilliger Feuerwehrmann. Er ist Tischler. Draußen steht sein Firmenwagen.«

»Sei nicht so engstirnig. Die Zeit läuft dir davon. Dein Vater und ich werden nicht jünger, Rikchen. Wir stehen beide mit einem Bein im Grab.«

»Sprich bitte nur für dich, Liebes. Mir geht es bestens!«

»Von wegen. Deine Knochen knacken wie bei einem Feuerwerk, wenn du dich morgens aus dem Bett quälst. Deine Vitamine nimmst du auch nicht.«

»Lass uns das zu Hause besprechen. Jetzt geht es um unser Rikchen.«

Verräter.

»Wie du meinst. Aber denk nicht, dass mir das nicht auffällt. Ich sehe alles. Ich bin nämlich deine Frau, und Ehefrauen achten auf ihre Ehemänner.«

Mein Vater drückt meiner Mutter einen Kuss auf die Wange, und ihre zornige Ader auf der Stirn verflüchtigt sich.

»Jedenfalls, Rikchen, wir sind reif für Enkelkinder. Mehr will ich dir damit nicht sagen.«

Als wäre sie einen Marathon gelaufen, fällt sie in die Arme meines Vaters zurück.

»Regine hat zwei Kinder. Oder hast du Sibylle und Klaus vergessen?«

»Natürlich nicht!« Wie ein kleiner Drache schnauft meine Mutter. »Aber wir haben Platz für mehr. Meine Freundin Sabine, du erinnerst dich eventuell an sie, sie wohnt in der Straße bei der Polizei. Sie hat fünf Enkelkinder. Hörst du, Rikchen? Fünf!« Zur Verdeutlichung hebt sie die rechte Hand und spreizt die Finger. »Sie alle kommen sonntags zu ihr zum Essen. Alle gemeinsam. Das erzählt sie mir jede Woche beim Friseur. Zwar sind zwei davon von ihrem früheren Mann, aber das stört niemanden. Es würde uns auch nicht stören, wenn der Wehrführer ein Kind hätte. Hat er nicht einen Sohn, Herbert? So einen Rothaarigen?«

»Das ist sein Neffe, Liebes. Der Lütte von Maria Bruns. Aus Großenbrode. Erinnerst du dich? Wir haben sie auf dem Weihnachtsmarkt getroffen.«

»Ja, richtig. Schade eigentlich. Der schien so gut erzogen.«

Die nächsten Stunden fühlen sich wie Tage an. Ich helfe meiner Mutter dabei, die Spitzengardinen meiner Großmutter aufzuhängen. Ich wage es nicht, ihr zu sagen, dass ich online eigene bestellt habe. Stattdessen genieße ich die Pause auf der Anklagebank, die mein Singleleben mit sich bringt.

Mein Vater baut fröhlich vor sich hin pfeifend die restlichen Möbel auf. Kommoden, Beistelltisch und Schränkchen. Mit jedem Möbelstück sieht die Wohnung mehr nach meinem Heim aus.

Mein rosarotes Fahrrad, das ich zum 16. Geburtstag geschenkt bekommen habe, stellen sie mir auf den Kies. Während mein Vater in seinen silbernen Mercedes steigt, verabschiedet mich meine Mutter mit den Worten: »Morgen gehen wir die Liste mit deinen zukünftigen Ehemännern durch. Sie freuen sich alle auf dich. Und mach dir keine Sorgen, die Verabredungen sind bereits arrangiert.«

Tief atme ich ein und winke ihr hinterher, da ich nicht weiß, was ich darauf antworten soll. Ich bin fast vierzig Jahre alt, und meine Mutter will für mich einen Ehemann aussuchen. Da ich zu verkatert bin, um bereits mittags mit dem Trinken anzufangen, schwinge ich mich trotz Kopfschmerzen auf mein Fahrrad.

Auf der *Strandallee* fahre ich bei schönstem Sonnenwetter in Richtung Südstrand. Das letzte Mal, dass ich auf einem Zweirad gesessen bin, war in dem Fitnessstudio in Prenzlauer Berg. Etwa so lange ist es auch her, dass ich mich dort das letzte Mal habe blicken lassen.

Nach wenigen Minuten bei leichtem Gegenwind geht mir die Puste aus und ich rolle wie ein ausgelaugter Luftballon über den Fahrradweg. Wenn ich schieben würde, wäre ich schneller am Südstrand, aber so genieße ich den Burger Binnensee, die Gänse und Möwen, die auf der welligen Wasseroberfläche paddeln.

Mein halbes Leben habe ich am Strand vor dem IFA-Hotel verbracht. Zwar bin ich durch meine helle Haut niemals tiefbraun geworden, dafür habe ich es geliebt, auf einem Handtuch zu liegen und ein Buch nach dem anderen zu verschlingen.

Als ich mich erholt habe, fahre ich bis zur Südstrandpromenade, stelle mein Fahrrad in einen der Ständer und laufe den Weg hinab zur Ostsee. Die ersten Schritte auf dem weichen Untergrund fühlen sich seltsam an. Sofort ziehe ich die Leinenschuhe aus und versinke mit den Zehen im kalten Sandstrand. Zwischen Strandkörben schlendere ich hindurch, bis ich das Meer erreiche. Der leichte Wellengang wirft weiße Schaumkronen, die mich bei dem Spaziergang wie Beifall begleiten.

Mit den Schuhen in der Hand schlendere ich durch das kühle Wasser-Sand-Gemisch und lasse mich treiben. Ein paar der Möwen laufen mir nach, als hofften sie, dass ich sie mit Fischbrötchen füttern würde.

Mit der Frühlingssonne im Gesicht und der salzigen Meerluft in der Nase erfüllt mich nach wenigen Metern eine lang vermisste Zufriedenheit. Nichts kann diesen Moment zerstören. Weder der Gedanke, dass ich von Thies Kruse geträumt haben könnte noch die unerwünschten Raubvögel in meinem Bauch, die jedes Mal erscheinen, wenn ich an Jasper denke. Ich breite die Arme aus und sauge das sanfte Wellenrauschen, die leichten Böen und den Geruch nach Muscheln ein.

»Fredi?«

Mein Herz setzt aus, während ich stehen bleibe. Diese helle Stimme kommt mir irgendwie bekannt vor.

»Fredi, bist du es?«

Mist. Mist. Mist.

Von der Düne aus höre ich Dina Janssen und wünsche mir, ich wäre im Bett geblieben. Intensive Kuscheleinheiten mit Thunfisch wären mir tausendmal lieber, als mich jetzt meiner Vergangenheit zu stellen.

»Du hast recht Dina, das ist unsere Fredi.«

»Selbstverständlich ist sie das. Ich habe sehr gute Augen. Was du wieder denkst? Außerdem hat Jasper mir erzählt, dass sie in Burg wohnt. Unsere Fredi ist zurück auf Fehmarn.«

Kurz überlege ich, ob ich weitergehen und so tun soll, als hätte ich Dina und ihre Clique nicht bemerkt. Die Erinnerungen an das gemeinsame Pubertieren mit diesen Damen ist alles andere als ein Vergnügen. Aber da wir mittlerweile alle erwachsen geworden sind und die Teenagerjahre hinter uns liegen, winke ich.

»Komm her!«

Mit hängendem Kopf trabe ich zur Düne. Vier Frauen sitzen wie Hühner auf der Stange nebeneinander auf zwei Strandkörbe verteilt. Zu ihren Füßen liegen Sektflaschen.

Dina kommt mir entgegen. Ihre Umarmung ist weder vorsichtig noch aufdringlich. Sie ist eine von diesen beneidenswerten Frauen, die auch ohne Mascara aussehen, als wären sie die Verführung in Person. Lange, hellbraune Haare, tiefroter Schmollmund und ein Lächeln, das perlweiße Zähne entblößt.

»Du erinnerst dich an Karen, Maren und Dagmar?«

Als könnte ich die beliebteste Clique der *Inselschule* vergessen. Karen sitzt in dem Strandkorb, aus dem Dina aufgestanden ist. Grüne Brille, kupferrot gefärbte Haare im Pixie Cut und in der Hand ein Sektglas. Sie hebt die freie Hand zum Gruß und nippt kichernd an ihrem Glas. Auf der anderen Seite sitzen Maren und Dagmar. Die Zwillingstöchter des Marienhofes in Strukkamp. Beide wie aus dem Ei gepellt. Elegante, dünne Veloursledderjacken – eine in Schwarz, die andere in Braun –, farblich passende 7/8-Hosen, die blonden Haare hochgestylt, frisch vom Friseur. Ich dagegen trage einen zusammengewürfelten Dutt und mein Schlafshirt unter dem Trenchcoat. Damit keiner mein glitzerndes Einhorn sieht, klappe ich den breiten Kragen des Mantels um und klammere mich daran fest.

»Moin! Das ist aber ein … schöner Zufall, dass wir uns treffen.«

»Wir sind überall, Fredi.«

Dina strahlt mich mit ihrem Zahnpastalächeln an, und ich sehe darüber hinweg, dass sie mich bereits fünf Mal *Fredi* genannt haben. *Fredi* oder *Fred Feuerstein.* Nur einige ihrer neckischen Spitznamen, mit denen sie mich während der Schulzeit betitelt hatten, weil ich aus ihrer Sicht herumgelaufen bin wie eine Neandertalerin. Jedes Mal wenn mich eine von ihnen *Fredi* nennt, ist es wie kaltes Wasser im Gesicht.

»Seht euch Fredi an.« Dina begutachtet mich wie eine Designerhandtasche. »Hast du abgenommen? Ihr neumodischen Städterinnen habt wohl keine Zeit zum Essen, wie? Immer auf Achse, wie man so schön sagt. Das Leben in Berlin steht niemals still.« Sie dreht sich zu ihren

Freundinnen um und gackert. »Oder gilt das nur für New York? Ich kann mir das nie merken.«

Aus den Strandkörben hallt zustimmendes Gelächter. Ich verziehe den Mund zu einem schmalen Strich und hoffe, dass sie mir die Frustration nicht ansieht.

»Wie war eure kleine Feier gestern? Bist du gut auf der Insel angekommen?«

Meine Unterlippe klappt herunter. Stirnrunzelnd überlege ich, ob ich gestern Abend eine von ihnen im *Mopsy's* gesehen habe. Einen schunkelnden Jasper, den ja. Und eine Neele, die mit Gerrit tanzt. An eine von ihnen kann ich mich nicht erinnern. Glücklicherweise scheint Dina nicht zu bemerken, dass meine Hände zitterten.

»Nun schau nicht so überrascht.« Sie hakt sich bei mir unter, als wären wir beste Freundinnen. Ich versteife mich und fixiere meine Füße im Sand, da mir ihre freundliche Art unwirklich vorkommt. Für gewöhnlich zog sie auf dem Schulhof einen Bogen um mich. Aber offenbar ist das Kriegsbeil aus Schulzeittagen längst im Sand begraben.

Wir sind alle erwachsen geworden, sage ich mir und lächle entspannt. *Alle erwachsen.*

»Es soll heiß her gegangen sein im *Mopsy's,* wie ich gehört habe.« Ihr Tonfall ändert sich nur minimal, und doch versteife ich mich weiter. Dinas forschender Blick wandert über mein Gesicht, als suche sie Verrat.

Weiß sie von Jaspers und meiner Umarmung? Weiß sie, dass ich ihn zum Buchclub eingeladen habe und dass er mir gestern Nacht geschrieben hat?

Fragen über Fragen drängen in meinen Kopf, und plötzlich wird mir klar, dass ich mich in einer Situation befinde, in die ich niemals hineingeraten wollte. Ich stehe der nichts ahnenden Frau gegenüber, deren Mann mein Herz höherschlagen lässt.

»Was ... meinst du?« Vorsichtig probiere ich, mich aus ihrer Umklammerung zu lösen. Dina hält an mir fest wie eine Bulldogge an ihrem Spielzeug.

»Ihr habt alle auf den Tischen getanzt. Jasper hat mir alles erzählt. Mein Mann und ich haben keine Geheimnisse voreinander.«

Mir wird schlecht. Ich schlucke schwer. Der Kloß in meiner Kehle wehrt sich dagegen, hinabzugleiten. Während ich in Dinas makellosem Gesicht suche, was sie über meine Taten und meine Gedanken weiß, bilden sich nasse Flecken unter meinen Achseln.

»Wir sind dir ganz schön böse«, keift Karen aus ihrer Sitzecke. Durch ihre Brille kann ich nicht erkennen, ob sie mir zuzwinkert oder vor Aufgebrachtheit zuckt.

Ich sitze in der Höhle der Löwinnen fest. Unvorbereitet und ohne Verteidigung. Wäre Neele an meiner Seite, hätte es niemand von ihnen gewagt, mich anzusehen. Doch als Freiwild bin ich ihnen restlos ausgeliefert. Und obwohl ich mich innerlich sträube, weiß ich, dass ich ihre enttäuschten Gesichter verdient habe.

»Genau, Fredi! Wir sind dir böse!« Maren und Dagmar hören sich wie zarte Singvögel an, die auf einem Zaun Frühlingslieder zwitschern. Nur mit mehr Sekt im Blut.

»Ich weiß nicht, was ich sagen soll.« Zumindest bin ich ehrlich, denn ich habe keine Ahnung, wie ich rechtfertigen soll, dass Jasper mich ins Schwärmen bringt.

»Du könntest sagen, dass es dir leidtut.« Endlich lässt Dina mich frei. Ich halte meinen Arm, als hätte er in einer Falle festgesteckt.

»Was ... genau meinst du?«

Dina setzt sich zu Karen. Die enge Röhrenjeans stellt ihren wohlgeformten Hintern wie bei einer Preisverleihung optimal zur Schau. Ihre Freundinnen mustern mich wie zu Schulzeiten, angewidert und argwöhnisch.

»Na, dass du uns nicht eingeladen hast. Ehrlich, Fredi, wie kannst du eine Willkommensfeier im *Mopsy's* geben ohne uns?«

»Genau!« Maren und Dagmar heben ihre Gläser, während sich Karen neben Dina glucksend an ihrem Sekt verschluckt.

Verwirrt blicke ich sie an. »Oh, das.« Still schnaufe ich über ihre gespielte Verärgerung und hoffe, dass mein aufsteigender Ärger mit dem Ostseewind verpufft. Wenn sie wüssten, wie recht sie lagen, würden sie mich mit ihren Gelnägeln zerreißen.

»Das tut mir leid.« Das ist gelogen, denn Neele würde Dinas Clique aus dem *Mopsy's* jagen, ehe das erste Bier den Tisch erreicht.

Glück gehabt. Trotzdem liegt mir ein Stein im Magen. Wenn Dina von meinen Gedanken wüsste, würde sie nicht lächelnd im Strandkorb sitzen.

»Nun lach mal, Fredi. Wir sind dir nicht wirklich böse. Du kannst es wieder gut machen, wenn du willst.« Dina hebt ihr Glas und prostet mir zu. »Möchtest du Sekt? Wir haben ein extra Glas dabei, falls Karen ihres wieder zerschmettert.«

Seufzend schiebt Karen die Unterlippe nach vorn. »Ein einziges Mal ist das geschehen. Und ich habe mich bei dir entschuldigt.«

»Sag das meinen Wildlederstiefeln, die jetzt nach Sekt riechen. 300-Euro-Schuhe, die ich zweimal getragen habe. Jasper hat sie mir zum Geburtstag geschenkt.«

Karen besitzt mein volles Mitleid. Mit geröteten Wangen verkriecht sie sich im Strandkorb und sieht aus, als würde sie weinen.

»Wiedergutmachen?«, frage ich. »Was meinst du damit?«

Dina nimmt den gereizten Blick von Karen und sieht mich mit einer Unschuldsmiene an, die einen Oscar verdient. Wie sie innerhalb weniger Augenblicke ihre Gesichtszüge wechselt, fasziniert mich.

»Du kommst morgen zu meiner Tupperparty. Dann können wir bei uns dein Wiedersehen feiern.«

Nein. Nein. Nein.

»Ich weiß nicht.« Krampfhaft suche ich nach einer glaubhaften Ausrede. »Morgen ist das Mittagsessen bei meinen Eltern. Tut mir leid, das wird leider nichts.« Meine Mundwinkel sacken nach unten, obwohl ich innerlich tanze. Keine zehn Pferde kriegen mich zu Dinas Tupperparty.

»Wir fangen erst um 15 Uhr an. Das schaffst du locker. Mach dir keine Sorgen.«

Und ob ich mir die mache. Ich in Jaspers Haus? Ich in Jaspers, in Dinas und dem Haus ihrer Kinder?

Unwohlsein durchflutet mich. Dina scheint davon nichts zu merken. Mit großen Augen und tiefschwarzen Wimpern betrachtet sie mich. Auch die Zwillinge und Karen sehen mich erwartungsvoll an.

»Bitte! Das darfst du nicht verpassen.« Dina legt die Handflächen wie beim Beten aneinander.

»Dinas Tupperpartys sind legendär. Die besten auf Fehmarn.«

»Schleim dich nicht ein!« Dina verbannt Karen zurück in ihre Ecke.

Unter dem Druck der auffordernden Blicke knicke ich ein. Mir fällt nichts anderes ein, als zuzusagen. Innerlich kreische ich wie die Möwen im Hintergrund und sehe mich schon mit aufgesetztem Lächeln umringt von Tupperware.

Ein letztes Ass im Ärmel besitze ich noch.

»Ich kann Neele und Gerrit mitbringen.« Wenn ich beide mitnehme, wird es halb so schlimm, und Dina wirft uns vermutlich nach wenigen Minuten raus. »Dann können wir gemeinsam ein Wiedersehen feiern.«

Dinas Gesicht versteinert. »Für mehr Leute ist leider kein Platz. Das verstehst du bestimmt. Wir haben begrenzte Sitzplätze, tut mir furchtbar leid. Aber du kommst?«

Sie lügt. Ich weiß das, und sie weiß das. Alle wissen das. Trotzdem lächeln wir uns an. Schöne, heile Welt.

»Das hört sich fantastisch an.« Wo ich meine gespielte Euphorie ausgrabe, weiß ich nicht. »Leider muss ich jetzt los. Mein Fahrrad wartet auf mich.«

»Dein Rad?« Maren und Dagmar gackern im Strandkorb.

»Hast du kein Auto?« Karen sieht mich wie eine Außerirdische an.

»Ehrlich, Fredi? Dann musst du dir aber schleunigst eins kaufen«, rät mir Dina. »Jede Frau, die etwas auf sich hält, braucht ein schickes Auto.« Ihr Blick bleibt auf meinem Oberkörper hängen. »Ein pinker Smart! Der würde gut zu dir passen.« Erst jetzt bemerke ich, dass mein glitzerndes Einhorn unter dem Trenchcoat hervorlugt. Schnell schließe ich den Kragen.

»Ich arbeite daran. Erst muss ich mich neu einrichten. Ihr wisst bestimmt, wie das ist. Überall Kartons, Möbel müssen zusammengebaut werden, Bücher einsortiert.«

Alle nicken und nippen an ihrem Sekt. Der beste Zeitpunkt, um mich zu verabschieden.

»Macht's gut! Es war … nett, euch zu sehen.« Ich winke ihnen zu und gehe an Dinas und Karens Strandkorb vorbei, um endlich mit dem Schwitzen aufzuhören.

»Bis morgen! Du weißt, wo mein Mann und ich wohnen?«

Als könnte ich das vergessen.

»Ja!« Mit einem letzten Wink verschwinde ich hinter der Düne und hetze zu meinem Fahrrad. Auf einmal macht mir der Gegenwind nichts mehr aus. Ich trete in die Pedalen, sause an den Spaziergängern auf der *Strandallee* vorbei, durch Neue Tiefe hindurch in Richtung Burg. Den Galloway-Rindern auf den Feldern schenke ich keine Aufmerksamkeit. Auch nicht den Blumenwiesen, den hohen Bäumen oder den Gänsen.

Ich brauche ein Fischbrötchen. Sofort. Eigentlich sollte ich auf meine Linie achten und eher zum Salat greifen, aber meine Seele schreit nach fettem Fisch in leckerem Teig. Und nach einem netten Gesicht.

Neele lächelt mich an, als ich nach zwei Lachsbrötchen das *Moinsens* am Marktplatz betrete. Völlig durchgeschwitzt platze ich durch die Glastür, stürme auf sie zu und falle ihr in die Arme. Zwei Kundinnen sehen mir hinterher, als wäre ich nackt. So fühle ich mich auch.

»Ist Störtebeker hinter dir her?«

»So ähnlich.« Ich löse mich von ihr und zupfe meinen Trenchcoat zurecht. Neele faltet einen türkisfarbenen Pullover, den sie auch selbst anhat, und legt ihn auf den Tisch neben ihr. Die aktuelle Frühjahrskollektion sieht mit ihren Neonfarben aus wie aus einem Kaugummiautomaten. Da Neele jeden Zentimeter ihrer zwei Räume ideal ausnutzt, leuchtet das *Moinsens* wie ein Tuschkasten mit all den Shorts, Stoffhosen und Übergangsjacken an den Wänden.

»Du bist ja völlig außer Atem.« Meine Freundin streichelt mir über die Schulter und führt mich zur Kasse, um dort strahlendrote Blusen auszupacken.

»Trink einen Schluck Kaffee. Der ist frisch.«

Ich liebe Neele. Ein heißer, beruhigender Schluck Kaffee aus ihrem Becher mit Anker-Aufdruck ist jetzt genau das Richtige für mich, um mein erhitztes Gemüt zu besänftigen.

»Rate, wem ich begegnet bin.«

»Jasper?« Ihr vorwurfsvoller Blick trifft mich, doch ich lächle. »Dina und ihrer Clique.«

»Die Schnapsdrosseln?«

Ich nicke, während ich einen Schluck trinke. »Am Südstrand bin ich ihnen begegnet. Allen Vieren. Eigentlich wollte ich gemütlich am Strand spazieren gehen.«

»Auf Fehmarn bist du nie allein.«

»Das hatte ich vergessen.« Das würde mir nicht wieder passieren. Nicht ohne mir vorher Floskeln zurechtzulegen, mit denen ich mich aus jeder Situation herausmanövrieren kann.

»Die Mädels wussten von gestern Abend und dass Jasper bei uns gewesen ist. Beinahe wäre ich in Ohnmacht gefallen. Er hat Dina wohl alles erzählt.«

»Nicht unbedingt. Er muss nichts erzählt haben. Erinnerst du dich an Dirk? Dem ich ein blaues Auge verpasst hatte?«

Mir schwant nichts Gutes. Wenn ich mich recht erinnere, hat er Jasper und mich an den Toiletten gesehen, als wir einen kleinen Moment der Schwäche geteilt hatten.

»Dirk ist Karens Mann. Seit 15 Jahren, glaube ich. Beide führen den Reiterhof in Gahlendorf, der Thies Kruse gehört hat. Er wird euch gesehen haben und hat alles brühwarm seiner Schnattertante erzählt.«

Mit meiner Hand klammere mich am Kaffee fest. Meine andere sucht Halt am Tresen, falls meine weichen Knie mir den Dienst versagen.

»Geht's dir nicht gut, Perle?«

»Hm?« Nach außen mag ich nur verunsichert wirken, innerlich explodiere ich vor Zweifeln. Und doch kann ich mir nicht vorstellen, dass Jasper seiner Frau von unserer Umarmung erzählt hat. Oder Dirk. Dina hätte mich nicht eingeladen, wenn sie davon erfahren hätte.

Meine Gedanken behalte ich für mich, obwohl Neele mich forschend ansieht.

Eine Kundin rettet mich. Mit einem korallfarbenen, dünnen Strickpullover mit V-Ausschnitt tritt sie an die Kasse. Während Neele die Frau bedient und ihr als Ausflugsziel den Flügger Leuchtturm empfiehlt, begebe ich mich zu den Accessoires und begutachte eine weiß-blau gestreifte Strandtasche.

Wenige Minuten später sind wir wieder allein. Neele legt himmelblaue Stoffhosen zusammen. Ich vermeide jeden Blickkontakt, indem ich vorgebe, mir die maritimen T-Shirts mit Möwen-Aufdruck anzusehen.

Irgendwann platzt es aus mir heraus, da ich fürchte, sonst in ein emotionales Unglück zu schlittern.

»Ich habe Jasper zum Buchclub eingeladen.«

»Hast du nicht.«

»Doch.« Zur Abwehr ihrer missmutigen Miene halte ich den Kaffeebecher vor mein Gesicht.

»Ich habe dir gesagt, dass du dich von ihm fernhalten sollst. Du begehst sozialen Selbstmord, denn das mit euch wird nicht gut gehen. Auf unserer Insel bleibt nichts geheim. Er wird dich ausnutzen und dich fallen lassen, wie damals.«

»So ist das nicht gewesen, und das weißt du auch. Ich bin gegangen. Er hat sein Leben weitergelebt. Das war sein gutes Recht.« Den Becher stelle ich vorsichtshalber zwischen zwei T-Shirt-Stapel, damit ich ihn nicht verschütte. »Außerdem bin ich kein Roboter und kann meine Gefühle auf Knopfdruck abstellen. Jasper bringt meine kleine Welt durcheinander, jedes Mal. Wenn er lächelt, schlägt mein Herz schneller, als wären wir aufeinander abgestimmt. Was soll ich deiner Meinung nach machen?«

»Ihn gehen lassen.«

Ich weiß, dass Neele recht hat, doch mein Herz rebelliert gegen diese für mich absolut unsinnig klingenden Worte.

»Der Sunnyboy gehört dir nicht mehr. Er hat sich für Dina entschieden, gleich nachdem du einen Fuß auf das Festland gesetzt hast. Er hat sein Schicksal selbst gewählt. Die beiden haben sich verdient, und du solltest sie nicht in ihrem Elend stören.« Sie legt die Hose auf den Stapel und geht um den Tisch herum auf mich zu. »Sei nicht *die andere Frau*, Perle. Sei du selbst. Sei eine glückliche Singlefrau. Das ist keine Schande.«

»Ist es sehr wohl.« Obwohl niemand außer uns im Laden ist, flüstere ich. »Du weißt nicht, wie das ist, wenn deine Familie ... Ach ... Die Gesellschaft von dir erwartet, mit vierzig einen Ehemann, ein Haus mit Garten, Hund und Katze und 1,5 Kindern vorzuweisen. Du weißt nicht, welcher Druck auf mir lastet.«

Als hätte ich sie verletzt, wendet Neele sich schnaufend von mir ab. »Ich soll nicht wissen, wie das ist?« Aufgebracht langt sie nach einem ordentlich zusammengelegten, quietschgrünen T-Shirt und faltet es neu. »Hast du eine Ahnung, wie es in mir aussieht? Ich bin lesbisch, Rike, nicht unsichtbar. Meine Eltern haben auch Wünsche. Sie wollen Enkelkinder, einen Schwiegersohn. Zwar haben sie sich damit abgefunden, dass ich keinen Mann mit nach Hause bringe, aber Enkelkinder sind ihr einziger Sinn im Leben, jetzt, da sie Rentner sind. Und meine Freunde lachen über mich, weil ich weder eine Beziehung aufrecht halten kann, noch Kinder habe.«

»Wir lachen nicht.«

»Das braucht ihr nicht. Ich sehe eure Blicke.«

In drei Schritten bin ich bei ihr und nehme sie in den Arm.

»Ich bewundere niemanden so sehr wie dich, Neele. Du bist die stärkste Frau, die ich kenne. Du lässt dir von niemandem etwas sagen. Du lebst dein Leben, so wie du es möchtest.«

»Dann bist du nicht Jaspers Meinung?« Ihr Herzschlag pocht so schnell unter ihrem türkisfarbenen Pullover, dass er meinem Konkurrenz macht.

»Natürlich nicht. Wie kommst du darauf? Du hast Jasper in die Ecke gedrängt und er hat sich gewehrt. Deshalb denke ich nicht automatisch wie er.«

Ein Pärchen betritt das *Moinsens,* und wir lösen uns voneinander. Ich streichle Neele über die gerötete Wange und ziehe ihr am pechschwarzen Haar, das ihr bis zum Kinn reicht. Sie zwinkerte mir zu. »Geht schon wieder.«

»Moin zusammen«, ruft sie den Kunden entgegen. »Kann ich euch helfen?«

Beide schütteln die Köpfe und schlendern durch den Laden. Er ähnelt einem Sportler, groß und durchtrainiert. Sie dagegen ist zart und puppenhaft, als könne sie in eine der Handtaschen neben dem Eingang verschwinden. So wie er ihre Hand hält und sie ihn dabei zwischendurch anhimmelt, versetzt es mir einen Stich.

»Tu dir selbst einen Gefallen. Konzentriere dich auf dich, Perle. Genieß dein Leben. Hab Spaß an Dates, und lass Jasper Jasper sein, auch wenn er dir gestern Nacht geschrieben hat.«

»Woher weißt du das?«

»Gerrit.« Neele lacht. »Er hat mir gebeichtet, dass er Jasper deine Nummer gegeben hat.«

»Hast du ihn bestraft?«

»Blauen Fleck am Oberarm.« Neele strahlt wie eine Amazone.

Armer Gerrit. Und doch schmunzle ich.

Die Kunden kehren mit einem orangefarbenen Faltenrock an den Tresen.

»Du hast Kundschaft. Ich gehe, muss eh duschen.«

Neele drückt mich zum Abschied und geht zur Kasse. Als ich hinausgehe, ruft sie mir hinterher: »Und morgen gehst du nicht zu Dina.«

»Ich habe ihre Nummer nicht, ich muss.«

»Dann sei unhöflich und sag nicht ab. Sie wird es überleben. Selbstschutz und Selbstachtung, Perle. Das wichtigste Equipment einer Singlefrau. Konzentriere dich auf deine Dates, und such dir einen netten Fischer. Wann geht's los?«

»Das erfahre ich morgen beim Sonntagsessen.«

»Grüß mir deine Family, und steck den Kopf nicht in den Sand.«

Ich werfe ihr einen Luftkuss zu und tauche in den samstäglichen Trubel auf dem Marktplatz.

Tupperparty wider Willen

Wie betäubt stehe ich vor der blau-weißen Tür meiner Eltern und gebe vor, die gelbe Rosenblütenpracht neben dem Erkerfenster zu bewundern. Auf dem frisch getrimmten Rasen stehen zwei Gartenzwerge mit roter Zipfelmütze und schauen mich grimmig an. Sie verurteilen mich, denn sie wissen, warum ich zögere.

Ich fürchte mich vor diesem Sonntagsessen mehr als vor der Tupperparty bei Dina. Meine Schwester wird ihren Mann heute mit einer gestreiften Fliege herausgeputzt haben. Sibylle und Klaus sind gekämmt und benehmen sich in Kleidchen sowie Bügelfaltenhose wie zwei Engel.

Eine schrecklich nette Familie.

Und wen habe ich dabei? Eine Ladung Schokoladenmuffins mit Zuckergussaugen und Vanillecremefüllung, die ich gestern Abend gebacken habe. Zwei habe ich auf dem Weg hierher verzehrt.

Ich wische mir die Reste meiner Schokoladenparty aus den Mundwinkeln und drücke seufzend die Klingel. Es ertönt *Für Elise* von Ludwig van Beethoven.

»Bin unterwegs!« In Pumps stöckelt meine Mutter den gekachelten Flur entlang, und ich ahne, dass ich in Röhrenjeans für unser Sonntagsessen wohl zu leger angezogen bin.

»Da bist du ja, Rikchen. Wir warten längst auf dich!«

Sie begrüßt mich mit einem mütterlich besorgten Lächeln. Dazu trägt sie ein mehrlagiges, weinrotes Rüschenkleid, mit dem sie auch zu einem Ball gehen könnte. Ihr kurzer Blick auf meine schwarze Seidenbluse und die dunkelblaue Jeans ist mir nicht entgangen. Naserümpfend führt sie mich in das Haus meiner Kindheit. »Nächste Woche gehen wir einkaufen.«

»Hattest du nicht 13 Uhr gesagt?« Wenn ich meine Mutter ablenke, vergisst sie vielleicht ihren Vorschlag. Ansonsten ende ich mit massenweise Shapewear im Kleiderschrank, eleganten Abendkleidern und Pumps, die ich niemals anziehen werde.

»Jeder weiß, dass man früher erscheint, wenn man zum Essen verabredet isst. Schließlich will man sich bei einem Aperitif unterhalten, ehe die Gänge beginnen.« Sie schiebt mich den reinweißen Flur entlang. »Man könnte meinen, du bist von Wölfen aufgezogen worden. Achtung! Nicht auf den Teppich, der ist neu.«

Beinahe schwebend versuche ich, den weißen Flokati nicht zu berühren, und tänzle außen herum, während mich meine Mutter energisch zur Küche drängelt. Ein Albtraum im Hochglanzlook erwartet mich und gibt mir das Gefühl, in einem Krankenhaus zu sein.

»Ihr habt renoviert?« Die Muffins stelle ich auf die breite Kücheninsel neben die Herdplatten. Ehe sie die hochglanzpolierte Oberfläche berühren, greift meine Mutter danach und beginnt, die Muffins auf einem silbernen Tablett zu arrangieren.

»Gleich nachdem wir uns den Mähroboter gekauft haben.« Als hätte ich ihren Geburtstag vergessen, schaut sie mich an.

An den Rasenmäher erinnere ich mich, aber dass die schöne Bauernküche mit den warmen Holztönen fort ist, muss ich verdrängt haben.

Meine Mutter reicht mir ein Glas.

»Guck nicht so, das ist Mimosa mit Granatapfel. Den gibt es bei uns jeden Sonntag.«

Ich hasse Granatapfel, und das weiß sie. Aber ich füge mich ihrem drängenden Blick und nehme das Sektglas mit der orangefarbenen Flüssigkeit entgegen. »Setz dich an den Tisch. Wir warten alle auf dich.«

Hinter der offenen Tür zum sonnendurchfluteten Wohnzimmer mit angebautem Esszimmer erwartet mich eine edel gedeckte Tafel, auf der ein Blumenarrangement liegt, das von einer Königsfamilie stammen könnte. Die bodenlangen Fenster zur Terrasse erleuchten den saalartigen Raum mit einer Sonnenintensität, die mich blinzeln lässt.

»Das wurde aber auch Zeit!«

Regine sitzt an der linken Flanke der Tafel neben ihrem Mann und straft mich mit einem mütterlich erbosten Blick. Wie eine Dienerin stehe ich stramm, verbeuge mich kurz und begebe mich an der anderen Seite vorbei, um ihren Vorwürfen zu entgegen. Bei Sibylle und Klaus bleibe ich stehen, knutsche und knuddele sie und verstrubble ihnen die glatt gekämmten Frisuren, bis meine Schwester ungehalten grollt.

Das Lächeln meines Vaters lässt mich hoffen, dass dieser Mittag in keiner Katastrophe endet. In einem silbergrauen Anzug mit weinroter Krawatte sitzt er am Kopfende, und ich frage mich, ob meine Mutter ihm erlaubt hat zu atmen. Seine herzliche Umarmung nimmt mir die Anspannung.

»Nun tut nicht so, als hättet ihr euch seit Jahren nicht gesehen.« Schnaufend setzt sich meine Mutter an den gegenüberliegenden Platz. »Du sitzt neben deiner Schwester.« Dass im Hintergrund *Beethoven* läuft, höre ich erst, als ich um meinen Schwager herumgehe, ihn verhalten umarme und Regine einen Kuss auf die Wange gebe.

»Ich wollte dich längst besucht haben, Rikchen, aber die Woche war die Hölle. Du weißt ja, wie das ist. Die Kinder brauchten neue Kleidung, mein Mann wurde befördert, und wir haben unser Schlafzimmer renoviert. Ein Haus macht so viel Arbeit.«

Sie weiß, dass ich nicht weiß, wie das ist. Ich habe weder Mann noch Kinder oder Haus. Nicht mal eine Katze, es sei denn Thunfisch, der neuerdings auf mir schläft, gehört zu mir. Aber Regine wird nicht müde, mir diese Missstände unter die Nase zu reiben.

Das blau-weiß verzierte Porzellan meiner Urgroßmutter auf dem Tisch zieht mich in den Bann. Während Regine ihre Kinder bittet, die Hände auf dem Schoß zu falten, zähle ich die einzelnen Blüten auf dem Teller. Es kann nur wenige Minuten dauern, bis ...

»Hier, Rikchen. Diese Männer triffst du nächste Woche.«

... Bis meine Mutter die Liste mit ihren potenziellen Schwiegersöhnen unter dem Tisch hervorholt und mir wie ein Geburtstagsgeschenk auf den Teller legt. Zarte Frühlingsblumen umranden das Briefpapier, an dessen Ecke unten rechts ein niedlicher Hase mit einem Reh schmust.

Rikchens Interessenten.

Es ist nicht der handschriftlich geschriebene Titel, der mich abschreckt, die drei Namen auf meiner Liste der

Schande sind in Folie einlaminiert. Wäre doch gelacht, wenn ich meinen Kindern später nicht zeigen könnte, wie ich das erste Mal auf den Namen ihres Vaters gestoßen bin.

Es war Liebe auf den ersten Buchstaben, Kinder. Sehr romantisch.

»Können wir das nicht später machen? Unter vier Augen?«

»Wieso? Wir sind eine Familie. Die Hansens haben keine Geheimnisse voreinander. Im Übrigen haben wir alle mit angepackt, du könntest ruhig dankbarer sein.« Mit einem ihrer rot lackierten Finger zeigt meine Mutter auf die Liste. »Der für Montag ist von mir. Der am Dienstag ist von deiner Schwester und selbst Peter war so freundlich und hat jemanden für dich aufgetrieben.«

Mein Schwager prostet mir mit seinem Aperitif zu. Einem unterkühlteren Menschen bin ich nie begegnet.

»Tante Rike wird heiraten.« Die kleine Sibylle strahlt neben meinem Vater, als ginge es um ihre eigene Hochzeit.

»Scht, mein Schatz! Die Erwachsenen unterhalten sich.«

Sibylles Kopf senkt sich bei Regines Worten. Wie ein zauberhaftes Püppchen verharrt sie reglos auf dem Stuhl.

Meine Schwester lehnt sich zu mir. »Am Dienstag triffst du Sven Fleischhauer. Er arbeitet auch bei *Stolz*. Zwar ist er kein leitender Angestellter wie mein Peter, aber er arbeitet im Lager, soll fleißig sein. Sein einziges Manko ist, dass er geschieden ist. Aber du bist nicht wählerisch, oder? In deinem Alter wird die Auswahl immer spärlicher. Die wirklich Guten«, sie schenkt Peter einen anerkennenden Blick, »sind längst vergeben.«

»Unser Rikchen ist nicht wählerisch«, sagt meine Mutter. »Sie ist bereit. Seht sie euch an.«

Zwölf Augenpaare schauen mich erwartungsvoll an wie einen Zirkusaffen. Ich habe das dringende Bedürfnis, Männchen zu machen oder mich auf den Hinterbeinen um mich selbst zu drehen, damit sie mich in voller Pracht begutachten können.

Ich bin 39 Jahre alt, führe seit 20 Jahren einen eigenen Haushalt, bezahle Rechnungen pünktlich, zahle regelmäßig Steuern, besitze alle Finger und Zehen, und trotzdem behandelt mich meine Familie, als wäre ich nicht fähig, mir ohne Verletzung den Reißverschluss zu schließen, geschweige denn, mir selbst einen Mann zu angeln.

»Wann gibt es Essen?«

Regine wechselt das Thema. Ich bin froh, dass sie sich wie immer in den Vordergrund drängt. Irgendetwas mit einer Fehllieferung, die ihre Arbeit beim *Kaufhaus Stolz* letzte Woche verkompliziert hat. Bücher fallen ebenfalls in ihren Aufgabenbereich, und man sollte annehmen, dass uns die Leidenschaft für Bücher verbindet, tut sie aber nicht.

Während sich die Erwachsenen unterhalten, schiele ich auf das hochoffizielle Schriftstück auf meinem Teller.

Rikchens Interessenten:

Montag: Matthias Moorbrink, 47, Fischer, 19 Uhr, Doppeleiche

Dienstag: Sven Fleischhauer, 43, Lagerist, 19 Uhr, Korfu

Mittwoch: Udo Trockenbrot, 41, Hausmeister, 19 Uhr, Kajüte

Meine Wangen glühen bei der Erkenntnis, dass jeder hier am Tisch denkt, ohne sie könnte ich keine Verabredung organisieren. Zu meiner Verwunderung steigt jedoch meine Vorfreude auf die unbekannten Herren.

Matthias Moorbrink klingt nach einem muskulösen 1,80 Meter großen Mann, der mich ebenso innig lieben könnte, wie er als Fischer die See liebt. Sven Fleischhauer kommt mir auf eine unangenehme Art und Weise bekannt vor. Wenn ich mich recht erinnere, ist er mit Gerrit auf dem letzten Weinfest aneinandergeraten. Ich muss meinen Freund unbedingt vor Dienstag anrufen und deswegen aushorchen. Udo Trockenbrot sagt mir nichts, und ich möchte unvoreingenommen auf das Date gehen. Aber beim besten Willen kann ich mir nicht vorstellen, jemals Friderike Trockenbrot oder gar Friderike Hansen-Trockenbrot zu heißen.

Die nächsten zwei Stunden verbringe ich mit aufgesetztem Lachen, gespielt verständnisvollem Nicken und der Tatsache, dass meine Familie mir fremd geworden ist. Als lebten wir in zwei verschiedenen Welten. Regine und ihr Mann scheinen eine Einheit zu sein. Sie beendet seine Sätze und er ihre. Sie berichten von Darlehenszinsen, Schulgeldern und Kinderimpfungen. Mein Vater hängt über dem Teller mit Lammfleisch in Aspik, als wäre es sein Leibgericht. Dabei hätte er wie ich lieber Spaghetti Bolognese.

Sibylle und Klaus wirken wie kleine Teenager, so lange habe ich sie nicht mehr gesehen. Regine hat die beiden derart gut erzogen, dass sie nicht mit ihren Stühlen ruckeln oder vor Langeweile in der Nase bohren. Stumm nehmen sie jeden Bissen zu sich und ähneln dabei einem Gemälde von Rembrandt. Irgendwie gruselig. Meine Mutter verhält sich, als wäre eine versteckte Kamera auf sie gerichtet. Als würden die Nachbarn durch das Fenster spähen und weitererzählen, was für eine wunderschöne Tischdekoration es am Sonntag bei den Hansens zum Drei-Gänge-Menü mit Aperitif gab.

Die Schokoladenmuffins, die ich zum Nachtisch mitgebracht habe, übersieht meine Mutter und serviert dafür geeiste Knusper-Birne mit Honig.

Ich verabschiede mich, ehe Fürst Bismarck den Tisch betritt, denn ich habe eine Verabredung.

»Tupperparty bei den Janssens?« Meine Mutter strahlt, während sie die klare Flüssigkeit in kleine Gläser mit Goldrand füllt. »Wie schön, dass du gleich Anschluss gefunden hast. Die Janssens sind eine angesehene Familie in Burg. Dina ist Vorsitzende bei den *Inselfrauen*. Ihre Kontakte reichen bis zum Festland. Wenn du sie als Freundin gewinnst, stehen die Männer bei dir Schlange.«

Da das eher nicht geschehen wird, ich aber meiner Mutter nicht die Hoffnung rauben möchte, verabschiede ich mich, bevor die Gläser gehoben und der Korn getrunken wird.

Von dem Haus meiner Eltern bis zu den Janssens ist es nicht weit. Früher haben Jasper und ich einen Häuserwechsel in fünf Minuten geschafft, wenn wir Hand-in-Hand zum Mehrfamilienhaus seiner Eltern gelaufen sind. Heute Nachmittag bewege ich mich wie eine Schnecke, verharre an Grundstücken, die ich nicht kenne, schaue mir fremde Gartenzwerge mit weniger garstigen Gesichtsausdrücken an und schlendere im Sonnenschein umher, als hätte ich alle Zeit der Welt.

Einerseits liegt mir das Lammfleisch in Aspik schwer im Magen, andererseits schwirren mir Neeles Worte im Kopf herum.

Selbstschutz und Selbstachtung, Perle. Das wichtigste Equipment einer Singlefrau.

Selbstschutz hin oder her. Dina zu versetzen bringe ich nicht übers Herz. Ich habe mich entschlossen, Jasper als *alten Freund* anzusehen. Nicht mehr und nicht weniger.

Vor einer weißen Tür, an dem ein Blütenkranz aus roten Rosenblättern hängt, bleibe ich stehen. Ein Moment zum Durchatmen habe ich nicht, Dina öffnet mir die Tür, ehe ich mich sammeln kann. In dem hautengen, maritimen Etuikleid sieht sie ebenso edel gekleidet aus wie meine Mutter.

»Du bist gekommen? Traumhaft!« Mit einem Luftkuss begrüßt sie mich und bittet mich herein. »Es ist alles vorbereitet. Die anderen warten längst auf dich.«

Ein Satz, der mir irgendwie bekannt vorkommt.

Als wäre der Frühling ausgebrochen, duftet es im Flur nach einem Rosenmeer. Gleich zu Beginn empfängt mich eine Bilderwand der glücklichsten Familie auf Fehmarn. Über der Sitzbank neben dem Schuhregal gefüllt mit Manolo Blahniks und Jimmi Choos erstrahlen in weißen Bilderrahmen gerötete Kindergesichter zwischen verliebten Eltern.

Bei so viel Familienglück taumle ich hinter Dina her und hoffe, dass mir niemand mein Gefühlschaos anmerkt. Wenn ich daran denke, dass dies mein Zuhause, dies meine Bilder an der Wand sein könnten, wenn ich nicht nach Berlin gegangen wäre, bahnt sich das Lammfleisch seinen Weg zurück an die Oberfläche.

»Bine hat das Essen gleich fertig. Wie sie es zubereitet hat, hast du verpasst. Ich habe ein Auge auf den Zerkleinerer geworfen – absolut praktisch! Da kann ich Jasper seine Paprikasticks in Sekundenschnelle zubereiten.«

Ein Geruch nach mediterranen Gewürzen strömt aus der Küche. Normalerweise würde mir das Wasser im

Mund zusammenlaufen, doch angesichts seiner Fülle rebelliert mein Magen.

»Welches Essen? Schauen wir uns nicht Tupperware an?«

»Fredi! Hast du dich in Berlin hinter Büchern verkrochen?« Dina lacht, während sie mich durch das Wohnzimmer auf die Terrasse führt. In jedem Zentimeter dieses perfekt eingerichteten Hauses spüre ich Jasper. In sauber verlegten Holzdielen, in den massiven Holzbalken, die quer durch die weißen Räume verlaufen, besonders aber in der breit gefächerten Schallplattensammlung, die im Wohnzimmer den meisten Raum einnimmt. Was für mich die Bücher sind, war für Jasper immer die Musik.

»Wie gut, dass du zurück bist. Wir Fehmaranerinnen zeigen dir, wie man richtig lebt, nicht wahr, Mädels?«

Eine stürmische Begrüßung bricht zwischen Karen, Dagmar und Maren aus. Mein Unwohlsein verschwindet.

Umringt von gewaltigen Rosenstauden, für die Dina Eintritt verlangen sollte, nehme ich an einem reichlich gedeckten Holztisch Platz. Das bunte Tuppergeschirr lässt den Tisch wie einen fröhlichen Paradiesvogel aussehen. Aus transparenten Gefäßen und farbenfrohen Schalen duftet es himmlisch nach Antipasti und frisch gebackenem Brot.

»Die Zubereitung hast du verpasst, Fredi.« Karen steht von ihrem Stuhl auf und schenkt mir ein Glas Sekt ein. Ihr grellgelber Pullover erinnert mich stark an den von Neele. Mit der grünen Brille und den kupferfarbenen Haaren reiht sich Karen vorzüglich in den farbenfroh gedeckten Tuppertisch ein. Anders als Dagmar und Maren, die heute beide in weiße Rüschen gekleidet sind, als wären sie auf einem Jane-Austen-Festival. »Kommst genau zum richtigen Zeitpunkt. Gleich gibt's Essen.«

»Eigentlich habe ich schon …« Mein Satz verebbt unter dem Klatschen der Mädels. Dina kehrt mit einer dampfenden Schüssel Reis auf die Terrasse zurück, gefolgt von einer Frau, die einem Versandkatalog entsprungen zu sein scheint.

»Bine, das ist Fredi. Wir sind zusammen zur Schule gegangen. Wir waren alle beste Freundinnen.«

Das entspricht nicht annähernd der Wahrheit, aber ich werde nicht diejenige sein, die sie korrigiert. Das kleine, dicke Mädchen in mir freut sich, aus Dinas perfekt geschwungenem Mund diese Worte zu hören. Fröhlich blubbernd läuft mir der Sekt die Kehle hinab, als die Tupperlady auf mich zukommt.

»Sabine Kröger. Es freut mich, dich kennenzulernen.«

Ihr Händedruck könnte von einem eiskalten Geschäftsmann stammen. Einer eleganteren Frau bin ich selten begegnet. Die kurzen hellbraunen Haare streng nach hinten gekämmt, der dunkle Cat-Eye-Look bringt ihre dunkelgrünen Augen zum Leuchten.

»Deine erste Tupperparty?« Ich nicke, was Sabine zum Strahlen bringt. »Ich habe die gesamte neue Kollektion dabei. Sie wird dir den Alltag in der Küche erleichtern.«

»Sachte, sachte, Bine.« Dina schiebt die Tupperlady mit einem freundlichen Lächeln zu ihrem Platz am Tischanfang. Daneben sitzen Maren, Dagmar und Karen. »Fredi wird ab jetzt bei jeder Tupperparty dabei sein. Du musst ihr nicht gleich am Anfang alles aufschwatzen. Setzt euch, und lasst uns auf einen wunderbaren, kinderfreien Nachmittag anstoßen.«

Engelsgleich schwebt Dina zu mir und setzt sich neben mich auf einen Stuhl. Die Tupperlady fixiert mich wie jemanden, den sie für leichte Beute hält. »Hast du auch Kinder, Fredi?«

Während ich darüber nachdenke, wie ich Sabine meinen Spitznamen abgewöhnen kann, antwortet Dina für mich.

»Fredi ist Single und kinderlos, Bine. Die Großstädterinnen haben keine Zeit zum Hausfrauendasein so wie wir, nicht wahr?«

»So ist mein Leben in Berlin nicht gewesen.«

Dina ist gut über mich informiert. Aber wahrscheinlich ist meine Mutter in Burg von Tür zu Tür gegangen und hat nach heiratswilligen Männern für ihre bedürftige Tochter gebettelt.

»Und ich habe absolut nichts gegen Hausfrauen. Jeder muss seinen eigenen Weg im Leben gehen. Es ist nicht so, dass ich nicht versucht hätte, jemand Nettes kennenzulernen und eine Familie zu gründen.«

Jedes dieser Worte tut weh. Ich weiß nicht, warum ich vor Dina und ihren Freundinnen so offen rede. Wohl weil es Zeit wird, mir selbst gegenüber ehrlich zu sein. Zwanzig Jahre war ich in Berlin auf der Suche nach dem Richtigen. Der, der einem die Tür aufhält. Der, der einen in den Armen hält, wenn man traurig ist. Und derjenige, mit dem man dieselben Interessen teilt, bei dem man man selbst sein darf. Aber auch, nachdem ich meine Ansprüche gesenkt hatte und es mir nicht mehr darauf ankam, dass er einen guten Job oder überhaupt einen Job besaß, habe ich *Mr. Right* nicht gefunden.

»Es muss aufregend sein, in der Großstadt zu leben.« Maren nimmt sich von den Antipasti und lutscht die Zucchini vom Brot wie Austern aus der Schale. »Wir gucken jede Woche *Sex and the City*. Hast du auch in jeder Bar nach dem Einen gesucht?«

»Selbstverständlich hat sie das. Unsere Fredi war nie eine Kostverächterin. Denkt an das Sommerfest mit dem Wettessen. Den zweiten Platz hat sie belegt.«

Ich beobachte Dina hinter meinem Sektglas und lasse das Gelächter der Mädels über mich ergehen. Die silberfarbene Medaille hatte ich voller Stolz über mein Bett gehängt. Am selben Tag hat meine Mutter sie entfernt. *Jungen mögen keine Mädchen, die mehr essen als sie.*

»Wie hieß der Dicke, der den ersten Platz gemacht hat? Dieser Sommersprossige mit Pickeln?« Dagmar legt sich den Großteil der Shrimps auf den Teller und überschwemmt sie mit Cocktailsoße aus einem transparenten Schälchen mit schwarzem Deckel.

»Simon?«, fragt Maren.

»Sascha Witt.« Zwar habe ich zu Sascha den Kontakt verloren, doch den einzigen Jungen aus unserer Stufe, der beleibter war als ich, werde ich niemals vergessen.

»Fredi war nicht nur die beste Schülerin unseres Jahrgangs, sie hat noch immer das beste Gedächtnis. Auf Fredi!« Dina hebt ihr Glas und tritt mit ihrem Lächeln gegen die strahlende Sonne an. »Und wie wunderbar es ist, sie wieder bei uns zu haben.«

Gläser klirren, Mundwinkel tanzen, Köpfe nicken fröhlich. Langsam scheint der Sonntag in eine Richtung zu laufen, die sich angenehm anfühlt. Überraschend nette Gesellschaft, Blubberbläschen und lilafarbene Ofenhandschuhe auf dem Tisch, die mir mit jedem weiteren Schluck sympathischer werden.

»Obwohl du schon froh gewesen bist, dass Fredi fortgegangen ist.«

»Karen!« Dinas makellose Gastgeberinnenmaske reißt. Ihre Lippen kräuseln sich und hinterlassen unschöne kleine Fältchen auf dem hellroten Lippenstift.

»Ich sage lediglich, dass du erleichtert warst, als Jasper und Fredi sich getrennt haben. Jeder an unserer Schule wusste, dass dein Herz für ihn geschlagen hat. Und dass Fredi sich für Berlin entschieden hat, war dein Glück.«

Es mag ein Zufall sein, aber Maren und Dagmar schaufeln gleichzeitig neben Karen jede Menge Tomate-Basilikum in sich hinein, als wäre ihnen das Gespräch unangenehm.

»Der Sekt scheint dir heute besonders gut zu schmecken. Du solltest zwischendurch Kaffee trinken. Wir können nichts dafür, dass dein Mann die Hände nicht bei sich behalten kann.«

»Sei lieb, Dina! Ich habe bloß darauf hingewiesen, dass dein Leben anders verlaufen wäre, wenn Jasper Fredi geheiratet hätte und nicht dich. Fredi hat die Großstadt bekommen und du deinen geliebten Jasper und drei wunderschöne Kinder. Alles ist vorherbestimmt und so gekommen, wie es sein sollte.«

Stumme Blitze zischen quer über den Tuppertisch.

»Eure Hochzeit war unvergleichlich«, mischt Maren sich mit vollem Mund ein.

»Atemberaubend, möchte ich sagen. Allein die weißen Tauben! Wie bei einer königlichen Vermählung. Ich war so neidisch auf dich, Dina.« Dagmar schenkt mir ein zögerliches Lächeln, bei dem ich nicht sagen kann, ob es freundlich gemeint ist.

Jedes ihrer Worte schüttelt mich innerlich. Obwohl ich es nicht hätte tun sollen, habe ich damals das *Fehmarnsche Tageblatt* und den *Reporter* durchwühlt, um ihre Hochzeitsanzeige und Bilder zu finden. Erst nach mehreren Gläsern Wein habe ich nicht mehr geweint.

»Ihr habt ja so recht. Das, was Jasper und ich haben, ist einzigartig. Niemand kann uns zwei jemals auseinanderbringen. Wir sind eine Einheit, und unsere Kinder sind das i-Tüpfelchen unserer immerwährenden Leidenschaft.«

So wie Dinas Blick auf mir ruht, fühle ich mich ertappt. Auch ihre Mitverschwörerinnen schauen mich erwartungsvoll an.

»Mir gefällt dein Pullover, Karen.« Ich wechsle das Thema, ehe ich mich um Kopf und Kragen rede. Dass ich vor weniger als 24 Stunden mein Herz für Jasper geöffnet hatte, muss niemand wissen. Jetzt ist es für ihn verschlossen. Und das ist das einzig Richtige. »Denselben habe ich bei Neele gesehen. Hast du ihn im *Moinsens* gekauft?«

Karen verzieht das melonenartige Gesicht, bis ihr die Brille von der Nase rutscht. »Von der kaufe ich nichts. Den Pullover habe ich aus dem Alsterhaus.«

»Wie meinst du das?« Ich stelle mein Sektglas ab und schaue ihr ins Gesicht, auf dem sich rote Flecken tummeln. Karen wirft Dina einen vielsagenden Blick zu, bei dem ich mich frage, ob sie keine eigene Meinung besitzt und die Bienenkönigin jedes Mal um Erlaubnis fragen muss.

»Was dir unsere angesäuselte Karen andeuten will, ist, dass wir *Inselfrauen* einen speziellen Umgang pflegen. Wir achten aufeinander, helfen einander. Sind immer füreinander da. Wir sind wohlerzogen, kommen aus gutem Hause und wissen, was sich gehört. Es passt nicht jeder zu uns. Das schließt Leute wie Neele aus. Ich hoffe, du erkennst das Privileg, hier und heute mit uns an meinem Tisch zu sitzen.«

»Leute wie Neele?« Ich traue meinen Ohren nicht. »Wovon sprecht ihr? Laute, aufgekratzte, positiv zum Leben eingestellte Leute?«

»Nicht nur Neele, auch ihr Mitbewohner, dieser Gregor.« Karen verschränkt die Arme vor der üppigen Brust, als gäbe es keinen Nachtisch.

»Gerrit«, korrigiere ich sie.

»Wie auch immer«, fährt sie fort. »Wenn du zu den *Inselfrauen* gehören willst, darfst du mit diesen Tölpeln nicht mehr verkehren. Die haben nicht unser Niveau.«

Fassungslos trinke ich den letzten Schluck Sekt aus dem Glas, denn im Gegensatz zu der Konversation an diesem Tisch ist der richtig gut. Tief atme ich ein, denn für die folgenden Worte, brauche ich Luft. Und Mut.

»Erstens habe ich nie behauptet, dass ich den *Inselfrauen* beitreten möchte. Zweitens, Neele und Gerrit gehören zu meinen besten Freunden, die ich niemals für irgendeine elitäre Clubmitgliedschaft verleumden würde. Und drittens, wir sind keine fünfzehn mehr. Es gibt keinen Schulhof mehr, auf dem ihr die Prinzessinnen seid. Hört auf, andere Menschen auszugrenzen, bloß weil sie nicht euren Gewohnheiten entsprechen.«

»Richtig, ganz richtig, Fredi.« Dina tätschelt mir die Schulter. »Wir alle sind älter geworden. Die Schulzeit ist vorbei, da stimme ich dir zu.« Sie neigt ihren Kopf und sieht mich durch schmale Lider an. »Das heißt jedoch nicht, dass wir uns mit einer Lesbe und ihrem Rollstuhlfahrerfreund abgeben, die sich jedes Wochenende im *Mopsy's* die Kante geben und verheiratete Männer angraben. Diesen beiden fehlt jeglicher Anstand. Tief in dir weißt du es. Oder willst du wie die beiden in der sozialen Gosse enden?«

Das ist mein Stichwort.

»Wo willst du hin? Die Tupperparty ist noch nicht zu Ende.« Mit empörtem Gesichtsausdruck sieht Dina mich an. »Setzt dich gefälligst, und benimm dich nicht wie eine ungezogene Göre. Du hast in der Vergangenheit Fehler gemacht, die haben wir alle. Aber wir bieten dir einen Neuanfang bei uns, an meiner Seite.«

»Mir gefällt mein Platz, Dina. Zwischen zwei Freunden, auf die ich zählen kann. Die mich nicht beleidigen oder zurechtweisen. Zwischen Freunden, die mich so nehmen, wie ich bin.«

Maren fallen die Trauben samt Gouda aus dem Mund, als ich an Dina vorbeigehe und durch das Wohnzimmer stürme.

»Fredi, komm sofort zurück. Du kannst mich nicht einfach …«

Mitten auf dem Dielenboden mache ich kehrt und halte mich am Türrahmen fest, der auf die Terrasse führt.

»Ich heiße Rike, verdammt! Friderike Hansen.«

Zwei Sekunden warte ich. Länger traue ich mich nicht, unter den wütenden Blicken der *Inselfrauen* und der verstörten Miene der Tupperdame zu verharren. Wie in Trance verlasse ich das Haus, das meins hätte sein können.

Ein Ticket in die Hölle

Ein erstes Date ist wie ein Silvesterabend. Alles ist möglich. Die Uhren werden auf null gesetzt. Man ist ein neuer Mensch, ein unbeschriebenes Blatt, das mit guten Vorsätzen befüllt wird. Nicht eifersüchtig sein. Nicht zu herrisch sein. Lass ihm Raum zum Atmen.

Drei Tage voller hoffnungsvoller Dates, voller Neuanfänge liegen vor mir. Und die habe ich bitter nötig. Dinas Tupperparty verfolgt mich. Mir fällt es schwer, einen klaren Gedanken zu fassen, der nichts mit der Schulzeit zu tun hat.

In der *Doppeleiche* sitze ich an einem Tisch am Fenster und warte auf Matthias Moorbrink, 47 Jahre, Fischer von Beruf. Das Mieder unter meinem kleinen Schwarzen schnürt mir gerade so viel Luft ab, dass meine Taille ansatzweise wie eine Sanduhr aussieht.

Von außen macht das italienische Hotelrestaurant einen rustikalen Eindruck, innen glänzt die schlichte Eleganz. Cleane, graue Wände mit Kamin und Holzfässern als Bar, bequeme Lederstühle. Ich bin ein paar Minuten zu früh gekommen, um meine Schokoladenseite im rechten Licht auszurichten.

Während ich die Locken über meinen Schultern so drapiere, dass ich umwerfend aussehe, kommt ein Mann herein. Er ähnelt einem gealterten Pumuckl, doch ich möchte nicht voreingenommen sein. Die erdbeerroten Kraushaare stehen ihm vom Kopf ab, als wäre es Absicht. Frisch rasiert, dunkle Jeans, weißes Hemd, leichter Bierbauch. Durchaus akzeptabel. In seinen breiten Schultern und starken Armen könnte ich es mir gemütlich machen.

Ein zögerlicher Händedruck, ein anzügliches Grinsen, er rückt mir den Stuhl zurecht, als ich mich setzen will.

Pluspunkt für meinen Fischer.

Durch eine viereckige, schwarzgerahmte Brille schaut er mich mit sanften, hellgrünen Augen an. Meine Vorfreude auf das erste Date auf Fehmarn steigt ins Unermessliche.

Nach wenigen Minuten weiß ich so gut wie alles über ihn. Sohn eines Fischers und einer Altenpflegerin in Teilzeit. Fünf Schwestern, drei Brüder, alle leben im Westen der Insel. Sein Labrador-Mischling heißt Werner nach der Comicfigur und sein Lieblingsgericht ist Spaghetti mit Schwertfisch, weshalb er die *Doppeleiche* für heute Abend ausgesucht hat. Sonntags schaut er mit dem besten Freund Fußball, tagsüber ist er auf See, abends in der *Medley*-Bierbar in Burg. Die haben dort Sky.

Mir stellt Matthias keine Frage. Meine Sätze beginnen mit: »Bei mir ist …« oder »Ich selbst bin …« Eine Unterhaltung wie mit einem Spiegel.

Als die Kellnerin sein Bier und meinen Rotwein bringt, schaut er ihr für meinen Geschmack zu lang hinterher. Doch von all dem lasse ich mich nicht abschrecken. Ich bin positiv eingestellt. Ich bin offen für jemand Neues. Ich bin bereit, die große Liebe zu finden.

Matthias lächelt mir zu, und wir stoßen auf uns an. Ein großer Schluck Wein nimmt mir die Aufregung. Lasziv schlage ich die langen Wimpern, während ich seinen Blick suche.

»Und warum hast du dich auf ein Date mit mir eingelassen?«

Seine Stirn legt sich in Falten, seine roten Kraushaare bewegen sich wie Dünengras im Wind.

»Schließlich muss es einen Grund geben, dass wir heute Abend zusammen Essengehen.«

Matthias schaut mich weiterhin an, als würde ich eine andere Sprache sprechen. Vorsichtshalber nippe ich am Wein, ehe ich weitere seltsame Fragen stelle.

»Deine Mutter hat gesagt, du suchst einen Mann.«

Seine Ehrlichkeit bringt mich aus dem Konzept. Ich verschlucke mich, huste und verwende die hübsch gefaltete Leinenserviette, um mir die Tropfen so damenhaft wie möglich vom Kinn zu tupfen.

»Das war nicht die Antwort, die du hören wolltest.«

»Nicht ganz.« Ich überlege, wie ich meine Gedanken hübsch verpacken kann, damit Matthias nicht vor meinem Mundwerk Reißaus nimmt. Aber schließlich entscheide ich mich, ich selbst zu sein und setze alles auf eine Karte. Die zarte Braut vorzutäuschen, hat mich niemals weitergebracht. »Deine Antwort klingt nicht gerade romantisch.«

Mein Fischer grunzt. »Romantik liegt mir nicht. Ich bin ein einfach gestrickter Kerl, Mareike.«

Ich nicke ... Nein ... Moment!

»Friderike. Friderike Hansen.«

»Mein ich doch.« Beschwichtigend wirbelt eine seiner Hände durch die Luft. »Du solltest wissen, Friderike, ich gehe auf die 50 zu. Bin kein junger Butt mehr und habe entschieden, sesshaft zu werden. Und da kam das Angebot deiner Mutter gerade recht.«

»A-Angebot? Was für ein Angebot?«

Mit den Fingern zerdrücke ich die Serviette, bis meine Knöchel weiß hervortreten. Insgeheim stelle ich mir vor, Marmelade auf den weißen Flokati meiner Eltern zu schmieren. Dass sie die Männer auf meiner Liste bestochen hat, mit mir auszugehen, muss meine Mutter *aus Versehen* vergessen haben zu erwähnen.

Matthias ahnt nichts von meinen Racheplänen, zuckt bloß die Schultern, die nun nicht mehr so anschmiegsam wirken wie zuvor.

»Beate kam über meine Mutter auf mich zu. Sie spielen mittwochs zusammen Bingo. Und wäre sie letztes Jahr gekommen, hätte ich auch abgelehnt. Da hat mir nichts im Leben gefehlt. Aber meine Mutter kränkelt in letzter Zeit. Sie kann mir nicht mehr täglich Essen bringen und zum Putzen reicht ihre Kraft nur noch alle zwei Wochen. Deshalb …« Er nimmt einen Schluck vom Bier, und ich warte auf sein *Das-war-alles-bloß-ein-Scherz-Gesicht.* »Deshalb brauche ich eine Frau an meiner Seite, die für mich sorgt.«

Ehrlich ist er jedenfalls.

»Kannst du kochen? Deine Mutter hat backen erwähnt, aber nichts von kochen. Regelmäßige Mahlzeiten sind mir sehr wichtig. Jeden Tag um dieselbe Zeit, sonst gerät mein Stuhlgang durcheinander.«

»Selbstverständlich koche ich.« Warum ich ihm antworte, weiß ich nicht. Vermutlich ein verzweifelter Reflex, während mein Gehirn die Sachlage sondiert und nächste Schritte auslotet. Mit Höchstgeschwindigkeit durch die Tür fliehen oder lieber den Fluchtweg durch das Fenster neben unserem Tisch?

»Werd nicht gleich zickig.«

Ich schnappe nach Luft. »Bis eben dachte ich, du wärst nur dreist. Jetzt wirst du echt unhöflich.«

Matthias sieht mich an, als hätte ich ihm das Fußballgucken verboten. Die Sanftheit in den hellgrünen Augen ist verschwunden, zurück bleibt Trotz.

»Ich glaube, ich werde jetzt gehen.« Mir fällt es nicht schwer, dieses Date abzubrechen. In meinem Kopf formen sich die Worte, die ich meiner Mutter per SMS als Dankeschön schreiben werden. Schriftlich ist besser als mündlich, da verliere ich weniger schnell die Kontrolle.

»Dann wird das nichts mit uns? Aber Beate hat gesagt, du suchst dringend einen Mann.«

»Ich denke nicht, Matthias.«

»Matze.«

»Das macht es nicht besser. Wir zwei wollen unterschiedliche Dinge. Ich will mich verlieben. Eine Beziehung auf Augenhöhe führen. Und nicht für jemanden die Hausfrau spielen, der mich als zickig betitelt, bloß weil ich eine eigene Meinung besitze.«

In seinem geröteten Gesicht arbeitet es. Sieht er ein, dass er zu weit gegangen ist? Eventuell braucht er bloß eine weibliche Hand, die ihm zeigt, wie man sich gegenüber einer Frau zu benehmen hat.

»Aber einladen tust du mich trotzdem, oder? Deine Mutter sagte, dass du …«

Meine Hand schnellt abwehrend in die Höhe. »Schon gut!« Mehr Worte ertrage ich nicht aus seinem Mund. Ich zücke meine Clutch, lege einen Schein auf den Tisch und eile im Militärschritt auf hohen Absätzen durch den Raum.

An der Tür drehe ich mich um, Matthias steckt den Schein ein und legt dafür Kleingeld auf den Tisch.

Die nächsten zwei Tage lassen sich in zwei Worten zusammenfassen: totale Katastrophe.

Fünfmal habe ich angefangen, meiner Mutter eine wütende Nachricht zu schreiben. Jedes Mal habe ich sie gelöscht, damit mein Vater mich nicht danach anruft und mich beschuldigt, seine Frau zum Weinen gebracht zu haben.

Aber sie will nur dein Bestes, kann ich seine Stimme im Kopf hören. Deshalb schreibe ich ihr lediglich, dass es zwischen dem Fischer und mir nicht gefunkt hat.

Dann hast du dich nicht genug angestrengt.

Stimmt, Mutter. Daran wird es gelegen haben!

Meinem Date am Dienstag, Sven Fleischhauer, habe ich abgesagt. Gerrit hat mir in einem langen Telefonat bestätigt, dass Sven ein unsensibles Arschloch erster Güte ist. Er musste nicht näher darauf eingehen, mit egoistischen, unsensiblen Arschlöchern hatte ich genügend Verabredungen. Jetzt ist ein netter, gefühlvoller Mann an der Reihe. Der selbst seine Wäsche wäscht und kochen kann.

Deshalb freue ich mich am Mittwoch auf Udo. Leider war Herr Trockenbrot anderer Meinung. Punkt 19 Uhr sitze ich in der *Kajüte*, habe für uns ein schummriges Plätzchen in der hintersten, holzvertäfelten Ecke arrangiert.

Doch niemand kommt.

Niemand ist nicht richtig. Karen stiefelt mit ihrem Mann Dirk an mir vorbei. So kann ich zumindest sichergehen, dass jeder auf Fehmarn erfährt, dass ich versetzt worden bin.

Als die Kellnerin mich eine halbe Stunde später mit einem mitleidigen Blick fragt, ob sie mir ein Glas Wein spendieren soll, gehe ich.

Meiner Mutter erzähle ich, dass der Funke bei keinem Date übergesprungen ist. Ihre In-deinem-Alter-sind-Funken-belanglos-Rede trifft mich mehr, als von Herrn Trockenbrot versetzt worden zu sein.

Umso mehr freue ich mich, dass heute der Buchclub das erste Mal stattfindet. Seitdem das Schild am Marktplatz aufgestellt wurde, strömen immer öfter Touristen in die *Inselbuchhandlung*, und der Umsatz steigt. Hanna muss die letzte Kundin hinauskomplimentieren, damit wir pünktlich schließen können, um die buchbedeckten Tische in der Mitte beiseitezuräumen. Acht Stühle ordnen wir in einem Sitzkreis an.

Als ich die Klebezettel meiner Ausgabe vom *Gesang der Flusskrebse* überprüfe, erinnere ich mich daran, dass ich Jasper eingeladen habe. Seit unserem nächtlichen Kontakt haben wir uns weder gesehen noch geschrieben. Wie bei einer kühlen Brise kribbelt es auf meiner Haut. Ob Dina ihm von meinem unhöflichen Rückzug berichtet hat?

»Purzel!« Hannas langer Rock weht hinter ihr her, als sie zur Tür läuft. »Unser erster Leser ist da.« Dass mein Nachbar heute Abend dabei sein wird, ist mir wohl ebenfalls entfallen. In einem von diesen gemütlichen, marineblauen Seemannspullovern mit hohem Kragen steht Thies neben meiner Chefin und umarmt sie. Mir nickt er freundlich zu, als ich die Hand zum Gruß hebe.

Immerhin brummt er nicht, unsere unterkühlte Nachbarschaft macht Fortschritte.

Mit einem Stuhl Abstand setzt er sich neben mich. Aus seinem Buch blitzen mehr bunte Klebezettelchen hervor als bei meinem Exemplar.

»Du hast sogar die Hardcover-Ausgabe?«

»Eine Empfehlung von Hanna. Ich habe es für diesen Anlass erneut gelesen. Es hat mir genauso gut gefallen wie vorher.«

Ich freue mich, dass ihm diese berührende Geschichte gefällt. Thies kommt mir vor wie ein verschlossenes Buch, in dem ich ab und zu die Chance bekomme, eine weitere Seite zu lesen. Und mir gefällt, was ich entdecke.

Nach und nach füllt sich die Buchhandlung. Karl kommt mit Gerda, der Freundin meiner Mutter. Man könnte denken, dass beide ein Paar sind, so wie sie ineinander verkettet zu den Plätzen wandern. Gerda legt ihre Jeansjacke ab und richtet die violetten Strähnen zwischen den grauen Haaren, die sie gleich zehn Jahre jünger wirken lassen. Sie nimmt Karl die Altherrenmütze und den Gehstock ab. Als er seinen Mantel über den Tresen legt, offenbart sich ein *Kermit der Frosch*-Pullover, der zu seinem verschmitzten Lächeln passt.

Gerda spricht mir ihr Beileid für meine fehlgeschlagenen Dates aus, setzt sich neben mich, und weist ihren Begleiter an, neben ihr Platz zu nehmen. Ihren bedauernswerten Blick lächle ich höflich weg.

Tine bringt ihre Freundin Magda mit. Erleichtert stelle ich fest, dass beide nicht wie zu einem Opernball gekleidet sind. Jeans und Bluse, genau mein Geschmack.

Beide tuscheln aufgeregt, als sie Thies sehen. Ob es daran liegt, dass er ein Mann ist oder ob es um die Gerüchte geht, die ihn umgeben, kann ich nicht heraushören. Mein Nachbar scheint ihr Verhalten nicht zu stören oder er lässt es sich nicht anmerken. Er ist in die Seiten seiner Lektüre versunken, als Tine und Magda sich neben Karl setzen.

Jasper erscheint zehn Minuten zu spät. Offenbar kommt er von der Arbeit, denn er trägt seine dunkelblaue Uniform, die sich wie eine zweite Haut an seinen Körper schmiegt. Ich senke den Blick, um ihn nicht anzustarren.

Er grüßt freundlich in die Runde, kommt näher und schenkt mir ein besonders langes Zwinkern. Vor Thies bleibt er wie angewurzelt stehen.

»Ich wusste nicht, dass du lesen kannst.«

»Du weißt vieles nicht von mir.«

»Ich weiß mehr als manch anderer.«

»Lügen heißt nicht wissen.«

»Hast du mich gerade einen Lügner genannt?«

Tine und Magda hören auf zu tuscheln und widmen ihre Aufmerksamkeit, ebenso wie wir alle, den zwei Männern.

Ein stummes Wettstarren beginnt, dass Thies mit einem ungehaltenen Brummen untermalt.

»Wir freuen uns, dass ihr gekommen seid!«, sage ich schnell. »Mit so vielen Lesebegeisterten hätten wir nicht gerechnet. Oder, Hanna?« Ich nicke ihr mit einem breiten Lächeln zu, damit sie beginnt, ehe Jasper und Thies explodieren. Obwohl ich zu gern wissen würde, wer von beiden das Anstarren gewonnen hätte.

»Äh, ja.« Hanna setzt sich zwischen Magda und Thies. »Wir freuen uns, euch alle zu unserem ersten Treffen begrüßen zu dürfen. Setz dich bitte, Jasper. Ich wusste gar nicht, dass du auch kommst.«

Jasper trägt ein selbstgefälliges Grinsen, als er Platz nimmt. »Rike hat mich eingeladen. Durfte sie das nicht?«

»Doch, doch. Je mehr wir sind, desto besser.« Hanna holt ihr Buch unter dem Stuhl hervor und blättert darin herum. »Lasst uns am besten gleich beginnen.«

Wie ein betörendes Aphrodisiakum schießt mir Jaspers Duft in die Nase. Ich umklammere die Lehnen meines Stuhls, während ich mein Mantra wiederhole.

Wir sind alte Freunde, mehr nicht.

»Wie ihr wisst, wollen wir heute *Der Gesang der Flusskrebse* von Delia Owens besprechen.« Hanna hält ihr Exemplar hoch und blättert zu ihrem ersten Klebezettelchen. »Hat jeder das Buch gelesen?«

Alle außer Jasper halten ihre Ausgaben hoch.

»Weißt du den Inhalt auswendig?« Wie bei einem Hahnenkampf beäugt Thies seinen Sitznachbarn. »Hast du den Roman gelesen oder beehrst du uns mit deiner Anwesenheit, um Halbwissen zu verbreiten? Scheint dein Hobby zu sein.«

Jaspers Gesicht ähnelt einem Dampfkessel, der gleich zu rauchen beginnt. »Anders als du habe ich einen wichtigen Job und kümmere mich um das Wohlergehen der Inselbewohner.«

»Ich bin Wehrführer bei der Feuerwehr.«

»Nebenberuflich. Soll heißen, man kann gut auf dich verzichten.«

»Wenn du denkst, dass du …«

»Okay!« Mit ausgestreckten Armen wedle ich herum. »Du schaust in mein Buch, Jasper. Ich habe die Geschichte mehrfach gelesen.«

Hanna nickt mir dankbar zu, während Thies demonstrativ mit seinem Stuhl in ihre Richtung rutscht.

»Legen wir los«, sagt Hanna. »Delias Owens' Roman handelt von der kleinen Kya, die in der Nähe der Küstenstadt Barkley Cove, North Carolina in den Sechzigerjahren aufwächst. Von ihrer Familie verlassen baut sie sich ein Leben in den Sümpfen auf, und wir erleben, wie sie in der Natur …«

Trotz des Abstands habe ich das Gefühl, dass die Luft zwischen den beiden Männern stetig dicker wird. Sind sie während eines Einsatzes aneinandergeraten? Soweit ich mich erinnere, haben sie keinen persönlichen Kontakt. Aber in zwanzig Jahren kann sich einiges ändern.

Während der folgenden Diskussion über das Marschland, den Mordfall und die Wendungen im Buch schweigt Jasper. Hin und wieder sieht er zu mir herüber. Ich jedoch starre absichtlich hoch konzentriert denjenigen an, der gerade spricht, um mich nicht in seinem faszinierenden Blick zu verlieren.

Zu meiner Überraschung ist es Thies, der das Gespräch anführt. Er lächelt sogar, als Magda und Gerda ihm zustimmen, weil er sich wegen der Verantwortungslosigkeit von Kyas Familie in Rage redet.

Obwohl Thies lautstark mit Karl diskutiert, um ihn davon zu überzeugen, dass dieses Buch das beste der Welt ist, überrascht mich seine Leidenschaft für Bücher. Ich versinke in seinen anschaulichen Beschreibungen, wie er sich als Leser in der Marsch von North Carolina gefühlt hat, wie er zusammen mit der kleinen Kya aufgewachsen ist, sich der atemberaubenden Natur und der Mordanklage der skeptischen Stadtbewohner gestellt hat.

Irgendwann sagt Hanna: »Gut, unsere Zeit ist um. Ich danke euch, für eure rege Beteiligung.«

Draußen schlägt die Kirchenuhr siebenmal. Seit einer Stunde suchen wir zwischen den atmosphärischen Zeilen von Delia Owens nach der Wahrheit im Sumpf. Der Abend ist das größte Highlight für mich, seitdem ich auf der Insel angekommen bin. Und zu meinem Erstaunen hat mein Nachbar am meisten dazu beigetragen.

»Welches Buch wollen wir für nächsten Donnerstag lesen?« Hanna greift hinter sich auf den Tisch und nimmt drei Bücher in die Hand. »Zur Auswahl stehen *Der Buchspazierer* von Carsten Henn, Sebastian Fitzeks *Mimik* oder Herta Müllers *Atemschaukel*. Wir haben versucht, die

Auswahl so breit wie möglich zu halten, aber wenn ihr eigene Vorschläge habt, freuen wir uns sehr darüber und stimmen ab.«

»Ich will *Fifty Shades of Grey* lesen.«

Die Gespräche in der Runde verstummen. Mein Blick wandert zu Gerda, die schelmisch grinst. »Guckt nicht so. Ich habe ein weitgefächertes Interesse. Als Rentnerin bilde ich mich weiter.«

Karl neben ihr sieht aus, als bekäme er gleich einen Herzinfarkt. Unentwegt schüttelt er das schüttere Haar. »Ne, ne, ne. Der Schund kommt mir nich ins Haus.«

»Das ist ein Weltbestseller, Kalle. Sei nicht stur. Der wird dir die faltigen Augen öffnen.« Gerda stupst ihn mit dem Ellenbogen an. »Komm schon. Ein bisschen Spaß auf die alten Tage. Darin erfährst du, wie man echte Knoten bindet.«

»Gut.« Beschämt lächelt Hanna in die Runde. Für jemanden, der gern Ferdinand von Schirach liest, hält sie sich angesichts der provokanten Buchauswahl recht tapfer. »Möchte jemand ein anderes Buch vorschlagen? Einen Fantasyroman oder ein Jugendbuch? Wir sind für alles offen.«

Mir würden jede Menge Bücher einfallen. Vor allem Klassiker. Von *Frankenstein* weiß ich, dass Jasper die Geschichte früher mochte. Aber ich schweige. Ich möchte mich ihm nicht aufdrängen. Ich bin eine erwachsene Frau und habe mich unter Kontrolle. Außerdem bin ich gespannt, wer noch aus unserer Runde das Buch von E. L. James lesen möchte.

»Niemand?« Hanna sieht sich um. »Dann lasst uns abstimmen. Wer von euch möchte *Fifty Shades of Grey* lesen?«

Gerdas grün lackierte Fingernägel schnellen in die Höhe. Auch Magda und Tina melden sich kichernd, wobei mich wundert, dass sie das Buch noch nicht kennen. Karl schüttelt den Kopf hingegen wie eine Maschine.

Es steht 3:1. Noch vier Stimmen offen.

Karl reißt die müden Augen auf, als ich mich melde.

»Es erweitert den Horizont.« Bei meinen Worten wandern seine Mundwinkel nach unten. Trotzdem weiche ich nicht von der Entscheidung ab. Ich brenne darauf, dass wir alle dieses viel diskutierte Buch lesen. Wenn wir bei *Der Gesang der Flusskrebse* bereits lebhaft jeden Winkel erörtern, wie wird das wohl bei *Fifty Shades of Grey*? Hoffentlich spricht sich herum, wie viel Spaß wir in unserem Buchclub haben und weitere Begeisterte werden folgen.

»So einen Blödsinn lese ich nicht«, sagt Jasper.

»Danke, mien Jung.« Das Gewitter auf Karls runzligem Gesicht weicht trockenem Sonnenschein.

»Geht es darin nicht um, also ...« Jaspers Blick wandert ziellos durch die Gruppe. »Ihr wisst, was ich meine. Niemand sollte diesen Schund lesen. Haltet mich nicht für prüde, aber so etwas gehört nicht in ein Buch.«

Ich hätte wetten können, dass er dafür stimmt. Aber er ist verheiratet und hat Kinder. Da sieht man manche Dinge anders als mit zwanzig.

4:2. Bleiben mein Nachbar und Hanna.

Mit beiden Händen fährt Thies sich über das Gesicht und verharrt in seinem Bart. Dahinter blitzt ein Lächeln auf.

»Ach, Kruse.« Jasper seufzt. »Sei ein Mann und schließ dich Karl und mir an. Nimm deine Hand runter. So ein Buch willst du nicht lesen. Da kommt nichts mit Feuerwehr vor.«

»Urteile nicht über meinen Lesegeschmack, Janssen. Ich bin für alles offen.«

»Willst wohl was lernen, wie? Kannst wohl ni–«

»Ich bin auch dafür«, unterbricht Hanna die Streithähne. »Damit steht es 6 zu 2 und wir lesen für nächste Woche den ersten Band von *Fifty Shades of Grey, Geheimes Verlangen.*«

»Davon gibt es mehrere Bände?« Karl schlägt die Hände über dem Gesicht zusammen und steht auf. »Womit habe ich das verdient, Gerda?«

»Das wird grandios, Kalle. Glaub mir!« Sie fällt ihm in die Arme. »Komm, wir nehmen gleich zwei Exemplare mit.«

Hanna kümmert sich um die Bestellungen. Jasper, Thies und ich stehen im Kreis.

»Das hat Spaß gemacht, Rike. Vielen Dank!«

Ich drehe mich zu Thies um und erwidere sein Lächeln.

»Ich finde es wunderbar, wie du in Büchern aufgehst. Es ist schön, wenn man auf Gleichgesinnte trifft.«

Verächtlich schnauft Jasper.

»Wir sehen uns zu Hause, Rike.« Thies wendet sich zum Gehen ab, dreht jedoch um und umarmt mich. Zögerlich stelle ich mich auf die Zehenspitzen und lege meine Arme um ihn.

Warm fühlt er sich an, kräftig. Robust wie eine Eiche. Sie mag kratzig sein, aber man weiß, sie wird auch bei dem schlimmsten Hochwasser standhalten. Ein befriedigendes Gefühl, so jemanden in meinem Umfeld zu wissen.

»Nehmt euch doch ein Zimmer.«

»Jasper!« Über die Schulter meines Nachbarn werfe ich ihm einen vorwurfsvollen Blick zu.

Thies löst sich von mir. »Ruhig, Tiger. Wir sind bloß Nachbarn. Nichts weiter. Sie gehört ganz dir.«

Seine Worte kränken mich mehr, als ich erwartet hätte.

»Mach's gut, Hanna! Schönen Abend euch!« Thies winkt den anderen an der Kasse zu und verlässt die Buchhandlung.

»Was ist los mit dir? Du benimmst dich wie ein Dorftrampel.«

Jasper zieht mich zurück auf den Stuhl, während er sich gegenüber von mir hinsetzt. Als wären wir von der Welt abgeschottet, flüstert er mir zu. Ihm so nah zu sein, sein kleines Grübchen am Kinn beinahe berühren zu können, weckt Erinnerungen, die meinen Vorsatz zum Schwanken bringen.

Er greift meine Hand und sieht mich mit graublauen Augen an. »Ich gebe zu, ich habe das Buch nicht gelesen. Aber ich habe es versucht, das schwöre ich dir. Die Woche ging so schnell vorbei, dass ich es nicht geschafft habe.«

»Das macht nichts.« Wie gebannt schaue ich zwischen seinem Gesicht und den Fingern hin und her, die meinen Handrücken streicheln. In mir tobt die Unentschlossenheit, denn seine Zärtlichkeiten bringen mich zum Flattern. »Aber das ist kein Grund, dich so zu benehmen.«

»Und mir die Blöße vor dem Kruse geben? Niemals!« Abrupt hört er auf, mich zu streicheln.

»Was ist das mit euch?«

»Nichts. Kinderkram.« Jasper winkt ab und rückt mit seinem Stuhl näher an meinen heran. Mittlerweile sind wir uns so nah, dass er mich problemlos küssen könnte. Allein der Gedanke daran lässt die Raubvögel in meinem kribbligen Bauch schlüpfen.

»Viel wichtiger ist ...« Sein Blick verharrt für einen Moment auf meinem Mund, ehe er weiterspricht. Seine Stimme hört sich belegt an. »Würdest du am Samstag mit mir Kaffeetrinken? Wir könnten über alte Zeiten quatschen.«

Seine Frage überrumpelt mich und nimmt mir für ein paar Herzschläge die Luft zum Atmen.

»Du bist verheiratet, Jasper.«

Stirnrunzelnd sieht er mich an.

»Dürfen Verheiratete keinen Kaffee trinken gehen?« Sein spitzbübisches Lächeln jedoch verrät mir, dass er etwas anderes sagen wollte.

Wir sind alte Freunde, mehr nicht, sage ich mir, um nicht auf falsche Gedanken zu kommen. Ein Teil von mir tanzt vor Freude, ein anderer Teil ist derart durcheinander, dass ich mich plötzlich sagen höre: »Ich arbeite bis 14 Uhr.«

Jaspers schöner Mund lächelt mich an, und ich bin froh, dass ich sitze. »Um 15 Uhr hole ich dich ab.«

»Okay.« Ein Hauchen dringt über meine Lippen. Ein wenig schäme ich mich, denn ich erkenne mich nicht wieder. Eben war ich entschlossen durchzuhalten, jetzt fühle ich mich wie eine Marionette, die vor Freude hüpft, wenn Jasper bloß blinzelt.

Ist das Liebe oder ist das Wahnsinn?

»Soll ich dich nach Hause bringen?«

»Hm?«

Jasper steht vor mir und zieht mich hoch. Die Taschen seiner Uniform scheuern an meiner Bluse. »Ob ich dich nach Hause bringen soll.«

»Oh, das ist nett, aber ich helfe Hanna, aufzuräumen.«

Er betrachtet mich, als glaubte er mir nicht.

»Ehrlich, wir müssen die Tische wieder richten.«

Seufzend nimmt er mich in die Arme. Inständig hoffe ich, dass er meinen rasenden Herzschlag nicht spürt. Wie von selbst versteife ich mich. Ihm nah zu sein, lässt mich fast alle Bedenken vergessen. In mir wächst der Wunsch, mich in seine Arme fallen zu lassen, meinen Körper an seinen zu pressen, um ihn zu …

Ich schiebe mich aus seinen Armen und bringe Abstand zwischen uns, ehe etwas passiert, das ich bereuen werde.

Wir sind alte Freunde, mehr nicht. An der Durchsetzung meines Mantras muss ich unbedingt arbeiten.

Etwas weiter weg von mir sieht Jasper auf eine charmante Art hilflos aus. Mit den Händen in den Hosentaschen schaut er erst auf seine Schuhe, anschließend auf mich.

»Dann sehen wir uns Samstag?«

Erleichtert hebe ich eine Hand zum Abschied.

»Wiedersehen!«, ruft er den anderen zu und geht. Die Türglocke bestätigt, dass er nicht mehr vor mir steht und mich nicht mehr mit diesem undeutbaren Blick ansieht, bei dem es mir angenehm kribbelnd den Rücken hinunterläuft.

Durch die Glasscheibe schaue ich ihm hinterher. Ich wünsche mir, dass er sich umdreht, mich ansieht, mir noch ein letztes Lächeln schenkt, damit ich weiß, dass ich mir unser Gespräch nicht eingebildet habe.

Doch Jasper ist längst fort.

Wie vom Kutter überfahren sinke ich auf den Stuhl zurück und zwinge mich, nicht darüber nachzudenken, was das alles bedeutet. Seine Einladung. Seine Umarmung. Sein Seufzen. Sein Blick. Seine …

Meine Gedanken überschlagen sich. Wieso will er mit mir Kaffee trinken gehen? Er ist verheiratet! *Dürfen Verheiratete keinen Kaffee trinken gehen?* Nein! Nicht mit ihren Ex-Freundinnen. Vor allem nicht, wenn sie sie auf eine neckische Weise ansehen.

»Rike?« Hanna erlöst mich aus meinem Gedankenchaos.

»Der heutige Abend war ein voller Erfolg, findest du nicht?«

Ein Erfolg auf der ganzen Linie.

Oder ein Ticket in die emotionale Hölle.

Turteln bei Toffifee

Den Freitagabend verbringe ich mit meinen Freunden in meinem Bücherzimmer. Die dunklen Bücherschränke aus Kirschbaumholz haben den Umzug ohne einen Kratzer überstanden und stehen abgestaubt und abgewischt bereit, mit fantastischen, humorvollen und herzzerreißenden Geschichten befüllt zu werden. Neele und Gerrit helfen mir dabei, die Sammlung nach Genre und im Genre selbst nach Alphabet und Erscheinungsjahr zu sortieren.

Das war jedenfalls mein Plan.

Bislang hat es den Anschein, dass Neele die Bücher in den Farben des Regenbogens in die einzelnen Fächer stellt, Gerrit in seinem Bereich nach Größe sortiert und ich von vorn durchgehe und die Bücher neu gruppiere.

Alles ein Heidenspaß.

Meine Playlist mit den größten Hits der 90er spielt im Hintergrund, während wir an selbst gemachtem Milchschnitten-Tiramisu knabbern und die zweite Flasche Rotwein aus Gerrits Sammlung köpfen. Mein Angebot, den Wein zu besorgen, hat er vehement abgelehnt. Die Musik spielt in Mäuschenlautstärke, damit wir Thies nicht stören, den wir ab und zu ein Stockwerk über uns poltern hören. Meinen Vorschlag, ihn einzuladen, wurde abgelehnt.

Seit einer halben Stunde überlege ich, ob ich den beiden von meinem Kaffee-Date mit Jasper morgen erzählen soll.

Also dem Kaffee. Ohne Date. Er ist kein Single. Er möchte lediglich mit seiner guten, alten Freundin ein Tässchen Kaffee trinken und über die Jugendsünden plaudern. Einen harmlosen, kleinen Kaffee.

Warum zögere ich dann, meine Freunde einzuweihen?

Neele würde mich vierteilen, und Gerrit müsste mich danach wieder zusammenkleben. Deshalb. Keine gute Entscheidung. Und wenn ich länger darüber nachdenke, ist die Sache gar nicht erwähnenswert. Ich informiere sie auch nicht darüber, dass ich heute Wäsche gewaschen oder von Thunfisch ein Mäuschen auf der Terrasse gefunden habe.

Mein Treffen mit Jasper ist zu belanglos, um davon zu berichten. Erst wenn man etwas Großes daraus macht, wird es das auch. Vorher ist es einfach ein klitzekleiner, harmloser Kaffee.

Sich selbst zu belügen, wirkt Wunder.

»Du liest *Fifty Shades of Grey*?« Neele nimmt das Buch vom Schreibtisch und blättert darin herum. »Du hast dir sogar Stellen markiert? Ich wusste, in dir steckt ein versautes Teufelchen, Perle.«

»So ist das nicht. Wir lesen das im Buchclub, zu dem ihr übrigens nicht gekommen seid.«

»Hätte ich gewusst, dass ihr solche Bücher lest, wäre ich auf jeden Fall gekommen.« Sie reicht Gerrit das Buch, der den Roman beäugt, als wäre er billiger Weißwein.

»Da sind gar keine Bilder drin.«

»Das ist keine Graphic Novel, sondern ein Roman. In einem Roman sind selten Bilder. Der Text ist wichtig. Also die Worte, mit denen Gefühle transportiert werden.«

Mit großen, dunkelbraunen Augen sieht Gerrit mich an. »Was ist eine Graphic Novel?« Er übergibt mir das Buch, und ich sortiere die Zettelchen wieder hinein, damit sie nicht hinausfallen. »Eine Art Comic für Erwachsene.«

»Porno auf Papier, Gerrit.« Neele gackert hinter uns, wobei ihr der Rotwein über die Unterlippe läuft. »Das müsste genau unser Ding sein.« Beide lachen und stoßen mit ihren Weingläsern an, während ich den Roman zurück auf den Schreibtisch lege.

»Jeden Donnerstag treffen wir uns. Ihr seid herzlich eingeladen, eure Weisheiten in unserer Runde zu teilen.«

»Und wer hat diesen Titel vorgeschlagen?« Neele stellt ihr Weinglas ab und legt den Arm um mich. »Hanna sicher nicht.«

»Gerda hat den Vorschlag gemacht.«

»Die Schwarting? Ne! Das alte Luder. Ich wusste es.« Neele schlägt Gerrit mit der flachen Hand auf den Rücken. »Jetzt verstehe ich, warum sie neulich bei mir einen Stringtanga gekauft hat. Erinnerst du dich? Dieses rote Spitzending?«

Nickend füllt Gerrit sich Wein nach. Als er die Flasche abgestellt hat, sieht er uns an. »Wisst ihr, was das bedeutet?«

»Wir sollten öfter in die Buchhandlung gehen und Perle bei der Arbeit stören?«

»Ne!«, sagt er und starrt betroffen ins Leere. »Die Schwarting führt ein aufregenderes Sexleben als wir alle zusammen.«

Das Lächeln aus Neeles Gesicht verschwindet. Ihr Blick ähnelt dem von Gerrit: Schock mit einer Prise Hoffnungslosigkeit.

Ich nutze die Stille, um die von Neele nach Farben sortierten Bücher von Virginia Woolf und den Brontë-Schwestern in das Regal mit den Klassikern zu stellen. Obwohl im Hintergrund *Cotton Eye Joe* von Rednex läuft, schauen meine Gäste aus, als hätte man ihnen den Alkohol verboten.

»In unserem Buchclub sind zwei nette Frauen. Kommt doch vorbei. Vielleicht ergibt sich ein Gespräch und ihr lernt jemanden kennen.«

»Wird dein Jasper da sein?« Neele verharrt in der Bewegung und sieht mich mit einem Blick an, der mir nicht gefällt. Ich kenne diesen vorwurfsvollen Ausdruck, und wenn ich auf ihre Frage antworte, wird der Abend in einer wilden Diskussion enden.

»Thies und Jasper haben sich gestern Abend beinahe geprügelt.« Ich verleihe meiner Stimme einen äußerst dramatischen Klang, um genügend Theatralik in mein Ablenkungsmanöver zu legen. »Wisst ihr, was zwischen den beiden vorgefallen ist?« Zusätzlich lege ich Neele einen Stapel *Miss Marple*-Krimis in die Hände, damit sie aufhört, mich misstrauisch zu mustern.

»Da ist dicke Luft.« Mit den Büchern dreht sie sich zum mittleren Bücherschrank und sortiert die Krimis nach Farben ein. So wie ich es ihr nicht gesagt habe.

Gerrit übergebe ich die ersten Bände von Stephen King. »Ich wusste nicht, dass die beiden sich überhaupt kennen.«

»Doch.« Er grinst. »Thies ist Wehrführer in Burg, und die Feuerwehr hat oft mit der Polizei zu tun.«

»Und was ist passiert?« Mechanisch lege ich *Der seltsame Fall des Dr. Jekyll und Mr. Hyde* neben Mary Shelleys *Frankenstein.* Meine volle Konzentration gilt Gerrit, der seine Kings auf dem Schoß festhält. Er sieht zu Neele, die stumm die schwarzen Ausgaben von Miss Marple nebeneinander einsortiert.

»Das war beim vorletzten Grabenspringen. Ich bin dabei gewesen, live und in Farbe. Mein Bruder ist auch gesprungen, hat jedoch versagt. War ziemlich lustig, wie Alex als nasser Sack aus dem Wasser gezogen wurde.«

Ich erinnere mich daran, wie Jasper das erste Mal gesprungen ist. Es war das Jahr vor meiner Abreise. Die Landjugend hatte das Grabenspringen organisiert. Mit einem langen Surfmast ist einer nach dem anderen über die *Kopendorfer Au* gesprungen.

»Nachdem die jungen Wilden gesprungen waren und der Wettbewerb entschieden war, hat die Polizei die Feuerwehr aus Burg provoziert, bis ein weiteres Wettspringen angesetzt wurde.«

»Zwischen Jasper und Thies?« Ich stelle mir vor, wie beide sich gegenseitig anstacheln. Von Jasper weiß ich, dass er wettbewerbsorientiert ist. Aber mein Nachbar?

»Männer!«, grummelt Neele dazwischen.

Gerrit nickt und grinst breiter. »Wie Neandertaler. Fünf Feuerwehrmänner gegen fünf Polizisten. Immer zwei zur selben Zeit. Thies ist als Letzter gegen Jasper angetreten. Es stand unentschieden. Und nun ja …«

Gerrits Art und Weise, Geschichten in die Länge zu ziehen, macht mich verrückt. Jasper hatte in Sport immer die Note eins, er hat sogar im Fußballverein gespielt. Thies sieht nicht weniger aktiv aus, aber er ist einen Kopf größer. Und muskulöser. Mit den kräftigen Schultern wirkt er wie ein Wikinger. Ich kann mir beim besten Willen nicht vorstellen, wie mein Nachbar mit einem Stab elegant über einen Graben springt.

»Jasper ist beim Absprung abgerutscht. Sein Surfmast hat im Schlamm festgesteckt. Er ist mitsamt dem Mast ins Wasser gestürzt.«

»Hat er sich verletzt?« Ich kenne niemanden, der ehrgeiziger ist als Jasper. So ein Sturz vor aller Augen muss ihn tief getroffen haben. Einmal hatte ich ihn in *Mensch ärgere dich nicht* besiegt. Danach hat er den ganzen Abend nicht mehr mit mir gesprochen.

»Ich weiß es nicht. Glaube, er ist gehumpelt. Auf jeden Fall hat er für jede Menge Lacher gesorgt, und die Feuerwehr hat gewonnen.«

Ich lächle gequält. Trotzdem glaube ich nicht, dass ein Fehler beim Grabenspringen eine derartige Wut auslösen kann. Da muss etwas anderes vorgefallen sein. Selbst Hanna wusste von nichts. Sie erzählte mir, dass ihr Purzel Jasper nicht leiden kann. Wenn es um sein Privatleben geht, hält sich Thies selbst bei ihr bedeckt.

»Sind beides Idioten, wenn ihr mich fragt.« Neele hebt ihr Rotweinglas und prostet uns zu.

In der Nacht zum Samstag drehe ich mich im Bett von einer Seite zur anderen. Entweder habe ich zu viel Milchschnitten-Tiramisu gegessen oder die Verabredung mit Jasper hält mich wach. Was werde ich sagen? Was wird er sagen? Wie werde ich ihn begrüßen? Innige Umarmung? Kuss auf die Wange? Zurückhaltender Händedruck? So aufgewühlt wie ich bin, könnte ich mich gleich an ihm reiben und ihm auf diese Weise mitteilen, dass eine Riesenflamme in mir lodert, die sich nach ihm verzehrt.

Wir sind alte Freunde, mehr nicht.

Ich möchte wissen, wer sich das mit den Mantras ausgedacht hat und bei wem ich mich beschweren kann. Jedes Mal wenn ich mir diesen Satz sage, schreit mein Herz: »Lüge! Lüge! Lüge!«

Jasper ist ein Teil von mir und wird es immer bleiben. Wir haben uns in einer prägenden Phase unseres Lebens kennen und lieben gelernt. Es gibt Dinge im Leben, die vergisst man auch über Jahrzehnte nicht. Oft sind es die schlechten, weshalb man sich an die wenigen guten klammert, damit man nicht vergisst, warum es sich zu leben lohnt.

Ehe die Sonne aufgeht, schlafe ich ein. Kurz darauf werde ich von einem Poltern aus dem Gartenhäuschen geweckt, das ein mir wohlbekanntes, dröhnendes Röhren vor dem Schlafzimmerfenster nach sich zieht.

Thies Kruse mäht Rasen.

Meine Arme sind zu müde, um mir die Ohren zuzuhalten. Wie eine Furie möchte ich schreien, Thies und seinen gewaltigen Bart bis auf den Grund der Ostsee verfluchen. Stattdessen werfe ich zwischen meinen verklebten Lidern einen Blick auf das Smartphone.

Halb acht Uhr morgens. An einem Samstag.

Schläft dieser Mensch denn niemals aus?

Ich drücke die ungelesenen Nachrichten meiner Mutter weg und prüfe die Wetterlage. Sonnige 17 Grad bringt der Tag. Wenigstens ein Hoffnungsschimmer nach dieser kurzen Nacht.

Da ich um 9 Uhr bei Hanna sein muss, quäle ich mich hoch. Eine schnelle Dusche, ein extrastarker Kaffee mit zwei Stücken Zucker und ab an den Ofen für Toffifees, Jaspers liebste Süßigkeit. Eine halbe Stunde lang weiche ich Sahnekaramellbonbons auf, fülle das zähflüssige Gold in meine kleinen, runden Silikonförmchen, um anschließend das Nougat zu schmelzen. Schnell eine Mulde in jedes Karamellstückchen gedrückt, eine Haselnuss hineingelegt und mit flüssigem Nougat verschließen. Ab in den Kühlschrank.

Mein Mund und meine Hände kleben, aber ich bin glücklich und hoffe, dass Jasper die kleine Überraschung gefallen wird.

Der Lärm im Garten ist längst verstummt, als ich aus der Haustür trete, um mit dem Fahrrad zur Arbeit zu fahren. Wie eine Diebin schleiche ich um die Hausecke, um Thies zu überraschen. Aber von meinem Nachbarn sehe ich zwischen den hohen Bäumen und seinem Gemüsebeet nichts. Auch sein Firmenwagen ist fort. Dafür hat er Thunfisch zurückgelassen, der wie fast jeden Morgen auf der Terrasse sitzt und mir netterweise ein Mäuschen zum Frühstück serviert.

Eigentlich will ich umdrehen, denn die Zeit drängt, doch so eindringlich wie der Kater mich anschaut, bewege ich mich automatisch auf ihn zu. Mit einem Schnurren begrüßt er mich. Zögerlich streichle ich ihm über sein abgenicktes Ohr. Er steht auf und reibt sich an meiner Jeans.

»Dankeschön für das Mäuschen«, rufe ich ihm hinterher, während er um die Hausecke schlendert.

Ich schnappe mir die Handschaufel, die ich mir eigens für den Mäusetransport besorgt habe, und werfe das arme Ding auf das Rapsfeld. Dann schwinge ich mich auf mein Fahrrad, schließe den Kragen meiner kirschroten Steppjacke, um die kühle Morgenluft auszusperren, und eile zur Buchhandlung.

Die Arbeit ist ein wahrer Segen und lässt mich kaum an Jasper denken.

Zu Hause bleibt mir nicht viel Zeit. Da ich mir schon heute Nacht überlegt habe, was ich anziehen werde, schlüpfe ich in meinen cognacfarbenen Cordrock. Dazu trage ich die passenden schwarzen Stiefeletten, ziehe einen lockeren, dunklen Rollkragenpullover darüber, der gut ein paar Röllchen kaschiert und stecke ihn vorn in den Bund. Zwar haben wir Mai, aber wenn auf Fehmarn eine steife Brise weht, fühlt sich das wie Februar in Berlin an.

Die Toffifees fülle ich in eine Schale und schaue ungeduldig aus dem Fenster, bis ein silberfarbener Audi A4 auf den Kies fährt. Hinter dem Vorhang beobachte ich, wie Jasper aussteigt. Mit gerunzelter Stirn betrachtet er das Haus und nimmt den Weg am weißen Gartenzaun entlang zur Tür. Heute trägt er keine Uniform, er sieht aus wie Superman im Urlaub. Eng anliegende, helle Jeans, einen grauen, körperbetonten Strickpullover, weiße Turnschuhe. Die strohblonden Haare feucht, als wäre er gerade aus der Dusche geflogen.

Wenige Sekunden später klingelt es.

Jasper Janssen steht vor meiner Tür.

Alles, was ich mir an Begrüßungsformeln zurechtgelegt hatte, ist verschwunden. Der Klingelton hat meine gespielte Ungezwungenheit fortgeweht. Selbst die Spitzenunterwäsche, die ich trage, um mein Selbstbewusstsein zu fördern, versagt ihren Dienst. Ich fühle mich wie vor zwanzig Jahren, als er mich das erste Mal von zu Hause abgeholt hat, um mit mir auf dem Reiterhof *Bonanza* Pferde zu streicheln.

Tief atme ich ein, ehe ich öffne.

Sekundenlang lächeln wir uns an, als wollten wir den Moment nicht mit unnötigen Worten stören. Jasper betrachtet mich, meinen Rock, meine Beine und ein zartes Rosa bedeckt sein Gesicht. Mein Dekolleté brennt bereits, seitdem ich die Tür geöffnet habe.

»Du siehst umwerfend aus.«

Wir sind alte Freunde, mehr nicht.

»Danke.« Die Wärme steigt mir in die Wangen. »Du ebenfalls.«

Ein paar Herzschläge vergehen, bis Jasper von mir wegsieht und die Schale in meiner Hand entdeckt, an die ich mich festkralle, um vor Aufregung nicht zu zittern.

»Du hast mir Toffifee gemacht?« Das Grübchen an seinem Kinn bewegt sich nach oben, so wie immer, wenn er lächelt.

Dieser Anblick ist jeden Schlafentzug wert.

»Wollen wir?«

Auf dem Weg zum Auto gehe ich voran. In der einen Hand balanciere ich die Schale, mit der anderen umklammere ich meine Handtasche. Zu wissen, dass Jasper hinter mir geht, mich eventuell betrachtet und dabei schmunzelt, lässt die Raubvögel in meinem Bauch wild flattern.

Ehe ich die Beifahrerseite erreiche, eilt er an mir vorbei und öffnet mir die Tür. Wie ein Butler verbeugt er sich. Seine Nähe treibt mir ein Lächeln auf die Lippen, denn unsere Arme berühren sich, als ich einsteige.

Das Innere seines Autos gleicht einem Museum. Kein Müll, keine Krümel, nicht einmal Staub. Ich atme besonders flach, damit ich es nicht mit meinem zuckergetränkten Atem beschmutze.

»Alles in Ordnung?« Er startet den Motor und fährt rückwärts von der Einfahrt. »Du wirkst angespannt.«

»Nein, mir geht's gut.« Die Schüssel mit den Toffifees lege ich auf meine aneinandergepressten Beine.

Jasper schnauft amüsiert. »Entspann dich, Rike. Ich habe das Auto für dich ausgesaugt. Den Dreck der Kinder wollte ich dir nicht zumuten. Also fühl dich bitte wie zu Hause.«

Ich lächle verlegen, bin jedoch dankbar, dass er mir den Ich-habe-mit-einer-anderen-Frau-Kinder-Anblick erspart hat.

»Möchtest du Musik hören?«

»Nicht nötig. Wir fahren ja nicht lang.«

»Woher willst du das wissen? Vielleicht entführe ich dich.« Jasper wirft mir ein verschmitztes Grinsen zu, das mein Herz schneller pochen lässt, als ich es mir erlauben darf.

»Gehen wir nicht in Burg Kaffee trinken?«

Er braucht mir nicht antworten. Nach der *Osterstraße* biegt er nicht bei *Börke* auf die *Niendorfer Straße* ein, sondern fährt geradeaus über den *Niendorfer Weg*.

»Fahren wir nach Puttgarden?«

Jasper schüttelt den Kopf.

»In den Westen der Insel?«

»Nein.«

»Wohin bringst du mich dann?«

»Dahin, wo du garantiert sehr lange nicht mehr gewesen bist.«

Da ich erst seit Kurzem wieder auf Fehmarn wohne, betrifft das so gut wie jeden Winkel der Insel. Ich lehne mich zurück und genieße das aufregende Kribbeln auf meiner Haut.

Während der Fahrt schnellt Jaspers Hand mehrmals in die Höhe und mir wird bewusst, wie viele Menschen er auf Fehmarn kennt. Mir dagegen kommt niemand bekannt vor. Ich bin wie eine Fremde auf der Insel, auf der ich die Hälfte meines Lebens verbracht habe.

»Wie war die Arbeit? Hattet ihr viele Kunden?« Mit seiner Sonnenbrille sieht Jasper wie James Bond aus, und mir wird schmerzlich bewusst, dass ich nicht seine Moneypenny bin.

Das ist eine andere.

Auf einmal fühle ich mich lächerlich. Ich sitze neben meinem Jugendfreund in einem kurzen Rock, Absatzschühchen sowie Kussmundlippenstift und erhoffe mir ... Was? Dass er mich küsst? Dass er mit mir zusammen sein möchte?

Werde erwachsen, Rike! Jasper ist verheiratet. Er hat Familie und Kinder. Schließ deine Beine, setz dich gerade hin und besinne dich deines Mantras!

Wir sind alte Freunde, mehr nicht.

»Rike?«

»Hm?«

»Träumst du?«

»N-nein!« Ich sehe aus dem Fenster. Mittlerweile fahren wir über die *Bundesstraße 207* auf die Fehmarnsundbrücke zu. »Fahren wir auf das Festland?«

Er nickt. »Erinnerst du dich an deinen 19. Geburtstag?«

Schwammig, aber was meinen Begleiter betrifft, weiß ich noch alles. Jasper hatte ein fürstliches Picknick ausgerichtet und mir abends am Strand bei seichtem Wellengang eine himmlische Liebesnacht beschert.

Doch darauf wird er sicher nicht hinauswollen.

»Das verletzt mich.« Enttäuscht sieht er mich an. »Du hast unser super Picknick am Weißenhäuser Strand vergessen?«

»Nein!«, sage ich schnell. »Ich wusste bloß nicht, was du meinst. Immerhin gab es einige schöne ... Momente ... Also, an die ich mich gern erinnere.«

Für einen Augenblick erstarrt Jaspers Grinsen, dann lächelt er. »Mein Nudelsalat hat Eindruck hinterlassen.«

Nicht nur der.

Während der Fahrt zur Steilküste am Weißenhäuser Strand tauschen wir geistlose Höflichkeiten aus. »Wie geht's der Familie?« – »Gut, danke.« – »Und selbst?« – »Heute ist perfektes Wetter, findest du nicht auch?« – »Die Sonne zeigt sich für uns von ihrer besten Seite.«

Grauenvoll. Das sind nicht die Rike und der Japser, die ich in Erinnerung habe. Als trauten wir uns nicht, das anzusprechen, was wie ein blinkendes Damoklesschwert über uns hängt. Doch da ich nicht weiß, ob ich mir dieses Gefühl einbilde, spiele ich das Höflichkeitsspiel mit, bis wir den Sandparkplatz am Strand erreichen.

Wenige Augenblicke, nachdem wir angehalten haben, steigt Jasper aus. Ich zwinge mich, ihm nicht auf den Hintern zu schauen, und warte geduldig, bis er die Beifahrertür öffnet.

»So ein Gentleman!«

»Mann tut, was Mann kann, Ma'am.«

Die Toffifees legt er freudestrahlend in den Picknickkorb, den er aus dem Kofferraum genommen hat. Mir übergibt er eine kuschelweiche Decke, bei der ich mich frage, ob seine Frau davon ausgeht, später meinen Abdruck darauf zu finden.

Jasper sieht sich um und schiebt mich an weiteren Autos vorbei. »Rasch! Wir haben einiges aufzuholen.«

Wir biegen nicht zum Wasser ab, sondern erklimmen durch einen baumbestandenen Weg die Steilküste. Wie eine Elefantin im Bälleparadies wanke ich in Stiefeletten zwischen Baumwurzeln, Tannenzapfen und uraltem Laub. Jasper nimmt meine Hand und zieht mich hinter sich her.

Wie gebannt schaue ich auf unsere Finger, die sich gegenseitig Halt geben. Die Gedanken huschen so schnell durch meinen Kopf, wie meine Füße versuchen, mit Jasper Schritt zu halten. Gerade als ich ihn fragen will, vor wem er flüchtet, erreichen wir die Steilküste.

Funkelndes Dunkelblau mit weißer Schaumkrone. Das Glitzern der Sonnenstrahlen auf der Ostsee zieht mich in seinen Bann. Ich löse mich von Jasper, strecke beide Arme aus und sauge den frischen Duft nach süß-salzigem Brackwasser ein. Von oben wirkt die See mächtig und unendlich weit. Wir dagegen winzig und ich mit meiner Suche nach Liebe irgendwie unbedeutend.

Unten im Sand entdecke ich Pärchen und Familien, die auf Handtüchern das frühlingshafte Wetter mit Blick auf das wogende Meer genießen.

»Gehen wir nicht an den Strand?«

Jasper zuckt die Schultern. »Ist mir zu voll. Hinten am Feldrand sind wir ungestört.«

Ungestört. Ein Wort, das in meinen Ohren nachhallt und meine Nervosität verstärkt.

Zwischen Wäldchen und Feld eile ich ihm nach, bis die Ostsee nicht mehr zu sehen ist. An einer Kurve, hinter der sich eine flache Sandebene befindet, bleibt er stehen.

»Außer Hasen und Rehe gibt es nur uns zwei. Gefällt es dir?«

Und ob es mir gefällt! Vor uns liegt ein hellgrünes Gerstenfeld, dessen Stängel sich im Wind wiegen wie die Wellen der See. Hinter uns liegt ein Wäldchen mit dichten Bäumen und Büschen. Bei dem Geruch nach Tannennadeln und Moos fällt mir plötzlich Thies ein; samtbraune Augen, eine feste Umarmung und dieser kuschelige Pullover, den er trug, als wir uns zusammen die Sterne angesehen haben.

Entschieden tadle ich mich innerlich für diesen Unfug. Dieser Nachmittag gehört Jasper und mir. Keinem Nachbarn, der sich heimlich in meine Träume drängt.

Jasper stellt den Picknickkorb ab und nimmt mir die Decke aus der Hand, um sie vor uns auszubreiten. »Oder möchtest du ans Wasser zu den anderen? Fühlst du dich nicht wohl mit mir allein?«

Schweißperlen bilden sich auf seiner Stirn, die er mit einer Serviette abtupft. Es beruhigt mich, dass er ebenso aufgeregt ist wie ich.

»Nein, alles gut.« Zwar wäre mir die Nähe zur Ostsee lieber gewesen, aber in unserem eigenen Versteck zu picknicken, ohne dabei von Spaziergängern gestört zu werden, hat etwas, das mich schmunzeln lässt. »Es ist perfekt.«

Meine Bemerkung bringt Jasper zum Lächeln.

Vor uns liegen sämtliche Leckereien. Eine Thermoskanne voll schwarzem Kaffee, zwei Becher, eine quietschrote Tupperschüssel voller Nudelsalat und die selbst gemachten Toffifees zum Nachtisch.

Es sieht fast wie an meinem Geburtstag aus. Fast. Denn die auffällige Schale in der Mitte mit den beiden Löffeln ist nicht meine, sondern Dinas.

»Magst du keinen Salat?« Jasper sitzt mir gegenüber, die Beine in der hellen Jeans zur Seite ausgestreckt. »Du musst nicht, wenn du nicht willst.«

»Später.« Ich möchte die Raubvögel in meinem Bauch nicht füttern. »Kaffee hätte ich gern.«

Er greift nach der Thermoskanne und schenkt mir ein. Der warme Duft nach frisch gemahlenen Bohnen steigt mir in die Nase und erinnert mich an meine Großmutter, deren Küche stets nach frischem Kaffee gerochen hat.

»Zwei Stückchen Zucker, richtig?«

»Du hast es nicht vergessen.«

»Nichts von uns habe ich je vergessen.«

Unsere Hände berühren sich für einen Augenblick, als er mir einen Becher reicht. Automatisch zucke ich zusammen, und die Intensität seines Blickes nimmt mir den Atem.

»Bist du nervös?«

Überrascht sehe ich ihn an. »Woher weißt du das?«

Jasper stellt die Thermoskanne neben den Zuckertopf und setzt sich in den Schneidersitz. Täusche ich mich oder rückt er näher an mich heran?

»Ich kenne dich eben. Du spielst mit deinen Fingernägeln, wenn du unsicher bist.«

Ich schaue auf meine Hände und bemerke, wie ich mit den Nägeln knackse. Schnell schiebe ich eine Hand unter mein Bein und betrachte Jasper.

Hundert Fragen möchte ich ihm stellen. Ich muss wissen, wie es ihm geht, ob er zufrieden mit seinem Leben ist. Hat er mal an mich gedacht in all den Jahren?

»Alles in Ordnung? Bin ich zu weit gegangen?«

»Ja und ... nein.« Ich nippe am Kaffee, genieße, wie er mir heiß die Kehle hinunterrinnt und meinen pochenden Herzschlag beschleunigt. Mit beiden Händen umfasse ich den Becher, um nicht mit den Nägeln zu spielen. »Darf ich dich etwas fragen?«

»Alles. Wir sollten keine Geheimnisse voreinander haben.«

»Warum nicht?«

Er sieht mich an, und ich erinnere mich. Ich kenne die Antwort auf meine Frage. Ein Schauder huscht mir den Rücken hinab bis in die Zehenspitzen.

Wir sagen uns immer die Wahrheit.

Ein Schwur, den wir voreinander abgelegt haben, kurz nachdem wir zusammengekommen sind, damit das ausschweifende Gerede in der Schule keinen Keil zwischen uns treiben konnte.

Unruhig rutsche ich mit zusammengepressten Beinen auf der weichen Decke hin und her, bis ich die Worte aus seinem Mund höre: »Wir sagen uns immer die Wahrheit. Erinnerst du dich? Wir haben es mit einem Kuss besiegelt. Du hattest diese Regenbogenleggings an mit dem weißen Pullover von meiner Mutter.«

Ich kann mein Lächeln nicht unterdrücken. Das war der Tag, an dem ich das erste Mal bei ihm übernachtet hatte.

»Aber was wolltest du mich fragen?« Er lehnt sich zu mir herüber und fasst nach meiner Hand. »Du darfst mich alles fragen, was du willst. Keine Geheimnisse.«

Ich grinse. »Ich weiß.« Mit meinem Becher proste ich ihm zu, und ein Klirren besiegelt unseren Schwur abermals. Einen Moment suche ich meinen Mut am Horizont, finde jedoch nur das tannenbestückte Ende des Weges.

»Sag es, so schlimm kann deine Frage nicht sein.« Nach dem fröhlichen Unterton in seiner Stimme macht Jasper sich über mich lustig.

»Ich würde gern wissen ...«, stammele ich mir den Weg ins Ziel. »Was denkt Dina, wo du gerade bist?«

»Kaffeetrinken.«

»Mit mir?« Ich kann mir beim besten Willen nicht vorstellen, dass Dina einem Kaffee mit mir zugestimmt hat. Selbst ohne das Debakel auf der Tupperparty.

Jasper schaut auf das Gerstenfeld hinter uns.

»Jasper? Weiß Dina von unserem Treffen?«

»Ich wollte es ihr sagen.« Seinen Blick hält er strikt auf das Feld gerichtet. Mir ist es unmöglich, seine Mimik zu deuten.

»Du *wolltest* es?« Langsam werde ich ungeduldig und muss mich zwingen, nicht mit meinen Nägeln zu spielen.

»Dein Auftritt am Sonntag bei uns zu Hause hat für ziemlich viel Furore gesorgt. Alles von damals kam wieder hoch.«

»Was meinst du mit *damals*?«

Sein Blick schnellt zu mir herum. »Ach, komm, Rike. Du weißt, wovon ich rede.«

Ich ahne es, möchte es jedoch nicht aussprechen. Wenn das Thema einmal auf der Picknickdecke liegt, können wir es nicht mehr in der Ostsee begraben halten und so tun, als säßen wir in einer zauberhaften, problemfreien Welt. »Du sprichst von unserer Trennung?«

Jasper schnauft in seinen Kaffee. »Wohl eher deine Flucht vor mir.« Er stellt den Becher vor sich hin und sieht mich an. Genauso, wie er mich *damals* angesehen hat, als ich ihm von meinem Wunsch erzählt habe.

Wir sind schneller am Brennpunkt, als es mir lieb ist.

»Ich bin nicht geflüchtet. Ich wollte mit dir gemeinsam die Großstadt erobern. Als Team.«

»Jetzt schieb nicht mir die Schuld zu. Du bist gegangen, hast unserer Liebe einen verdammten Arschtritt verpasst, um in Berlin was genau zu tun? Schmutzige Luft zu atmen?«

»Warum regst du dich auf? Gleich nach meinem Weggang hast du Dina geheiratet.«

Jasper zeigt mit dem Finger auf mich. »Das ist unter der Gürtellinie, Rike.«

»Wieso?« Meine Hände zittern. Ich stelle den Becher auf die Decke, damit ich den edlen Stoff nicht aus Versehen beschmutze. »Wann habt ihr geheiratet? Vier Monate, nachdem ich die Insel verlassen hatte?«

»Fünf waren es, und so einfach, wie du es darstellst, ist es nicht gewesen.«

»Ich denke schon.« Mir schießen Tränen in die Augen, wie jedes Mal, wenn ich wütend bin. Trotzdem zwinge ich mich, ihn anzusehen. »Ich habe dich angerufen, nachdem ich weggezogen bin. Ich wollte dich um Verzeihung bitten. Du und die Insel, ihr habt mir furchtbar gefehlt. Ich wollte zurückkommen und mir ein Leben mit dir aufbauen. In Berlin war alles anders. Laut. Hektisch. Groß. Aber du hast mich nie zurückgerufen. Du hast mich gleich abgehakt. Also erzähl mir nicht, wie schmerzhaft unsere Trennung angeblich für dich gewesen ist. Lang getrauert hast du nämlich nicht.«

Ich bin so wütend, dass ich meinen bebenden Brustkorb kaum unter Kontrolle kriege.

»D-Du hast angerufen?« Seinem erschrockenen Blick nach zu urteilen, weiß er nicht, wovon ich spreche.

»Ungefähr drei Monate, nachdem ich gegangen war. Du warst beim Fußballtraining und wolltest mich zurückrufen. Jedenfalls hat Ingrid das gesagt. Aber das hast du nicht. Deshalb verstehe ich nicht, warum du mir jetzt Vorwürfe machst?«

»Ich habe deine Nachricht nie erhalten. Meine Mutter, sie …« Jasper seufzt. »Dina war schwanger. Sie wollte wohl, dass ich das Richtige für die Familie tue.«

In mir dreht sich alles. Mit Mühe gelingt es mir, die Fassung zu wahren. Ich möchte schreien und das Schicksal verfluchen; weinen, bis der Schmerz verflogen ist. Stattdessen trage ich eine Maske voller Heiterkeit, doch mein Lächeln erreicht die Augen nicht.

»Du hast demnach das Richtige getan. Alles ist gut ausgegangen. Du hast Dina geheiratet, ihr habt wunderschöne Kinder und ich … Na ja … Ich weiß nicht einmal, warum wir uns streiten.«

»Nichts ist gut.« Jasper sieht mich an, als säße eine Fremde vor ihm. Kopfschüttelnd rückt er näher an mich heran. Unsere Knie berühren sich, ehe er mit beiden Händen nach einer von meinen greift. »Du und nur du hättest die Frau vor dem Altar sein sollen. Nicht Dina. Dich wollte ich heiraten, nicht …« Sein Kopf sinkt und er kämpft mit den Tränen.

»Wir haben geheiratet, weil wir es mussten.« Nach einer gefühlten Ewigkeit sieht er zu mir auf. Ein zarter Glanz liegt auf seiner Iris. »Das macht man auf Fehmarn so, das weißt du, sonst wird man zum Gespött der Leute. Dina hat allen erzählt, dass sie meine Frau wird, ehe ich ihr einen Antrag gemacht habe. Meine Eltern haben mich schließlich dazu gedrängt. Ich ... Ja, wir haben miteinander geschlafen. Ein einziges Mal, nach dem Scheunenfest bei Dirk. Ich war einsam und betrunken, und sie war ...«

»In dich verliebt«, beende ich seinen Satz. In Gedanken flehe ich, dass er nicht weiterspricht. Ich möchte nichts davon hören, wie Dina und Jasper sich gefunden haben. Jedes seiner Worte liegt wie Blei in meinem Magen. Würde ich nicht sitzen, wäre ich längst umgefallen. Ich wusste, dass Dina in Jasper verliebt war. Ich wusste, dass sie ihn sich schnappen würde, sobald ich im Auto nach Berlin saß. Aber ich hätte nicht geahnt, dass er ihre Gefühle nicht erwidert hat. Dass er trotz allem mich geliebt hat und nicht sie.

In seinen graublauen Augen entdecke ich Reue. Und Zweifel. Ich streichle Jasper über die Wange. Alles an ihm fühlt sich vertraut an. Echt. Wir sind zwei Menschen, die sich einst geliebt haben.

Doch sein glühender Blick verwirrt mich.

Entschlossenheit liegt auf seinem Gesicht. Das, was ich sehe, das, was er will, darf nicht sein.

Rasch senke ich die Hand, aber Jasper zieht mich mit einem Ruck zu sich. Seine Lippen liegen auf meinen, bewegen sich sanft, aber bestimmt, bis ich nachgebe und mit ihm verschmelze. Als wären wir keinen Augenblick voneinander getrennt gewesen.

Ich drohe in einem wunderschönen Traum zu versinken. Keuchend löse ich mich von ihm. »Jasper, ich ... Das sollten wir nicht tun.« Sein Atem geht ebenso schnell wie meiner. Seine Arme halten mich wie einen Schatz, den er mit niemandem teilen möchte.

Seufzend lege ich den Kopf an seine Stirn. Wären wir doch in einem anderen Universum, in dem es bloß ihn und mich gäbe.

»Du bist verheiratet. Wir dürfen das nicht.«

Sein Blick verändert sich. Wut taucht darin auf, abfällig lacht er.

»Meine wunderbare Ehe ist eine Illusion.« Abwartend sieht er mich an. »Die Insel denkt, Dina und ich wären das ideale Paar. Sie, die Vorsitzende der *Inselfrauen*, ich der Polizist, der für Recht und Ordnung sorgt. Wie aus dem Fernsehen. Eine schöne Fassade, hinter der niemand die Wahrheit vermutet.«

»Eine Fassade?« Ich versuche, mich aus der Umarmung zu lösen, aber er hält mich fest. »Wovon sprichst du?«

Erst, nachdem ich die Hände gegen seinen Oberkörper stemme und zaghaft drücke, lässt er mich frei. Ein Stück rutsche ich von ihm fort, um atmen zu können, und reibe mir die Lippen, die von seinem Kuss kribbeln.

»Kurz nach Marcos fünftem Geburtstag haben wir uns getrennt. Das ist jetzt zwei Jahre her.«

»Aber ...« Ich verstehe kein Wort. »Ich war bei euch zu Hause. Ich habe die Bilder gesehen, euer gemeinsames Heim, deine geliebten Schallplatten. Dina hat erzählt, ihr wärt überglücklich.«

Jasper legt meine Hand auf seinen Schoß und umschließt sie mit seinen Fingern wie einen schützenden Kokon. »Ich musste ihr versprechen, niemandem von unserer Trennung zu erzählen. Ich wohne im Keller. Jede Nacht, wenn die Kinder schlafen, schleiche ich mich runter und stehe morgens vor ihnen auf. Ich wollte die Scheidung einreichen, aber Dina befürchtet, das Gerede auf der Insel könnte den Kindern dauerhaft schaden. Das wollen wir beide nicht. Sie selbst hat unter der Trennung ihrer Eltern sehr gelitten. Ihr Vater war einst Bürgermeister von Burg, falls du dich erinnerst. Es war alles ein riesiges Drama. Bis Marco aus dem Gröbsten raus ist, halten wir die Fassade aufrecht. Das ist unser Deal. Jeder führt sein eigenes Leben, aber nach außen sind wir liebende Eheleute.«

»Dann … Dann bist du nicht mehr … Ihr seid nicht mehr …?«

»Ich bin Single, Rike, genau wie du. Ich wollte dir das schon im *Mopsy's* sagen, aber bei all der Musik … und wir waren nie allein. Niemand darf davon wissen.« Er mustert mich aufmerksam. Zärtlichkeit schwingt in seinen Worten mit. »Ich bin überglücklich, dass du zurückgekommen bist.«

Wie ein Wackeldackel nicke ich. Mein Kopf versucht, das Gesagte zu verarbeiten, damit ich verstehe, damit ich endlich begreife, dass Jasper nicht mehr gebunden ist. Er und ich sind zur selben Zeit Single.

»Ich kann dich denken hören.« Mit dem Finger hebt er mein Kinn an. Mir ist zum Weinen zumute, aber ich reiße mich zusammen. »Sprich mit mir, bitte, Rike.«

»Ich habe dich vermisst.«

»Und ich dich erst.«

Ich weiß nicht, wie lange wir uns händchenhaltend gegenübersitzen. Aber es fühlt sich richtig an. Alles scheint bekannt und doch ist alles neu. Mir gegenüber sitzt nicht mehr der Junge, dessen Traum es wahr, Polizist zu werden. Jasper ist zum Mann geworden, er hat mit einer anderen Frau drei Kinder. Unendlich viele Fragen schwirren mir im Kopf herum, aber keine davon stelle ich. Ich versinke in graublauen Augen, erfreue mich an unseren zögerlichen Berührungen und wünsche mir seine Lippen zurück auf meinem Mund.

Irgendwann dämmert es, und wir begeben uns auf den Heimweg. Seite an Seite schlendern wir stumm in Richtung Ostsee, als könnte ein bloßes Wort unsere Zweisamkeit stören.

Ehe wir das Steilufer erreichen, lässt Jasper den Picknickkorb fallen, dreht sich zu mir um und küsst mich leidenschaftlich. Sein Verlangen überwältigt mich, ein Baumstamm muss unserem Sturm standhalten. Rücklings presst er mich gegen die alte Eiche, während seine Hände über meine Arme, meine Hüften und meinen Hintern gleiten. Sein Kuss ist dieses Mal anders, sehnsuchtsvoller. Ich halte mich an seinem Nacken fest und schmelze unter seinem fordernden Zungenspiel dahin.

Wenn ich einen Wunsch frei hätte, dann würden Jasper und ich bis in alle Ewigkeit in seinem Audi durch die Gegend fahren. Keine Arbeit, keine Familie, keine Freunde. Nur Jasper und ich. Unsere Rückfahrt vergeht viel zu rasch. Als wir meine Auffahrt erreichen und Jasper neben dem Firmenwagen meines Nachbarn parkt, verhärtet sich seine Miene. Ich folge seinem starren Blick und entdecke Thies, der mit Thunfisch auf dem Arm die Außentreppe zu seiner Wohnung erklimmt.

»Was ist zwischen euch vorgefallen?« Ich muss es wissen, auch auf die Gefahr hin, die schöne Stimmung zwischen uns zu verderben. »War es das Grabenspringen?«

»Du hast davon gehört?«

»Fehmarn ist eine kleine Insel.«

»Mit knapp 13.000 Einwohnern.«

»Sag ich doch.«

Jasper seufzt. »Der Kruse ist keiner von den Guten. Nicht umsonst ist seine Frau vor ihm geflüchtet. Versprich mir, dich von ihm fernzuhalten. Wenn er dir zu nahekommt oder er dich anfassen sollte …« Er presst die Hände um das lederne Lenkrad. » … dann rufst du mich an. Ich buchte ihn sofort ein. Verstanden?«

»Beruhig dich«, flüstere ich ihm zu. »Thies ist harmlos.« Ich sehe die Treppe hinauf in das oberste Stockwerk, in dem mein Nachbar verschwunden ist. »Etwas störrisch zwar, aber hilfsbereit. Norddeutsch eben.« Thies' Hintern taucht in meiner Erinnerung auf und lässt mich schmunzeln.

»Mir missfällt, dass du mit ihm zusammenwohnst. Wenn es nach mir ginge, würde ich dich sofort woanders einquartieren.«

»In deinem Keller?«

Jasper grinst widerwillig. »Das ist mir wichtig, Rike. Hältst du dich bitte von ihm fern? Sonst mache ich kein Auge zu.«

Um Jasper zu beruhigen, streichle ich ihm den Nacken. Er schließt die Lider, begleitet von leisem Stöhnen.

»Soweit es mir möglich ist. Aber du weißt, dass wir ihn im Buchclub treffen.«

So schnell wie Jasper sich entspannt hat, sitzt er wieder gerade. »Kannst du ihn nicht rauswerfen? Dann wären wir auf der sicheren Seite.«

»Langsam machst du mir Angst. Was ist denn passiert? Hat er seine Frau doch umgebracht?«

»Nein, das nicht.« Ungeduldig fährt er sich mit einer Hand über die strohblonden Haare. »Ich darf dir nichts Näheres erzählen. Das betrifft die Ermittlungen. Streich ihn einfach aus deinem Leben. Damit würdest du mich sehr glücklich machen.«

Flehentlich sieht er mich an, bevor er sich zu mir beugt und mich innig küsst. Der süßliche Geschmack nach Toffifee wird mich auf ewig an diesen wundervollen Tag erinnern.

»Gut«, antworte ich, als er mich freigibt. »Wenn es dir wichtig ist, dann halte ich mich von ihm fern.« Ich weiß zwar nicht, wie das gehen soll, da wir uns ein Haus teilen, aber wenn es ihm so viel bedeutet, will ich es versuchen.

Während wir kuschelnd *Kiss from a Rose* aus dem Radio genießen und uns nicht überwinden können, uns voneinander zu trennen, schweift mein Blick zur Terrasse. Nie im Leben hätte ich damit gerechnet, wieder auf Fehmarn zu wohnen. Und erst recht nicht, dabei in Jaspers Armen zu liegen. Manchmal ist ein Neuanfang das Beste, was einem geschehen kann.

Im mittleren Fenster des Obergeschosses verharrt mein Blick. Thies sieht hinter einer Grünpflanze auf uns hinab. Die Einsamkeit, die ihn umgibt, ist beinahe greifbar. Als unsere Blicke sich treffen, zucke ich unwillkürlich zusammen. Wer ist mein Nachbar, und wie kann jemand, der den *Gesang der Flusskrebse* für das beste Buch der Welt hält, kein guter Mensch sein?

»Alles in Ordnung?« Jasper sieht zum Haus hinauf. Bevor er bemerken kann, wer uns beobachtet, drehe ich seinen Kopf zu mir.

»Küss mich, Jasper, als gäbe es keinen Morgen.«

Ärger im Anmarsch

Das Einzige, was ich heute will, ist, mit Jasper auf dem Sofa kuscheln. Da er aber den Sonntag mit seinen Kindern verbringt, tue ich das Zweitbeste: mit dem Fahrrad die Insel erkunden. Zum Lesen fehlt mir die innere Ruhe.

Der Wind weht mäßig über die Weizen-, Gersten- und Maisfelder, weshalb ich einigermaßen gut auf den geschlängelten Straßen vorankomme und nicht alle paar Meter anhalte, um Luft zu holen. Vielleicht liegt es an den Sonnenstrahlen, die mein Gesicht erwärmen oder an der enormen Energie, die mich durchströmt. Dass Jasper und ich wieder einander gehören, ist wie die Erfüllung meines größten Traums, seitdem ich nach Berlin gezogen bin. Gleichzeitig durchströmt mich eine tief liegende Angst, dass ich mir den gestrigen Tag nur eingebildet habe und unsere Verbindung zwischen meinen Fingern zerrinnen könnte wie Sand. Doch das gehört wahrscheinlich dazu, wenn man derart ineinander verliebt ist wie wir. Zwar können wir die letzten Jahrzehnte, die uns entgangen sind, nicht rückgängig machen, dafür werden wir aber unsere gemeinsame Zukunft ausgiebig genießen.

Ich bin die glücklichste Frau auf Fehmarn, obwohl die Tatsache, dass ich mein Glück noch mit keinem teilen darf, meine gute Laune trübt. Gestern Nacht war ich kurz davor, meinen Freunden von dem Picknick zu erzählen, habe mich jedoch mit sündigen Nachrichten an Jasper von dem Verlangen abgelenkt.

Ziellos fahre ich an grünen Wiesen und windschiefen Bäumen vorbei. Den Südstrand meide ich, da ich Dina nicht begegnen möchte. Nach einer Weile finde ich mich in Gahlendorf vor dem Reiterhof *Bonanza* wieder. Neben der Pferdekoppel an der Straße bleibe ich stehen und schiebe mein Fahrrad auf den Grünstreifen. Ein Mann in einem dunkelblauen Pullover reitet in der Ferne auf einem braunen Vollblutaraber mit schwarzer Mähne und Schweif. Der Hof sieht unverändert aus. Als junges Mädchen stand ich an ebendieser Stelle und beobachtete die Pferde beim Grasen.

Neben der Koppel erkenne ich den Pferdestall mit rotem Dach wieder, dahinter das reetgedeckte Haupthaus und die Unterkünfte für die Feriengäste nebst der Feuerstelle. Auf der Wiese nebenan tummeln sich weitere Pferde. Ein schwarz-weiß-geflecktes, drei braune, von denen eins eine weiße Nase hat, und ein herrlicher Rappen. Dazwischen liegen zwei kleine Ponys im hohen Gras, die mit ihrem flauschigen Fell wie zwei Wollknäuel mit langer Mähne aussehen und mein Herz zum Schmelzen bringen.

Der Reiter lenkt seinen Hengst in meine Richtung. Nussbraunes Haar und ein Bart wie ein Wasserfall. Erst auf den zweiten Blick erkenne ich, dass Thies auf dem Rücken des Pferdes sitzt. Mit erhobener Hand galoppiert er mir entgegen.

Unbeholfen schwinge ich mich auf den Fahrradsattel, um wie eine Wilde davonzurasen, da ich Jasper ein Versprechen gegeben habe. Doch mein Nachbar ist am Zaun, ehe ich in die Pedale trete.

»Moin.« Er legt den Kopf schief und sieht mich fragend an. »Fühlst du dich nicht wohl?«

»Wieso?« Mit den Zehenspitzen auf dem Rasen halte ich das Gleichgewicht und stütze mich am Zaun ab. »Es ging mir nie besser.«

»Deine Wangen glühen, als hättest du ein Wettrennen veranstaltet.«

»Das kommt von der Fahrt. Es ist recht stürmisch zwischen den Feldern.« Mit der Hand fächere ich mir Luft zu, als wäre ich eben erst angekommen. Thies zieht einen Mundwinkel hoch, und ich fürchte, dass er mir die Notlüge nicht glaubt.

»Du reitest noch immer?«, frage ich, um ihn von meinem Gesicht abzulenken.

»Ich bin ein Mann mit vielen Geheimnissen«, antwortet er und zwinkert mir zu.

Flirtet er etwa mit mir?

Thies betrachtet mich mit samtbraunen Augen. Sein intensiver Blick löst ein Kribbeln über meinem Rücken aus, das mir eine angenehme Gänsehaut beschert. Obwohl ich es nicht will, lächle ich.

Was ist bloß los mit mir? Erst der Traum und nun das? Ich beiße die Zähne zusammen, um mich zu konzentrieren.

»Heute gar keinen Polizisten an den Lippen?«

Vor Entsetzen über seine Dreistigkeit falle ich fast vom Fahrrad. Im letzten Augenblick stütze ich mich am Zaun ab. »Meine Lippen gehen dich nichts an.«

»Was auf meinem Grundstück geschieht, geht mich sehr wohl etwas an.« Sein Mienenspiel ist verwirrender als das Leuchten in seinen Augen. So sehr ich mich auch bemühe, ich erkenne nicht, ob seine provozierenden Worte ernst gemeint sind.

»Es ist auch mein Grundstück und mit wem ich mich treffe, geht dich nichts an. Du stellst mir deinen Besuch auch nicht vor. Bekommst du eigentlich welchen? Außer dir und Thunfisch poltert niemand die Treppenstufen hoch.«

Regungslos sieht Thies mich an. Zu gern würde ich wissen, welche Räder sich hinter dieser bärtigen Fassade drehen.

Wenn er auf einen Anstarr-Wettbewerb aus ist, kann er den haben. Ich werde nicht kleinbeigeben. Ich werde nicht ... Ach, verdammt. Ich halte seinem herausfordernden Blick nicht stand. »Was ist?«

»Nichts.« Thies zuckt die Schultern und gibt sich gelassen. »Ich hätte nicht gedacht, dass du dich mit jemandem wie Jasper einlässt. Für mich bist du eine Frau, die keinen Mann braucht, um sich selbst zu definieren.«

Ein schweres Schnaufen entweicht mir. Selbstverständlich brauche ich keinen Mann, um mich selbst zu definieren. Ich brauche einen Mann, um nicht mehr allein zu sein und das Leben zu zweit zu genießen. Damit mein Umfeld weiß, wo ich hingehöre. Aber ich weiß auch ohne Mann, wer ich bin.

Oder nicht?

Thies sieht mich an, als würde er jeden Zweifel mitlesen, was mir ganz und gar nicht gefällt.

»Wer ist dieser Schönling?« Rasch streichle ich dem braunen Hengst über seine schwarze Mähne. Die Streicheleinheiten scheinen ihm zugefallen, denn er legt den Kopf schwer in meine Hand. »Er erinnert mich an eines der Pferde, die ich mir früher gern angesehen habe.«

Für einen Augenblick schließt Thies die Lider. »Das ist Heathcliff«, antwortet er schließlich und klopft dem Pferd liebevoll auf die Seite.

»Wie aus *Sturmhöhe*?« Ich traue meinen Ohren nicht. Thies hat seinen Hengst nach einer meiner Lieblingsfiguren benannt. Wenn ich mir das Pferd näher betrachte, passt der Name optisch zumindest. Ungebunden, rau und wild wirkt der Hengst, ebenso wie Thies.

Er nickt. »Heathcliff ist mir seit Jahren ein treuer Begleiter. Aber manchmal ist er ein hinterhältiges Monster wie der Charakter aus Brontës Roman, wie beinahe alle Charaktere aus ihrem Buch.«

Heathcliff wiehert, als bestätige er diese Beschreibung. Ich dagegen glaube nicht, was ich höre. »Du bezeichnest die Figuren der größten Liebesgeschichte aller Zeiten als ...« Ich wage es nicht, diese Beleidigung auszusprechen, starre ihn stattdessen mit aufgerissenen Augen an.

»... als Monster, ja.« Thies beendet meinen Satz mit einem reizenden Grinsen im Gesicht. »Und die größte Liebesgeschichte aller Zeiten ist *Romeo und Julia*, nicht *Sturmhöhe*.«

»Falsch! *Romeo und Julia* ist definitiv keine Liebesgeschichte, sondern eine Tragödie. Shakespeare hat sie lediglich mit einem hohen Anteil an Liebe bestückt. Für mehr Dramatik.«

Thies betrachtet mich schweigsam. Gibt er so schnell auf?

»Apropos Drama.« Er räuspert sich, ehe er weiterspricht. »Ich wollte dich gestern etwas fragen, aber da hattest du einen Polizisten am Mund kleben.«

»Niemand hat an meinem Mund geklebt.« Ich überlege, ob ich ihm von Jasper und mir erzählen soll und wie lange wir darauf gewartet haben, wieder zusammen zu sein. Doch ich entscheide mich dagegen. So wie ich Thies einschätze, hat er für unsere Seelenverwandtschaft nur ein desinteressiertes Brummen übrig. »Ach, das geht dich nichts an.« Ich schlucke meine Aufgebrachtheit hinunter und sehe über sein Grinsen hinweg. »Was wolltest du mich fragen?«

»Kann ich meine Stimme für *Fifty Shades of Grey* noch zurückziehen?«

»Warum?« Jetzt grinse ich. »Ist es dir zu schlüpfrig?«

»Ich finde es recht verstörend, dieses ganze Fesseln. Mit einem Seil bindet man ein Schiff fest oder übt Knoten, legt es aber nicht seiner Partnerin an und nennt es *Vorspiel.*« Ein verlegenes Lächeln schiebt sich unter seinen Bart. »Wir sollten eine derartige Literatur nicht in unserem Buchclub lesen.«

»Schade.«

»Schade?«

»Ich hätte dich anders eingeschätzt, irgendwie offener. Das ist alles.«

»Du denkst über meine sexuellen Praktiken nach?«

»O Gott, nein!« Heimlich schwitze ich in meinen Trenchcoat und spiele mit den Schnallen an den Ärmeln. »Nicht über deine ... ähm ... privaten Interessen, sondern über deinen Lesegeschmack.« Ohne dass ich es verhindern kann, atme ich schneller. »Nicht jeder Roman kann wie *Der Gesang der Flusskrebse* sein. Es gibt viele Bedürfnisse, die befriedigt werden wollen.« Mist. »Lesebedürfnisse, meine ich.«

»Tief durchatmen, Rike.«

So sanft, wie er meinen Namen mit seiner tiefen Stimme ausspricht, befeuert er meinen Puls. Jasper und ich sind endlich zusammen, das möchte ich nicht mit unangemessenen Gedanken an einen Feuerwehrmann beschmutzen.

»Ich bin nicht so unerfahren, wie ich aussehe.«

»Ich muss gehen.« Meine Worte fallen mir regelrecht aus dem Mund. Innerlich wehre ich mich dagegen, seine anzügliche Aussage zu interpretieren. »Mittagessen bei meinen Eltern. Ich bin schon spät dran.« Ohne Thies anzusehen, hebe ich die Hand zum Abschied und besteige das Fahrrad.

»Rike?«

Auf der Straße drehe ich mich um. So gelassen wie möglich plinkere ich ihm mit den Lidern zu.

»Morgen früh um 8 Uhr wird meine Heizung repariert. Würdest du die Tür öffnen? Ich muss Stühle nach Puttgarden liefern. Den Ersatzschlüssel lege ich dir ins Gartenhäuschen.«

Da ich Jasper versprochen hatte, mich von Thies fernzuhalten, suche ich nach einer Ausrede.

»Du musst erst um 9 Uhr arbeiten, oder? Bis dahin bin ich längst zurück. Versprochen.«

Andererseits, Thies hat meine Waschmaschine angeschlossen und mich damit vor einem Streuner-Look bewahrt. Und auf Fehmarn hilft man sich, das würde selbst Jasper verstehen.

»Sicher. Mach ich gern.«

Er hebt einen imaginären Hut vom Kopf, im selben Moment verbeugt Heathcliff sich und streckt dafür beide Vorderbeine aus.

Was für ein wunderschöner Hengst! Ich würde alles dafür geben, einmal auf dem Rücken eines Pferdes zu reiten, am besten am Strand bei rauschender Ostsee.

Nachdenklich sehe ich Thies hinterher, wie er mit Heathcliff hinter der offenen Scheunentür verschwindet. Während ich das Fahrrad die Straßen entlang nach Katharinenhof lenke, ertappe ich mich dabei, wie mein Nachbar meine Gedanken beherrscht.

Zum Glück lenkt mich das sonntägliche Essen bei meinen Eltern ab. Ich habe weder die Zeit an Thies zu denken noch an Jasper. Das Drei-Gänge-Menü aus Blätterteigschnecken mit Anchovis und Hasselbackspotatis spüle ich mit einem Eisbonbon-Likör hinunter.

Auf das Drängen meiner Familie, mich mit anderen Männern zu treffen, die meine Mutter für mich auf einer weiteren eingeschweißten Liste parat hält, reagiere ich mit Schweißausbrüchen und einer Notlüge. Alle am Tisch sind erst zufrieden, als ich ihnen von einem Mann erzähle, den ich im Internet kennengelernt habe. Da ich verspreche, ihn so bald wie möglich zum Sonntagsessen mitzubringen, geht der Gesprächslöffel weiter an Regine. Sie erfüllt den reich gedeckten Tisch mit Geschichten über ihr aufregendes Familienleben, die mich sehnsuchtsvoll von Jasper träumen lassen. Wie wir beide an dem Tisch meiner Eltern Händchen halten und freudestrahlend darüber berichten, dass wir Nachwuchs bekommen.

Obwohl wir uns den Nachmittag über schreiben, sehne ich mich jede Sekunde nach ihm. Um Jasper zumindest für einen Moment aus den Gedanken zu verbannen, lese ich den ersten Band von *Fifty Shades of Grey* erneut, was sich mit all den sexuellen Andeutungen als Fehler herausstellt. Doch so sehr ich meinen Freund auch anflehe, den Sonntagabend mit mir zu verbringen, jedes Mal lehnt er ab. Er will den Abend seinen Kindern zuliebe *Happy Family* spielen. Der leidende Unterton in seiner Stimme erinnert mich schmerzlich daran, wie sehr meine Gefühle für ihn brennen, obwohl wir uns erst vor Kurzem wiedergefunden haben.

Abends stehen Neele und Gerrit unverhofft vor der Tür und beweisen abermals, dass sie die besten Freunde sind. Mit Rotwein und *Pretty Woman* in den Händen führe ich sie ins Wohnzimmer und serviere ihnen die Reste des Wölkchenkuchens, den ich für das Sonntagsessen vorbereitet hatte. Mit weinverschmierten Lippen und dem Zaubertrio Butter, Zucker und Schokolade zwischen den Zähnen genießen wir, wie Julia Roberts sich Richard Gere angelt.

Innerlich zerreißt es mich. Ich möchte ihnen erzählen, dass ich mit Jasper überglücklich bin. Doch das Risiko ist mir zu groß. Auf Fehmarn verbreiten sich Neuigkeiten schneller als Windpocken.

Am nächsten Morgen stehe ich pünktlich in der Wohnung meines Nachbarn. Der Geruch nach frischem Holz scheint auf jedem Zentimeter zu liegen. Ich rufe nach Thies, obwohl ich weiß, dass er mit dem Firmenwagen unterwegs ist. Unbeaufsichtigt in der Wohnung eines anderen zu sein ist befremdlich, auch wenn der rustikale Look des Wohnzimmers und die offene Bauernküche mir das Gefühl geben, willkommen zu sein.

Sein langer Flur ist übersäht mit Familienbildern, deren Gesichter mir allesamt unbekannt sind. Das Strahlen der Kinder und wie Thies sie selig im Arm hält und knuddelt, bringt mich selbst zum Lächeln.

Um nicht gegen die mächtige Holzkiste zu treten, auf der mittig ein Anker aufgemalt ist, gehe ich einen Schritt zurück. Im selben Moment erstarre ich. Etwas Weiches liegt unter meinem Stiefel, an dem ein dünner Schwanz klebt. Mein Quieken hallt durch die Wohnung, während ich bete, dass es keines von Thunfischs Mäuschen ist.

Vorsichtig hebe ich die Sohle an und atme durch. Das vermeintliche Mäuschen ist ein zerfetztes Kuscheltier, dem beide Ohren fehlen. Dahinter liegen zwei hellblaue Filzbällchen, die schon bessere Tage gesehen haben, und ein grüner zerfranster Wollfaden. Ich folge der Spur aus ramponierten Katzenspielzeugen und lande in der Küche, die wie bei mir an das Wohnzimmer grenzt.

Neben dem Fernseher hinten in der Ecke steht der größte Kratzbaum, den ich je gesehen habe. Wie der König der Löwen thront Thunfisch in einer extrabreiten Liegemulde, die augenscheinlich für Katzen mit schweren Knochen angefertigt wurde. Jede meiner Bewegungen beobachtet er durch schmale Sehschlitze.

Auf leisen Sohlen schleiche ich über das dunkle Holzparkett und streichle ihm über den getigerten Kopf. Augenblicklich beginnt er zu schnurren und präsentiert seinen weichen Bauch, den ich ihm zutiefst ergeben kraule.

»Gemütlich hast du es hier«, flüstere ich, als mein Blick auf die Wanduhr über der Küchenzeile fällt. Kurz vor acht Uhr. Ich gehe zurück in die Küche und schaue aus dem Fenster, aus dem Thies Jasper und mich beim Schmusen beobachtet hat. Der Parkplatz ist leer und ich hoffe, dass ich nicht zu spät zur Arbeit komme. Ich bin noch nie zu spät gekommen und für Thies werde ich keine Ausnahme machen.

Auf dem Küchentisch neben einem angefangenen Wasserglas liegt ein Zettel, auf dem in Großbuchstaben *DANKE!* geschrieben steht. Darunter entdecke ich einen mit Pferden verzierten Gutschein für Reitstunden auf dem Reiterhof *Bonanza.*

Mit klopfendem Herzen öffne ich die Karte. Thies spendiert mir als Dankeschön Reitstunden. *Damit die kleine Rike reiten lernt*, steht handschriftlich darunter.

Tränen steigen mir in die Augen und ich wische mir vorsorglich die Lider, damit mir die Mascara nicht verläuft. Hinter der harten Schale meines Nachbarn steckt ein Mann mit butterweichem Herz.

Schniefend halte ich den Gutschein in den Händen, während ich ziellos durch die Wohnung wandere. Ich weiß nicht, was ich von seinen vier Wänden erwartet hatte. Schmutzwäsche, die sich bis an die Decke türmt, Barthaare im Waschbecken, ein hochgeklappter Toilettendeckel mit Urinspritzern und ein Schlafzimmer mit LED-Lichtern unter dem Bett. Gerade so wie ich es von anderen Männerwohnungen gewohnt bin.

Doch bei Thies habe ich nicht das Bedürfnis, die Flucht zu ergreifen. Ich fühle mich wohl. Selbst das gemachte Bett sieht gemütlich aus. Anders als bei mir erzählt sein Schlafzimmer nichts von gebrochenem Herzen und verlottertem Junggesellenleben, sondern von Struktur und Ordnung.

Magisch zieht mich das gut bestückte Bücherregal an, das die komplette vordere Zimmerwand ausfüllt. Es ist immer aufregend, fremde Bücherregale zu durchstöbern. Was lesen sie am meisten? Wie viele Klassiker besitzen sie? Sind sie auch dem Fitzek-Wahn verfallen oder tauchen sie lieber in die Romantik ab? Sofort fallen mir die Selbsthilfebücher auf, die ein ganzes Regalbrett ausfüllen. Neben *Single sein für Dummies*, *Neues Leben, neues Glück* finde ich auch *Das innere Kind muss Heimat finden* und bin erstaunt, wie breit gefächert sein Lesegeschmack ist.

Fifty Shades of Grey liegt als einziges Buch auf dem Nachttisch, dessen Seiten vor bunten Zettelchen überquellen. Neugierig setze ich mich auf das Bett, das eine graue Tagesdecke schützt. Zu besonders prekären Stellen hat Thies seine Gedanken mit Bleistift an den Rand geschrieben.

Mögen Frauen das?

Tut das nicht weh?

Was für ein Idiot!

Sieht sie nicht, dass er sie für seine Bedürfnisse ausnutzt?

Thies scheint diesen Roman mit einer Ernsthaftigkeit zu studieren, die mich beeindruckt. Ich sollte das Buch zur Seite legen, aber ich kann nicht anders. Ich muss wissen, was mein Nachbar über die wilden Fesselspielchen denkt.

Hat sie das gemeint, bevor sie ging?

Hat sie mich deshalb verlassen?

Je weiter ich blättere, desto mehr bekomme ich das Gefühl, eine Art Tagebuch zu lesen, und schäme mich, in seinen Randbemerkungen herumzuschnüffeln.

»Störe ich?«

Vor Schreck fällt mir der Roman aus der Hand, direkt auf den weichen Teppich. Thies steht in Holzfällerhemd und Arbeitshose vor mir. Sein strafender Blick verschafft mir eine unangenehme Gänsehaut. In der Hand hält er eine orange-weiße Brötchentüte von *Börke.*

Ich muss so tief in den Notizen versunken gewesen sein, dass ich nicht gehört habe, wie er die Treppenstufen hinaufgegangen ist und die Wohnung betreten hat.

Was ich dafür laut und deutlich vernehme, ist seine empörte Stimme.

»Steckst du deine Nase immer in Dinge, die dich nichts angehen?« Brummend hebt er das Buch auf, um es zurück auf den Nachttisch zu werfen. Der Knall, mit dem die Seiten auf das Holz donnern, lässt mich zusammenfahren. Meine Wangen haben keine Zeit zu glühen, denn mein Herz ist mir in die Jeans gerutscht. »Thies ... Ich... Das tut mir furchtbar leid! Ich wollte nicht ...«

»Jetzt erzähl mir nicht, das Buch ist dir aus Versehen in die Hände gefallen. Das ist privat, Rike. Meine Gedanken gehen dich absolut nichts an!« Aufgebracht zieht er mich vom Bett hoch. Ich bin wie gelähmt, steif wie ein Messer. »Was machst du überhaupt in meinem Schlafzimmer?«

»Ich … Es …« Mir fehlen die Worte. Ich habe keine vernünftige Erklärung dafür, weshalb ich in seine Privatsphäre eingedrungen bin. Die Freude über den Gutschein muss mir derart den Verstand durcheinandergebracht haben, dass ich meine Manieren über Bord geworfen habe.

Thies schenkt meinem Stammeln keine Beachtung. »Ich bin früher fertig geworden und wollte dich auf einen Muffin einladen.« Schnaufend hält er die Tüte hoch. »Aber ich denke, du gehst jetzt besser. Hanna wartet auf dich.«

Mit hängendem Kopf eile ich durch den Flur, den Gutschein lasse ich liegen. Thunfisch sitzt mit aufgerissenen Augen im Türrahmen und beobachtet wie ein Wachhund, was vor sich geht.

»Tut mir leid!«, rufe ich Thies zu, während er mich hinausschiebt.

Er grummelt Worte, die ich nicht verstehe, bevor die Haustür hinter mir zufällt.

Zitternd hangle ich mich die Treppenstufen hinab und atme erst durch, als ich meinen Hausflur erreiche und auf den Teppich sinke. In den Spiegel über dem Schuhregal starrend unterdrücke ich Tränen. Ich könnte mich selbst ohrfeigen. Thies hat jedes Recht, wütend auf mich zu sein.

»Was ist bloß in mich gefahren?«

Mein Spiegelbild antwortet mir nicht. Rotbackig und faltig sieht es auf mich hinab. Wenn es könnte, würde es den Zeigefinger auf mich richten und mich zur dümmsten Nachbarin des Jahres küren.

Unten auf dem Teppich beruhige ich meinen Puls durch Atemübungen. Zumindest wird Thies ab heute einen großen Bogen um mich machen, und ich muss Jasper wegen unserer Begegnungen nicht mehr belügen.

Doch wie ich dort unten kauere und vor mich hin atme, wird mir klar, dass mich diese Erkenntnis mehr trifft, als es dürfte.

Der Zusammenstoß mit Thies hängt während des Arbeitstags wie eine grummelige Gewitterwolke über mir. Sogar Hanna fällt auf, dass ich meine fröhliche Natur heute zu Hause vergessen habe. Jedes Mal wenn die Türglocke klingelt, zwinge ich mich, die heitere Buchhändlerin zu spielen, die ich im Grunde bin, und den Kunden die gewünschten Bücher zu verkaufen.

Erst als Jasper mich nach dem Feierabend ins Kino nach Kiel entführt, lächle ich. Zwar hätte ich mir den Film gern in Burg angesehen, aber Jasper gefällt die große Leinwand in der Stadt besser. Im Pärchensitz schmiege ich mich an ihn, um den furchtbaren Morgen zu vergessen.

Die Stimmung zwischen mir und Thies Kruse ist dieselbe wie nach meinem Einzug. Sobald ich tagsüber schwere Stiefel auf den Treppenstufen höre, verstecke ich mich hinter einer Tür oder achte darauf, dass er mich durch die Gardinen nicht erkennt. Neele und Gerrit denken, dass er die Geschichte längst vergessen hat. Ich sehe das anders. Sie haben seinen verletzten Gesichtsausdruck nicht gesehen, als ich mit meiner sensationssüchtigen Nase in seinen Randbemerkungen geschnüffelt habe. Meine Freunde verstehen nicht, wie das ist, wenn man intime Gedanken in ein Buch schreibt, weil ein Vers besonders poetisch klingt, weil man eine Situation sehr amüsant findet oder weil einen die Worte tief berühren.

Die Nacht vor dem nächsten Buchclub liege ich wach. Das Wissen, Thies am nächsten Abend gegenüberzusitzen, lässt mich kein Auge schließen. Seit Stunden schreibe ich Jasper, aber er reagiert nicht, sein Smartphone ist aus. Zu meinem Pech wird er einen Einsatz haben und kann mich nicht von selbstzerstörerischen Gedanken ablenken.

Als hätte ich die Qual verdient, vergeht der folgende Arbeitstag im Schneckentempo. Mir bleibt genügend Zeit, mir vorzustellen, wie Thies mich und meine Anmerkungen zu *Fifty Shades of Grey* in unserem Buchclub ignorieren oder gar verspotten wird.

Nach 18 Uhr schließt Hanna für die Laufkundschaft und lässt nach und nach die Leseratten hinein. Gerda kommt zusammen mit Karl, der sich schon vor dem Beginn über die schamlose Sprache und die Fesselspielchen beschwert. Gerda verwickelt ihn in eine Diskussion über Sexspielzeuge, bei der er verstummt.

Tine und Magda sind begeistert von der ausgewählten Literatur und haben ihre Freundin Agathe mitgebracht, die sich unserem Buchclub anschließen will.

Jasper kommt zu spät. So verlegen, wie er grinst, hat er dieses Buch ebenfalls nicht gelesen. Er wird es mit unendlich vielen Küssen wiedergutmachen, flüstert er mir zu, als er mich mit einer innigen Umarmung begrüßt. Leider kann ich mich über seine verheißungsvollen Worte nicht freuen. Mein Blick klebt an der Glastür, denn ich warte auf Thies, damit er mich vor allen an den Pranger stellt.

»Hast du Purzel heute getroffen, Rike?« Hanna schaut besorgt zum Fenster. »Es ist nicht seine Art, ohne Absage fernzubleiben.«

»Wer zu spät kommt, sollte vom Buchclub ausgeschlossen werden.«

»Das meint er nicht ernst.« Übertrieben lächelnd winke ich Hanna zu und boxe Jasper danach in den Arm.

»Ich sag bloß, was ich denke. Herr Kruse wertschätzt nicht, dass wir uns regelmäßig pünktlich an diesem Ort zusammenfinden.«

Als ich Hanna vorschlagen will, Thies anzurufen, ertönt die Glocke, und mein Nachbar betritt abgehetzt und durchgeschwitzt die *Inselbuchhandlung*.

»Entschuldigt vielmals. Es gab einen Einsatz.«

»Deshalb das laute Tatütata vorhin?« Gerda sieht Thies neugierig an.

»Baum auf Straße. Nichts Weltbewegendes.« Schwer atmend lässt Thies sich auf dem einzigen Platz, der frei ist, nieder.

Direkt neben mir.

Mit Jasper auf der einen und Thies auf der anderen Seite starre ich auf mein Buch, um eine Schnappatmung zu vermeiden.

»Hast du dir eigene Notizen gemacht oder von meinen abgeschrieben?«

Bei den Worten meines Nachbarn halte ich die Luft an. Unter seinem ernsten Blick wird mir heiß, und ich bin froh, dass die anderen zu beschäftigt sind, um unser Gespräch zu verfolgen. Nur Jasper beobachtet uns mit einer hochgezogenen Augenbraue.

»Es tut mir sehr leid.« Ich flüstere, damit niemand uns hört. »Das hätte ich nicht tun dürfen. Kannst du mir bitte verzeihen?« Mir ist zum Heulen zumute, so empört wie Thies mich ansieht. Ich war so froh, dass wir endlich einen guten Umgang miteinander gefunden hatten. Das darf ich nicht alles wegen meiner Neugierde zerstört haben.

Unter seinem Bart wächst ein Grinsen, das sich bis zu den Ohren zieht. »Wenn du das nächste Mal in mein Schlafzimmer gehst, möchte ich bitte dabei sein.«

Ehe ich die Antwort und sein Lächeln verarbeiten kann, ertönt Jaspers Stimme neben mir. »Warum sagt er das? Wann bist du in seinem Schlafzimmer gewesen?« Eindringlich mustert er uns.

»Das ist ein Scherz.« Eine bessere Lüge fällt mir nicht ein, was ich sofort bereue. Jaspers Augen glühen vor Zorn.

Er beugt sich an mir vorbei und zeigt mit einem Finger auf Thies. »Hör gefälligst auf, mit ihr zu scherzen.«

»Elender Wachhund.« Thies' Miene verdunkelt sich wie bei einem Wolf, der gleich die Zähne fletscht.

Plötzlich steht Jasper auf. Sein Blick ist ebenso angriffslustig. »Was geht dich das an?«

»Nichts. Nur sollte Rike wissen, mit wem sie es zu tun hat.«

»Was soll das wieder bedeuten? Rike und ich kennen uns aus dem Sandkasten. Du kennst sie wie lange? Eine Stunde?«

»19 Tage.«

Jasper lacht gehässig. »Zählst du etwa mit? Hast du keine anderen Hobbys?«

»Logisch. Hat Rike dir nicht erzählt, dass wir uns Sonntag beim Reiten getroffen haben?«

Mist. Mist. Mist. Die Luft um uns herum vibriert voller negativer Energie, und ich bin schuld daran. Ich hätte Jasper davon erzählen sollen.

»Du hast dich mit ihm getroffen? Was ist mit unserem Pakt? Außerdem habe ich dir verboten, ihn zu sehen.«

»Jasper, bitte.« Ich stehe auf, um ihn anzuschauen.

Die Gespräche um uns herum sind längst verstummt. Hannas verstörte Miene sagt mehr als tausend Worte.

»Bist du ihr Vater?« Auf einmal taucht Thies neben mir auf und sieht mit verschränkten Armen auf Jasper herab.

»Ich treffe mich mit Rike, wann immer es ihr passt. Schließlich teilen wir uns ein Haus.«

»Bitte beruhigt euch! Es starren uns alle an.« Mir bleibt nichts anderes übrig, als zwischen den Streithähnen hin und her zu schauen. Wie ein stolzer Gockel, der seine Henne beschützen will, baut Jasper sich vor Thies auf. Seine Kiefermuskulatur verhärtet sich.

»Halte dich gefälligst von ihr fern, hörst du?«

»Und wenn nicht?« Thies trägt ein wissendes Grinsen im Gesicht, das mich Böses ahnen lässt. Und ehe ich es abwenden kann, geschieht es. Jasper schubst ihn an der Schulter.

Um uns herum gefriert die Luft.

»Fass mich nicht an, Bursche.« Die Stimme meines Nachbarn ist derart tief, dass ich seinen brummenden Unterton mitten im Magen spüre.

»Bursche?« Prustend schlägt Jasper sich mit einer Hand auf die Jeans. »Wo lebst du denn? Das ist kein Western, du Hinterwäldler. Kein Wunder, dass deine Frau dich verlassen hat.«

Thies' erster Schlag trifft Jaspers Kiefer. Er taumelt nach hinten und stützt sich am Tisch mit den Krimis ab. Mir wird schlecht bei dem Anblick, wie er sich das Kinn reibt und ihm dabei ein Gemisch aus Wahnsinn und Lachkrampf aus der Seele spricht.

»Das hättest du nicht tun sollen.«

»Bitte, beruhigt eu–« Scharf sauge ich die Luft ein.

Jasper breitet die Arme aus und rennt mit dem Kopf voran los, stößt seinen Schädel in den Bauch meines Nachbarn. Zusammen fallen sie nach hinten in den Kassenbereich.

Schützend legt Karl einen Arm vor Gerda. Tine, Magda und Agathe scheinen sich wie im Kino zu fühlen. Bloß das

Popcorn fehlt. Hanna jedoch hat Panik in den Augen und drückt ihr Buch fest an sich.

»Seid ihr verrückt?« Ich muss die beiden davon abhalten, aufeinander loszugehen, ehe sie die Bücher beschädigen. »Lasst das! Ihr zerstört die Buchhandlung.«

Mein Flehen ist den beiden völlig egal. Wie Affen, die um die letzte Banane kämpfen, rangeln sie durch den Laden, stoßen an Bücherstapel und werfen Postkartenständer um. Jasper drückt Thies rücklings an ein Bücherregal, um ihm seine Faust in den Magen zu rammen, aber mein Nachbar gibt nicht auf. Knurrend prescht er nach vorn und schiebt seinen Gegner durch die Buchhandlung, während um sie herum die Romane aus den Regalen fallen.

Karl bringt Gerda in Sicherheit. Tine, Magda und Agathe folgen ihnen kichernd hinter den Kassenbereich. Hanna verharrt auf der Stelle und sieht ebenso verstört aus wie ich, als Thies Jasper neben uns im Schwitzkasten hält.

»Purzel!« Hannas energische Stimme übertönt das dumpfe Keuchen der Männer. »Du solltest jetzt gehen!« Ihre Blicke treffen sich, und der verklärte Blick meines Nachbarn überzieht eine Klarheit, die ihn innehalten lässt. »Bitte! Mach die Situation nicht schlimmer, als sie ist, und geh einfach.«

»Ist das alles, was du draufhast?« Jasper hechelt sich unter Thies frei und schlägt ihm die Faust in die Seite.

»Nicht!«, rufe ich, doch Thies geht bereits schnaufend in die Knie. Mit schmerzverzerrtem Gesicht hält er sich die Rippen.

»Einen feinen Freund hast du dir ausgesucht.« So wie mein Nachbar mich ansieht, gibt er mir die Schuld für diesen Kampf.

Ich fühle mich, als wäre ich selbst getroffen worden und halte mich am Stuhl fest.

Was Thies Hanna zuflüstert, ehe er das Geschäft verlässt, höre ich nicht. Ihre besorgte Miene verrät mir jedoch, dass sie ihn am liebsten begleiten würde. Aber sie bleibt und kümmert sich um die erschrockenen Gäste.

Ich behandle Jasper hinter der Kasse, seine Lippe blutet. Mit einem Taschentuch tupfe ich ihm die roten Tropfen vom Mund, mit dem er mich normalerweise küsst. Sein Brustkorb scheint sich kaum zu beruhigen, als wolle er meinem Nachbarn jeden Moment hinterherlaufen, um sich auf ihn zu stürzen. Mir wird übel dabei, wenn ich darüber nachdenke, was gerade geschehen ist.

Ein Ruck fährt durch mein Herz und ich streichle meinem Freund über die Wange. Aber meine Geste tröstet ihn nicht. Ein dunkler Schatten legt sich um Jaspers Augen, während er sich aus meiner Liebkosung windet.

»Nicht.« Er sieht sich um, als hätte ich ihm Kokain angeboten. »Nicht hier, Rike. Noch darf niemand von uns wissen. Vergiss das nicht.«

Seine Zurückweisung fühlt sich wie ein Schlag ins Gesicht an. Ich sehe ihm an, dass es ihm leidtut, doch davon geht es mir nicht besser. Mein Freund ist verletzt, und ich darf mich nicht um ihn kümmern, so wie ich es für richtig halte.

Es ist erst ein paar Tage her, dass ich mich auf dieses Versteckspiel eingelassen habe. Aber gerade in solchen Momenten, wenn ich ihn nicht berühren darf, obwohl mein Herz sich danach sehnt, wünschte ich mir, dass ich der Welt von uns erzählen dürfte.

Hanna kommt zu uns. »Bist du schwer verletzt? Brauchst du einen Arzt?« Sie untersucht Jaspers Gesicht wie eine Mutter, die ihren tollkühnen Sohn verarztet. »Purzel hat dich ganz schön durch den Laden geschoben.«

»Nichts geschehen«, antwortet er mit einem breiten Grinsen, wodurch er wie ein lädierter Boxer aussieht. »Welches Buch lesen wir fürs nächste Mal?«

Im Auge des Sturms

Heute bräuchte ich meine Freunde mehr denn je. Jasper verbringt den Abend mit seiner Familie und gibt vor, dass er nicht mit mir zusammen ist. Ich sitze allein zu Hause auf dem Sofa, löffle Mandelmus und lese meine Lieblingsstellen aus *Die Wahrheit über den Fall Harry Quebert*, um für das nächste Buchclubtreffen vorbereitet zu sein.

Ich wünschte, ich könnte Neele und Gerrit erzählen, dass Thies und Jasper sich geprügelt haben, dass Hanna ihren Purzel bitten wird, den Buchclub zu verlassen, und dass ich einen Mann liebe, mit dem ich nicht jeden Abend zusammen sein darf. Allein der Gedanke daran, versetzt meinem Herzen einen Stich. Aber all das behalte ich für mich. Neele würde sofort ahnen, warum Jasper auf Thies losgegangen ist und mich nicht mehr aus dem Raum lassen, bis ich ihr alles gestehe. Meine Freunde zu belügen ist die reinste Qual.

Bei meiner Familie ist es weniger schlimm.

Beim Sonntagsessen bedrängt mich meine Mutter, ihr ein Foto von meinem neuen Freund zu schicken, da ich ihr weisgemacht habe, dass er als Kinderarzt sonntags zur Visite muss. Mein erfundener Freund hat keine Zeit, Kartoffeln mit Seetangkruste und violette Gnocchi in Pfifferlingsragout zu essen. Er muss sich um die Kleinen kümmern. Für mich die perfekte Ausrede, für Regine der Anlass, mich mit Hunderten Fragen zu löchern. Zu kaum einer habe ich eine Antwort parat. Für den kommenden Sonntag muss ich mich besser vorbereiten. Wenn ich ihr von Jasper erzählen würde, würde sie mich angesichts seines Eherings in Stücke reißen.

Es ist für alle von Vorteil, wenn meine Familie an Doktor Kurt Beckmann glaubt, bis Jasper ausgezogen ist. Wenn ich daran denke, wann das geschehen wird, wird mir schlecht. Aber für unsere Liebe gehen wir durch dick und dünn.

Abends ist es so weit. In edler Spitzenunterwäsche tanze ich mit hochgezwirbeltem Haar im Badezimmer. Zwei Packungen Vitamin-C-Tuchmasken kleben mir für den besonderen Glow im Gesicht. Mein Smartphone spielt Céline Dion mit *The Power of Love* im Repeat-Modus. Unsere kraftvollen Stimmen vereinen sich, während ich davon träume, mit Jasper zu kuscheln.

In einer halben Stunde ist er da. An diesem Abend fahren wir nirgendwo hin. Wir bleiben bei mir. Seinen Vorschlag, uns ein schickes Hotel in Lübeck zu buchen, damit wir ungestört sind, konnte ich zum Glück abwenden. So abgelegen, wie ich wohne, wird uns bei mir niemand bemerken.

Allein der Gedanke daran lässt meinen Bauch kribbeln und ich kichere, während Céline weitersingt. Jasper für mich zu haben, ohne darauf achten zu müssen, wer uns sehen könnte, darauf habe ich lange gewartet.

Als Céline *'Cause I'm your lady and you are my man* singt, bleibt mir die Luft weg. Ein schwarzes Ungetüm krabbelt auf den Badezimmerkacheln auf mich zu. Mit den unendlich vielen Beinen könnte die Riesenspinne jedes Wettrennen gewinnen. Den lauten Schrei, der mir über die Lippen huschen will, schlucke ich hinunter.

Thies darf mich nicht hören. Ansonsten springt er heldenhaft in meine Wohnung und hilft mir, weil ich wegen dem Ding, das immer näherkommt, am liebsten in Ohnmacht fallen würde.

Seit dem Vorfall in der Buchhandlung haben wir nicht mehr miteinander gesprochen und das soll sich heute Abend nicht ändern.

Ich kratze mein bisschen Mut zusammen und überlege, wie ich den ungebetenen Hausgast aus meinem Leben verbannen kann. Mein bereitgestelltes Glas im Flur ist zu weit weg. Viel Zeit bleibt mir nicht. Ich reiße den vollen Zahnputzbecher aus dem Badezimmerschrank, elektrische Zahnbürste und Zungenschaber fliegen im hohen Bogen gegen die Glastür der Dusche. Mit halb geschlossenen Augen jongliere ich den Becher auf die Kreatur aus dem Fegefeuer zu. Während ich die Luft anhalte, stülpe ich ihn mit einem erstickten Schrei über tausend Beine.

Ich könnte schwören, das Biest unter dem Becher ruft nach mir.

Schnell ein Stück Pappe von der Verpackung des Föhns abgerissen und unter den Becher geschoben.

»Bitte friss mich nicht!« Mit weit von mir gestreckten Armen chauffiere ich Godzillas Schwester zur Tür. Im Bruchteil einer Sekunde überlege ich, nach meinem Bademantel zu greifen, doch der Gedanke, das haarige Ungeheuer könnte den Zahnputzbecher anheben und mich anspringen, ist zu beängstigend. Mein Leben steht auf dem Spiel!

Barfuß eile ich zum Rapsfeld hinter das Haus, damit die Bestie ihren Hunger an einem Hasen stillen kann und nicht an mir. Die Dämmerung schenkt mir und meinen zitternden Händen einen traumhaften violetten Streifen am Horizont, dem ich kaum Beachtung schenke, als ich hoch konzentriert Zahnputzbecher und Pappe auf den Boden niederlasse. Mit den Zehen schubse ich das provisorische Häuschen um, befreie das Scheusal und laufe zurück, um in meiner Wohnung zu verschwinden.

Doch die Haustür ist zu, und ich stehe in Unterwäsche davor ... und mit meinen Masken, mit denen ich aussehe wie ein Vitamin-C-getränkter Hannibal Lecter.

Mir ist zum Heulen und Schreien zumute. Ich rüttle am Türgriff und bitte das Haus, mich hineinzulassen. Nur wird mein Flehen nicht erhört. Dafür schießt mir der Ersatzschlüssel in den Kopf.

Wie eine Wahnsinnige beim Schlussverkauf fliege ich in Unterwäsche zum Gartenhäuschen, um mir den rettenden Schlüssel zu holen. Aber an dieser Tür hängt ein Vorhängeschloss, das ich vergessen habe. Mein Notfallplan war, bei Thies zu klingeln.

»Scheiße!«

Frustriert schlage ich gegen das marode Holz, in der Hoffnung, dass die Tür von allein aufspringt.

»Brauchst du Hilfe?«

So sehr ich mich auch über die Stimme meines Nachbarn auf der Treppe freue, so sehr möchte ich mich in Luft auflösen. Geschwind husche ich hinter einen Apfelbaum, dessen schmaler Stamm meine weiblichen Rundungen nicht annähernd verbirgt.

»Rike?« Er kommt mir ein paar Stufen entgegen. »Was machst du da?«

»Mich vor dir verstecken.«

»Warum?«

»Ich bin halb nackt.«

»Das sehe ich.« Ich warte auf lautes Gelächter, aber nichts dergleichen geschieht. Thies reibt sich den Bart und sieht mit besorgter Miene auf mich hinab. »Kann ich dir helfen?«

»Die Tür ist zugefallen.« Hinter dem Baumstamm gestikuliere ich mit beiden Händen, während ich versuche, meine Beine dahinter zu verstecken. »Da war diese Spinne, groß wie eine Hand. Mit meinem Zahnputzbecher habe ich sie hinausgeworfen, und dann war die Tür zu. Mein Ersatzschlüssel ist im Schuppen.«

»Moment.« Thies geht die Stufen hinauf, nur um wenige Sekunden später hinunterzulaufen. Ehe er zum Gartenhäuschen geht, reicht er mir mit einem flüchtigen Blick ein kariertes Holzfällerhemd, in das ich dankbar hineinschlüpfe.

»Ein wichtiger Abend?«

»Sozusagen.« In Windeseile knöpfe ich das Hemd zu und hülle mich in einen Duft aus Tannennadeln und frischem Herbstlaub. Weich schmiegt sich der Stoff auf meine Haut. Am liebsten würde ich Thies dafür umarmen, aber so wie er mit dem Schlüssel in der Hand vor dem Gartenhäuschen verharrt und mich anklagend ansieht, traue ich mich nicht.

»Was ist los?« Ich ahne Schlimmes. Wahrscheinlich klemmt das dämliche Schloss und ich muss auf ewig mit nackten Beinen im Garten stehen. »Geht es nicht auf? Ich drehe durch, wenn ich nicht reinkomme.«

Aber zu meiner Verwunderung rüttelt Thies nicht am Vorhängeschloss. Abwartend steht er davor und mustert mich, als gäbe es nichts zu tun.

»Mit Jasper?«

»Wie?« Das darf nicht wahr sein. Möchte er mir gerade jetzt eine Moralpredigt halten? Auffordernd winke ich vor ihm herum, aber er bewegt sich keinen Zentimeter. »Wie kommst du auf Jasper?«

»Ist er der Mann, den du erwartest?« Forschend sieht er mich an, als hätte er mich abermals beim Herumschnüffeln in seinen Sachen erwischt.

»Ich wüsste nicht, was dich das angeht, aber ja!« Mit den Händen an den Hüften gehe ich auf Thies zu. »Jasper ist auf dem Weg. Deshalb ist es besonders wichtig, dass ich in die Wohnung komme und ihm nicht wie eine alte Schreckschraube gegenübertrete.«

Thies brummt mich an und steckt den Schlüssel in das Vorhängeschloss.

»Ist das ein Vorwurf?« Kann der Mann nicht wie normale Menschen kommunizieren?

Mit wenigen Klicks, die sich wie eine Offenbarung anfühlen, öffnet er das Schloss. Er lässt den Arm in das Gartenhäuschen schwingen, um mir den Weg zu zeigen. Ich sollte froh sein, dass ich an meinen Schlüssel komme. Aber sein strafender Gesichtsausdruck missfällt mir. Was mischt er sich in meine Angelegenheiten ein? Mit wem ich mich treffe, geht ihn nichts an.

»Was?«, keife ich, während ich hineinstürme. Auf dem hinteren Regal liegt der Ersatzschlüssel und lächelt mich aus einer Dose an. Der schmutzige Holzfußboden schmiert meine Fußsohlen mit Dreck ein, aber das stört mich nicht. Nicht zu wissen, was Thies über mich denkt, macht mich hingegen verrückt. Mitten im Häuschen bleibe ich stehen. »Hör auf, mich anzubrummen, und sag, was du sagen willst.«

»Du bist eine erwachsene Frau. Du wirst wissen, was du tust.«

»Was?« Ich gehe zur Tür, halte mich am Rahmen fest und schaue ihm hinterher. »Bleib gefälligst hier und rede mit mir.«

Mein Nachbar dreht sich um. Sein frustriertes Schnaufen läuft mir kalt den Rücken hinunter. Seine Augen sind von Groll durchzogen, als er umkehrt und wieder vor mir steht.

»Du willst wissen, was ich denke?«

Auf einmal bin ich mir nicht mehr sicher, aber zurückweichen kann ich nicht, sonst verliere ich mein mit zwei Tuchmasken bedecktes Gesicht. Lässig lehne ich mich an den Türrahmen des Gartenhäuschens in der Hoffnung, dass das morsche Holz meiner steigenden Aufregung standhält.

»Klar! Du scheinst fast zu platzen, weil ich mich mit Jasper treffe.«

»Weißt du, auf was du dich einlässt?«

»Er ist ein guter Kerl. Ihr habt Probleme wegen dem Grabenspringen, ich weiß, aber das müsst ihr hinter euch lassen. Benehmt euch nicht wie pubertierende Jungen.«

Thies sieht mich an, als verstehe er meine Worte nicht.

»Jasper ist ein Idiot, aber davon spreche ich nicht.« Er kommt einen Schritt näher und sieht mich an. »Du lebst jetzt auf Fehmarn, nicht mehr in Berlin. Ich selbst habe eine Scheidung durchgemacht. Du kannst dir nicht vorstellen, wie sie über mich hergezogen sind. Wenn eure Affäre rauskommt, bist du als Ehebrecherin auf der Insel gebrandmarkt. Mit scharlachrotem Buchstaben mitten auf der Stirn.«

»Aber …« Ich, eine Ehebrecherin? Das würde ich niemals tun! »Dina und Jasper führen eine Scheinehe. Der Kinder zuliebe.« Warum ich mich vor Thies rechtfertige, weiß ich nicht. Aber zu sehen, dass er meine Situation mit dem Werk über Hester Prynne vergleicht, treibt mir Tränen in die Augen. »Wenn die Kinder alt genug sind, werden Jasper und ich zusammenziehen. Das steht fest.«

»Wann soll das sein? In zehn Jahren? In zwanzig?« Thies fasst nach meinem Arm und schaut mich eindringlich an. »Du hast Besseres verdient als ihn. Jemanden, der dich nicht versteckt.«

»Und wer soll das deiner Meinung nach sein?« Langsam höre ich mich weinerlich an, aber ich kann und will mich nicht beruhigen. »Du vielleicht?«

Einige Herzschläge lang stehen wir uns schweigend gegenüber. Ich in dem Gartenhäuschen, er wie ein Hüne davor. Meine Frage hängt wie eine drohende Sturmflut zwischen uns. Ich habe das Gefühl, Thies liegen Worte auf der Zunge, die er mir verschweigt. Und ich habe Angst, danach zu fragen.

Nach einer Weile gibt er mich schnaufend frei und tritt einen Schritt nach hinten.

»Wenn Jasper sich nicht offen zu dir bekennt, ist er ein Idiot.«

Seine Worte entfachen ein Feuer in mir, das seit Tagen in mir lodert. Meine Unterlippe bebt. Damit sie nicht zittert, halte ich sie mit den Zähnen fest.

Ich wusste, worauf ich mich einlasse. Ich wusste, dass ich nicht mit Jasper händchenhaltend durch Burg spazieren kann und dass ich meinen Freunden zunächst nicht von uns erzählen darf, aber dass mich dieses Gespräch dermaßen aus der Fassung bringt, lässt mich an meinem Entschluss zweifeln.

»Wer ist ein Idiot?«

In Sichtweite steht Jasper mit verschränkten Armen vor meinem Hauseingang.

»Scheiße!« Hektisch ziehe ich die Tür des Gartenhäuschens vor Thies' Nase zu.

»Rike? Bist du das?« Auf Zehenspitzen sieht Jasper zu mir hinüber.

»Ja!« Die Glasscheibe in der Tür wird Gott sei Dank von einer Spitzengardine verdeckt. Innerlich verfluche ich mich dafür, die Zeit vergessen zu haben. Vorsichtig öffne ich die Tür des Gartenhäuschens, werfe Jasper den Schlüssel vor die Schuhe und verbarrikadiere mich schnell wieder. »Geh rein. Ich komme nach.«

»Das denke ich nicht. Ich bleibe hier stehen, bis du rauskommst.«

»Bitte, Jasper. Ich möchte nicht, dass du mich so siehst. Ich bin noch nicht fertig. Ich habe mich ausgesperrt und Thies hat mir geholfen.«

»Aber er darf dich sehen?« Wenn Blicke töten könnten, läge mein Nachbar jetzt unter der Erde. Jaspers Zorn auf Thies muss tief sitzen, so wie er ihn aus der Ferne anfunkelt.

Mit einem übertriebenen Lächeln dreht Thies sich zu ihm um. »Wie du hörst, hat die Feuerwehr alles im Griff. Die Bullerei wird nicht gebraucht.«

Ist er lebensmüde? Hinter der Scheibe knackse ich mit den Fingernägeln. Können die beiden keine friedliche Konversation führen?

»Die Feuerwehr kann nichts weiter als Bäume von der Straße schubsen. Dafür seid ihr gut.«

Thies steht vor dem Fenster. Sein Gesicht sieht ebenso finster aus wie der Himmel, den die wolkenverhangene Nacht erobert hat. Ich muss verhindern, dass sie wieder aufeinander losgehen.

»Im Wohnzimmer steht dein Lieblingswein. Schenkst du uns ein, Jasper? Ich bin sofort da.«

Jasper zögert.

»Bitte!«

Widerwillig dreht er sich fort. »Ich beobachte dich, Kruse, damit das klar ist. Wenn du jemandem von diesem

Abend erzählst, wirst du dir wünschen, mit deiner Ex von der Insel geflüchtet zu sein.«

»Jasper!« Um Himmels willen. »Mach die Lage nicht schlimmer, als sie ist. Geh rein. Wir sehen uns gleich.«

Jaspers unsteter Blick fliegt zwischen dem Gartenhäuschen und Thies hin und her. Dann hebt er den Schlüssel auf und verschwindet in der Wohnung.

Meine Beine sind so weich, dass ich mich am Fahrrad hinter mir abstütze, um nicht umzufallen.

»Dämlicher Wachhund.« Mein Nachbar lehnt sich ans Gartenhäuschen und sieht in den Nachthimmel hinauf.

»Du kannst jetzt gehen, Thies. Danke für deine Hilfe!«

»Willst du nicht rauskommen?«

»Erst, wenn du weg bist.«

Unter seinem Bart erscheint ein Grinsen. »Du weißt schon, dass ich dich vorhin gesehen habe?«

»N-nein.« Mir wird schlecht bei dem Gedanken, dass mein Nachbar mich in Unterwäsche begutachtet hat. »Hast du alles gesehen?«

»Sogar den Leberfleck auf deiner linken Pobacke.«

»Was?« Kreischend öffne ich die Tür, während das gewohnte Poltern der Holztreppe ertönt. Mitten auf den Stufen in den obersten Stock bleibt Thies stehen. »Gute Nacht, Rike. Du weißt, wo du mich findest.«

»Gute Nacht, Thies.«

Während er in seine Wohnung geht, stehe ich allein im Dunkeln und schaue ihm nach. Zwischen Thies und mir gab es einen Moment. Einen dieser gefühlsbeladenen Augenblicke, die einen unsicher und verwirrt zurücklassen.

Um die Begegnung mit meinem Nachbarn zu verdrängen, trinke ich einen besonders großen Schluck Wein. Frisch gepudert und im kleinen Schwarzen sinke ich zurück in

Jaspers Arme, um ihn abzulenken. Er trägt einen dunkelgrünen Wollpullover, der seine graublauen Augen besonders schön zur Geltung bringt.

Eng umschlungen sitzen wir auf dem Sofa, während Bryan Adams *Have you ever really loved a woman* flüstert. Ein Lied, das Jasper und mich in unserer gemeinsamen Vergangenheit versinken lässt.

Wir knüpfen da an, wo wir aufgehört haben. Er zieht mich zu sich heran, und ich schmelze unter dem zärtlichen Druck seiner rotweingetränkten Lippen dahin. Alle Bedenken, die ich im Gartenhäuschen gehabt haben mag, lösen sich unter seiner Sanftheit im Nichts auf. Jasper gehört mir, und ich gehöre ihm. Mehr ist heute Abend nicht wichtig.

Er verschlingt mich mit seinem Blick, als ich unsere Leidenschaft unterbreche und einen Schluck trinke.

»Hattest du viele Männer?« Von der Seite her beobachtet er mich, wie ich mir lachend einen Tropfen Wein von der Lippe wische. »Ich meine es ernst. Mit wie vielen Männern bist du zusammen gewesen?«

»Gestern? Nur ein paar.« Kichernd lehne ich mich zurück.

»Du weißt, was ich meine. Sag es mir. Ich muss es wissen.« Jasper legt den Arm um mich und küsst mich mit ganzer Seele. Sein frischer Duft beflügelt mich an den Strand. Muscheln, Sand, Meer. Wie im Paradies. »Dass du mit anderen Männern zusammen warst, macht mich verrückt.«

»Du hattest auch andere Frauen, tu nicht so scheinheilig.«

»Eine.«

»Nicht mehr?«

Jasper schüttelt den Kopf. »Und bei dir?«

»Was meinst du?«

In einem Frauenmagazin habe ich gelesen, dass man Männer wegen der Anzahl der eigenen Partner im Unklaren lassen soll, um die Illusion, eine Jungfrau zu sein, nicht zu zerstören.

»Nun zier dich nicht. Ich ertrage das Ergebnis.« Er lächelt, aber ich kenne dieses aufgesetzte Grienen. Er will mich in Sicherheit wähnen, damit ich mich ihm öffne.

»Ich habe den Überblick verloren«, schwindle ich. Nie im Leben werde ich ihm von anderen Männern erzählen, mit denen ich zusammen gewesen bin.

»So viele sind es gewesen?« Er sieht unsicher aus, was mir auf eine erfrischende Art gefällt. Nur seinen traurigen Blick möchte ich ändern. Rittlings setze ich mich auf seinen Schoß und genieße es, wie er mich betrachtet. Sein Atem geht schneller, als ich mich seinen Lippen nähere.

»Ich habe auf dich gewartet«, flüstere ich ihm zu.

In Jaspers Armen fühle ich mich geborgen und beschützt. Ein ungewohntes Gefühl, das mich überwältigt. Ich möchte ihm so nah sein, wie keinem Mann zuvor. So wie er mich mit seinem Blick verschlingt, geht es ihm ähnlich. Er umfängt meine Hüfte, drückt mich an sich und steht mit mir vom Sofa auf. Unsere Küsse intensivieren sich, während er mich vorsichtig durch das Wohnzimmer in Richtung Schlafzimmer navigiert.

Mit dem Rücken voran schiebt er mich auf das frisch bezogene Bett. Wir versinken in der weichen Daunendecke wie in Pulverschnee. Mein Herz pocht so stark, dass es wehtut. Es ist eine Ewigkeit her, dass ein Mann neben mir gelegen hat. Was wird Jasper von mir erwarten? Wir waren zwanzig, als wir uns das letzte Mal nackt gesehen haben. Seither haben die Schwerkraft und mein Hang zu cremigen Konsistenzen mir keine guten Dienste geleistet.

»Ich kann dich denken hören.« Liebevoll streicht er mir eine weißblonde Locke aus dem Gesicht. »Wir haben alle Zeit der Welt. Wir müssen nichts überstürzen.«

Dankbar komme ich ihm auf halben Weg entgegen. Zielsicher finden sich unsere Lippen. Dass er unter der Zurückhaltung leidet, erkenne ich an seinem verklärten Blick und spüre ich an seiner Erregung an meinem Bein. Ich ziehe ihn mit hoch auf das Kopfkissen und schmiege mich an ihn. Jasper hat nie anziehender auf mich gewirkt als in diesem Augenblick.

In dieser Nacht schlafen wir beieinander, nichts auf der Welt kann uns trennen.

Unser Sommer vergeht wie im Flug. Ich jongliere zwischen der *Inselbuchhandlung*, sonntäglichen Drei-Gänge-Menüs bei meiner Familie und dem liebevollsten Freund, den ich mir wünschen kann. Jaspers freie Abende in der Woche sind rar, jedes zweite Wochenende gehört er mir. Unsere gemeinsame Zeit verbringen wir auf dem Festland, denn er will mir ganz Schleswig-Holstein zeigen.

An den anderen Wochenenden verbringt er Zeit mit seinen Kindern. Das nutze ich, um für Hanna die Samstagsschicht zu übernehmen und mir die neuesten Leseexemplare der Verlage durchzulesen. Wir organisieren sogar Lesungen von regionalen Krimiautoren, die mehr Kundschaft in die Buchhandlung locken.

Je mehr ich Jasper sehe, desto seltener treffe ich Neele und Gerrit. Etwas kommt ständig dazwischen. Eine überraschende Einladung von Jasper in ein kleines, romantisches Hotel bei Haithabu oder ein kurzes Liebeswochenende auf Helgoland. Ich bin mir sicher, Neele ahnt, dass etwas nicht stimmt, da ihre Nachrichten mit jedem Mal spärlicher ausfallen. Aber insgeheim bin ich nicht traurig, sie weniger zu sehen, da ich meine Freunde nicht ständig darüber belügen möchte, was ich in meiner Freizeit treibe. So ist es für alle besser, und ich habe mehr Zeit für Jasper.

Allerdings wird meine Familie mit jedem Sonntagsessen skeptischer. Selbst mein Vater bezweifelt inzwischen, dass es Doktor Kurt Beckmann gibt. Regine hat alle davon überzeugt, dass ich ihn mir ausgedacht habe, was ich weiterhin vehement bestreite. Dass niemand daran glaubt, dass sich ein Kinderarzt in mich verlieben könnte, belastet mich. Mir fällt es mit jedem Treffen schwerer, ihnen nichts von meinem Glück mit Jasper zu erzählen. Denn ich habe einen festen Freund, der mich sehr liebt. Ich bin nicht allein.

Als die Hokkaido-Kürbisse in Thies' Gemüsegarten an Farbe gewinnen, bemerke ich, dass es Herbst wird. Die Blätter fallen langsam auf den Boden, und das Oktoberfest steht bevor. Ich würde alles dafür geben, um mit Jasper zusammen auf das Fest am Marktplatz in Burg zu gehen; ihn meiner Familie, meinen Freunden zu präsentieren und mit ihm Wange an Wange zur Livemusik zu tanzen, so wie wir es auf den Husumer Hafentagen getan haben.

Stattdessen stehe ich neben Regine und ihrem Mann, die sich händchenhaltend ein Maß Bier teilen. Mein Vater sieht nicht aus, als fühle er sich in kurzen Lederhosen, Hosenträgern und kariertem Hemd wohl. Meine Mutter hingegen zelebriert das Oktoberfest. Sie trägt ein samtenes Dirndl und zeigt wahllos auf Männer, mit denen sie mich verkuppeln möchte. Als sie auf Thies zeigt, breche ich ihr fast die Hand, um das Schlimmste zu verhindern. Er steht in Jeans und dickem Wollpullover vor einem Grill an und unterhält sich mit zwei Männern.

Seit dem Abend am Gartenhäuschen ist er mir gegenüber kurz angebunden. Mehr als ein *Moin* brummt er nicht, wenn wir uns begegnen. Das, was ich zwischen uns gespürt habe, ist längst verflogen. Er bekommt nicht einmal mit, dass Thunfisch zu einem festen Bestandteil meines Sofas geworden ist. Abends liegt er neben mir auf einer weichen Wolldecke, die ich für ihn besorgt habe.

»Heute Abend finden wir für unser Rikchen einen Ehemann. Ich spüre es genau. Du nicht auch, Herbert?«

Mein Vater nickt, wobei er an seinen Hosenträgern fummelt wie an einem seiner Puzzles. Aufgeregt klatscht meine Mutter in die Hände. Ich habe aufgegeben, mit ihr zu diskutieren, rolle stattdessen mit den Augen und sehe mich um.

Es gibt nur einen Grund, warum ich mitgegangen bin. Jasper wird mit seinen Kollegen da sein. Seit zwei Tagen habe ich ihn nicht mehr gesehen. Deshalb trage ich ein blau-weißes Dirndl, mit dem ich meine Oberweite bis an den Hals pushe.

»Sieh mal, Rikchen.« Meine Mutter hakt sich bei mir unter und dreht mich in Richtung Rathaus. »Neben dem Autoscooter. Der große Blonde in der Lederhose. Sein rotes Hemd betont seinen braunen Teint. Eure Kinder würden wie Engel aussehen.«

Ich nicke, damit meine Mutter zufrieden ist, schaue aber nicht hin. Mein Augenmerk liegt auf dem Tisch davor. Jasper befindet sich zwischen einer Traube von Männern. Er fixiert mich so intensiv, dass mir mein zweites Maß Bier beinahe aus der Hand fällt. Ich winke ihm zu, er schüttelt den Kopf.

Abstand halten. Ich weiß.

Dafür schiebe ich meinen tiefen Ausschnitt in seine Richtung. Jaspers gequälte Miene erhöht meine Laune erheblich.

»Aber Rike hat einen Freund, Mutter«, ertönt es neben mir. Die Anführungszeichen, die meine Schwester mit den Händen dazu in der Luft macht, unterstreichen ihr herablassendes Grinsen. »Hast du *Doktor* Kurt Beckmann vergessen? Er ist Rikes *große Liebe.*« Regine löst sich von Peter und sieht mich herausfordernd an. »Plant ihr bereits eure Hochzeit? Sag uns bitte rechtzeitig Bescheid, wohin ich unser imaginäres Geschenk schicken darf.«

Am liebsten würde ich ihr das Bier über den geflochtenen Haarkranz gießen. Aber das Dirndl, das Regine trägt, gehört meiner Mutter, und das würde sie mir nie verzeihen.

»Sieh mich nicht an, als hätte ich unrecht. Seit Wochen tust du, als wärst du mit einem Arzt liiert. Du belügst deine eigene Familie, um nicht zugeben zu müssen, dass du niemanden hast.«

Ich könnte mich zu meinem Vater drehen und gemeinsam mit ihm die Jugendlichen anfeuern, die hinter uns ein Wetttrinken veranstalten. Aber Regines Provokation kitzelt all die anderen Hänseleien der letzten Jahrzehnte hoch.

»Was stört dich mehr, Schwesterherz? Dass ich einen Freund habe und dir und deiner perfekten Ehe Konkurrenz mache, oder dass er Kinderarzt ist und nicht wie Peter bloß bei *Stolz* arbeitet?«

»He! Meine Arbeit ist ni–«

Wie ein pfeifender Kessel winkt Regine und schneidet ihrem Mann das Wort ab. »Mach dich nicht über meinen Peter lustig. Er arbeitet hart für seine Position als leitender Angestellter. Damit versorgt er mich und meine Familie. Ich bin keine Irre, die sich Geschichten über einen Arzt ausdenkt. Ich habe einen Mann, der mich liebt.«

Mein Kopf schmerzt, als hätte sie mich mit einem der Autoscooter gerammt. Mit brennt so viel auf der Seele, dass ich ihr sagen möchte. Wie sehr mir ihre Arroganz auf die Nerven geht. Wie lästig ich ihre Weihnachtskarten mit Familienporträt finde, die mich daran erinnern, dass ich keine Kinder habe. Wie langweilig ich ihren Ehemann finde. Ein leeres Nutellaglas ist interessanter als Peter.

Ich bin nicht mehr allein!, möchte ich ihr ins Gesicht brüllen. Zwar ist er kein Arzt, dafür Polizist. Und ein einziges Gespräch mit ihm ist interessanter als Hunderte mit deinem Langweiler.

Ganz laut schreien. Das ist es, was ich jetzt möchte. Aber ich klammere mich an mein Maß Bier und trinke einen großen Schluck, um meine Wut zu betäuben.

Über den Rand des Bierglases schiele ich zu Jasper, der sich von mir weggedreht hat. Wenn ich nur seine graublauen Augen sehen könnte, die mir versichern, dass er mir gehört und ich ihm.

»Unser Rikchen mag ihren Freund erfunden haben, das bedeutet nicht, dass sie verrückt ist.« Mein Vater tätschelt mir die Flechtfrisur wie einer Zehnjährigen, die dabei versagt hat, sich die Schuhe zuzuschnüren.

»Bald wird sie jemanden finden. Vermutlich heute Abend.« Meine Mutter stellt sich zwischen uns. »Dann können wir dieses leidige Thema für alle Zeiten ad acta legen.«

Als wäre ich ein zeitraubendes Projekt, das zum Abschluss gebracht werden müsste.

»Rike kann keine Beziehung führen, Mutter. Das Einzige, was sie liebt, sind Bücher. Dagegen hat kein Mann eine Chance.« Regine dreht sich zu Peter, der nickend neben ihr steht, und schmiegt sich an dessen Schulter. »Erinnerst du dich an Sven von der Liste? Dem hat sie abgesagt, ohne einen vernünftigen Grund zu nennen. Das mit Rike ist verlorene Liebesmüh.«

»Sven ist ein Arsch!«, platzt es aus mir heraus. »Er hat sich über Gerrits Rollstuhl lustig gemacht. Mit so jemandem treffe ich mich nicht.«

»Du stellst zu hohe Ansprüche, Rikchen.« Abermals hakt sich meine Mutter bei mir ein und dreht mich zum Bierstand. »Du musst nicht allein sterben, wenn du sie herunterschraubst.«

»Ich habe einen Freund, Mutter. Einer genügt mir.« So sachte wie möglich löse ich mich von ihr und stelle das Bierglas auf dem Stehtisch zwischen meinem Vater und mir ab.

»Lügnerin! Wie damals, als du unseren Eltern weisgemacht hast, du hättest meiner Puppe nicht die Haare abgeschnitten.«

»Die Zöpfe von Heidi waren grässlich. Irgendjemand musste sie von dieser abscheulichen Frisur befreien.«

»Ha! Also gibst du es zu?«

»Was gebe ich zu?«

»Das mit Heidi und deinem erfundenen Arzt.«

»Ja, ich habe deiner Puppe die Haare gekürzt. Das heißt aber nicht, dass mein Freund nicht existiert. Da muss ich dich leider enttäuschen.«

»Ich glaube dir kein Wort.« Regine zeigt mit erhobenem Finger in die Runde. »Wo ist er denn, der ominöse Arzt? Wieder auf Visite an einem Samstagabend? Oder drückt er sich davor, mit dir zusammen zu sein? Das wundert mich nicht.«

»Kinder, bitte.« Mein Vater lässt die Schultern hängen. »Eure Mutter und ich möchten einen fröhlichen Abend mit unserer Familie verbringen.«

»Ich habe einen Freund, Regine.« Stur sehe ich ihr in die gramerfüllten Augen. »Du kannst mich so viel beleidigen, wie du willst. Das ändert nichts an der Tatsache, dass mich ein Mann liebt.«

»Ist das so?«

»Selbstverständlich.«

»Dann beweis es. Zeig uns allen, dass du kein Single bist. Wo ist dein Traummann?«

Mist. Ich habe weder ein gefaktes Foto dabei noch ein Profil von einem dieser Flirtapps, das ich ihr präsentieren kann.

»Seht ihr? Was habe ich gesagt. Alles heiße Luft, was aus ihrem verlogenen Mund kommt.«

Mir reicht es. Sollen alle denken, was sie wollen. Ich bin glücklich vergeben und habe es satt, mich zu verstecken. Ich bin verdammte 39 vier Fünftel und sehr wohl in der Lage, einen Mann glücklich zu machen.

»Beim Tisch neben dem Bierwagen steht er.«

»Er ist hier?« Der überraschte Blick auf Regines gerötetem Gesicht ist unbezahlbar. Meine Mutter strahlt, als hätte sie ein Ultraschallbild meines ungeborenen Kindes gesehen.

»Ich habe es immer gewusst, Herbert. Unser Rikchen ist nicht verrückt.«

Im Takt der Polka, die die Kapelle auf der Bühne spielt, stapfe ich los und bin froh, die wissbegierigen Gesichter meiner Familie hinter mir zu lassen. Wie im Rausch torkle ich über das Kopfsteinpflaster. Ich habe es satt, dass jeder denkt, ich wäre unfähig, einen Freund zu finden. Aus dem Augenwinkel bemerke ich, dass Thies mich mit dem Blick verfolgt. Ich werde allen zeigen, dass ich keine Verliererin bin.

Energisch tippe ich Jasper auf die Schulter, der sich mit unsicherer Miene zu mir umdreht. Ich weiß, dass wir unsere Beziehung der Kinder wegen geheim halten. Aber niemand von seiner Familie ist auf dem Oktoberfest, und ich möchte genau in diesem Moment meinen Freund küssen.

»Hallo, schöner Mann.« Ich schlinge die Arme um seinen markanten Hals und presse ihm meine knallrot geschminkten Lippen auf den Mund. Regine fallen bei diesem Anblick hoffentlich ihre Haarnadeln aus der Frisur.

Jasper schmeckt nach Bier, Brezeln und Geborgenheit. Genau das, was ich jetzt brauche. Bei ihm können mir die Worte meiner Familie nichts anhaben. Er ist mein sicherer Hafen, mein Zuhause, meine Zukunft.

Er versteift sich. Wie eine Litfaßsäule fühlt Jasper sich in meinen Armen an.

»Sieh mal, Dina, Fredi küsst deinen Mann.« Karen sitzt am hinteren Ende eines Tisches und zeigt mit dem blaulackierten Fingernagel auf mich. Dass Dinas Clique anwesend ist, habe ich nicht bemerkt. So wie Jasper mich ansieht, wird er mir den spontanen Kuss nicht sofort verzeihen. Aber wenn ich ihm erkläre, warum ich es tun musste, wird er mich verstehen.

Doch er erwidert meinen Kuss nicht. Er stemmt die Hände an meine Hüften und schiebt mich von sich. Im selben Moment taucht Dina an seiner Seite auf. Ihr Dirndl ist bezaubernd, ihr zorniger Blick dagegen macht mir Angst.

»Lass gefälligst deine schmierigen Lippen von meinem Mann!« Sie schubst mich nach hinten, mit dem Rücken krache ich an einen Stehtisch. Gläser klirren. Gespräche verstummen.

»J-Jasper? W-Was geht hier vor?« Ich suche seinen Blick, er jedoch weicht mir aus.

»Du bist betrunken, Rike. Geh zu deinen Eltern.«

»Hast du es nötig, verheiratete Männer zu küssen?« Karens Gesicht ist rot wie ihre Haare. Erst jetzt realisiere ich, wie es für die Außenstehenden wirken muss. »Stellt euch vor, Rike zieht allein von Bar zu Bar, um Männer aufzureißen. Dirk und ich haben sie in der *Kajüte* gesehen. Die ist echt traurig.«

»Alte Jungfer!« Wer von den Marienhof-Zwillingen mich beleidigt hat, habe ich nicht gesehen. Was ich dafür sehe, sind die entsetzten Gesichter um mich herum. Ich befinde mich im Auge des Sturms und habe das Gefühl, ganz Fehmarn starrt mich an. Alle begutachten mich, alle außer Jasper. Mein Freund hält Dina in den Armen und versucht, sie zu beruhigen.

»Was ist da zwischen euch? Wieso küsst sie dich, als dürfte sie das?«

»Da ist nichts.« Beschwichtigend hebt er die Hände und streichelt ihr sanft über die geröteten Wangen. »Das schwöre ich dir. Sie ist betrunken.«

Jasper redet über mich, als wäre ich Luft. Ich traue meinen Ohren nicht. Das alles muss ein Missverständnis sein. Gleich werden die beiden sich zu mir umdrehen und »April, April« rufen.

»Ich glaube dir nicht. Rike will dich, seit sie zurück ist. Das habe ich auf meiner Party gesehen.« Dina windet sich aus Jaspers Umklammerung und stolziert auf mich zu. »Du drängst dich nicht in meine Familie. Verstanden? Mein Mann gehört mir!«

Dafür, dass sie seit zweieinhalb Jahren kein Paar mehr sind, hat Dina die Trennung nicht gut verkraftet. Ich kann verstehen, dass es ihr unangenehm ist, in der Öffentlichkeit zum Scheitern ihrer Ehe zu stehen, aber ihre Wut gegen mich geht zu weit.

»Jasper, sag Dina bitte, dass wir ...« Mir bleibt die Luft weg. Warum bekennt er sich nicht zu mir? Jetzt, da der Fisch aus dem Netz ist, können alle von uns erfahren. Je länger er es hinauszögert, desto unangenehmer wird es. »Sag ihr bitte, dass wir zusammen sind und wir glücklich ...« Bevor ich den Satz beende, verstehe ich. Jasper streichelt Dinas Hand, so wie er meine vor ein paar Tagen in Kiel gestreichelt hat, als ich neben ihm im Kino saß. Mich sieht er nicht einmal an.

»Wovon spricht Fredi da? Sag es mir, Jasper!«

Ich schließe die Lider; will nicht sehen, wie Jasper sich um Dina bemüht; will nicht hören, wie er seine Ehefrau um Verzeihung bittet und mich als unzurechnungsfähig dastehen lässt.

Benommen taumle ich rückwärts durch die Menschenmasse. Fremde Hände stoßen mich fort, ich winde mich um sich selbst, suche einen Ausgang und entdecke Neele und Gerrit zwischen zwei mir unbekannten Männern. Verwunderung und Enttäuschung blitzen in ihren Gesichtern auf, als es knackst. Der Absatz einer meiner Stiefeletten ist gebrochen. Genau wie mein Herz. Wie bei Moses öffnet sich vor mir eine kleine Gasse und lässt mich gnädigerweise passieren. Humpelnd eile ich vom Marktplatz davon, fliehe vor meinem Leben. In der einen Hand das Stück Holz, in der anderen die Überreste meines Herzens.

Meter für Meter schleppe ich mich voran. Frage mich, wozu Absatzschuhe nötig sind und wer sie erfunden hat.

Auf Höhe der *Inselschule* breche ich zusammen. Ein Baumstamm stützt mich und meine Trauer, während ich auf die Knie sinke. Das feuchte Gras hinterlässt einen schmierigen Film auf dem Saum meines Dirndls. Wasserfallartig strömen mir Tränen über die Wangen. Aus meinem Mund poltern Schluchzer wie bei einem Schluckauf. Der Gedanke an Jasper zerreißt mich. Sein Verrat gräbt sich fest in meinen Brustkorb. Ich ertrinke.

Dass Jasper mir das angetan hat. Er wirft mich und unsere Liebe in den Dreck. Ich war so dumm, zu glauben, dass er ungebunden ist, dass er sich für mich entschieden hat.

Kurz nach Marcos fünftem Geburtstag haben wir uns getrennt. Das ist jetzt zwei Jahre her.

Mit aller Kraft schreie ich meine Wut hinaus. Vögel um mich herum suchen das Weite. Meine Faust knallt auf den Baumstamm. Meine Hand fühlt sich an wie gebrochen, doch der Schmerz lindert für wenige Herzschläge den abartigen Krampf in meiner Brust.

»Rike?«

Schlagartig halte ich die Luft an. Ist er mir gefolgt? Will er sich entschuldigen? War alles ein Irrtum? April, April?

»Komm.« Das ist nicht Jasper. Jaspers Stimme ist nicht tief, sie ist klar und direkt.

Ein kurzes Lachen entweicht mir. Als ob er mir nachlaufen würde, um mich zu trösten. Er konnte mich nicht einmal ansehen, sein Blick haftete auf Dina.

Eine Hand greift nach mir, zieht mich vom Rasen hoch.

»Ich bringe dich nach Hause.«

Zwischen nassen Lidern erkenne ich Thies in seinem Wollpullover.

»Dein Hemd, ich wollte es dir längst zurückgeben.« Als besäße ich Glieder aus Gummi, hält er mich fest.

Thies brummt mir zu und wischt mir die Wangen trocken. Mit seinem langen Bart über dem Rollkragen sieht er wie ein kuscheliges Kissen aus. Ich lehne mich an ihn und weine.

Langsam zieht er mich vorwärts, ich humple an seiner Brust hinterher. Während ich ihn von unten aus betrachte, fällt mir seine Warnung ein.

Wenn eure Affäre rauskommt, bist du als Ehebrecherin auf der Insel gebrandmarkt. Mit scharlachrotem Buchstaben mitten auf der Stirn.

Zwar habe ich nicht gewusst, dass ich eine Affäre im eigentlichen Sinn geführt habe, gebrandmarkt fühle ich mich trotzdem.

Die Stille, die Thies und mich begleitet, schürt meine Unsicherheit auf dem Weg nach Hause. Ich muss auf dem Marktplatz wie eine betrunkene Irre ausgesehen haben, die aus heiterem Himmel fremde Männer küsst. Ich richte mich auf und hinke neben ihm her.

»Gar kein *Ich hab's dir gesagt*?«

Thies schaut geradeaus und geht stumm neben mir her.

»Sei ehrlich, ich verkrafte das.« Meine Mundwinkel wackeln, aber mit Druck bleiben sie oben.

»Jasper ist ein Idiot.«

Nicht ganz das, was ich hören wollte, aber ein Anfang.

»Ich bin die Idiotin, Thies. Ich hätte ihn nicht vor all den Leuten küssen dürfen. Wenn Regine mich nicht in Rage gebracht hätte, wäre ich weiterhin die Frau an seiner Seite.«

»Verteidigst du ihn etwa?« Mitten im Gehen bleibt mein Nachbar stehen.

»Ich sage bloß, dass es meine Schuld war. Ich bin zu früh zu schnell nach vorn geprescht. Sonst hätte Jasper mich nicht so abweisend behandelt.«

Thies greift meine Schultern. »Bist du noch bei Verstand?« Zwischen seinen buschigen Augenbrauen wächst eine Zornesfalte. »Er stößt dich vor aller Augen fort, und du setzt dich für ihn ein?«

»Ich bin bloß realistisch.« Ich schiebe seine Hände von mir und gehe an der Schule vorbei in Richtung Parkplatz. Mir geht Dinas zornige Miene nicht aus dem Sinn. Mir wird schlecht bei dem Gedanken, dass ich hinter ihrem Rücken mit ihrem Ehemann geschlafen habe.

»Du kannst froh sein, dass du ihn los bist.«

»Ich bin aber nicht froh und werde es nie wieder sein.« Mit der Schuhspitze kicke ich einen Stein über die Straße. »Bis vor Kurzem war ich die glücklichste Frau auf Fehmarn. Jetzt bin ich Hester Prynne, völlig allein.«

»Jasper ist keine deiner Tränen wert.«

Hat Thies diese ollen Kamellen aus einem Buch? Gleich predigt er, dass am Ende alles gut werden wird. Aber nichts wird gut werden. Ich habe meine Beziehung mit Jasper zerstört.

»Du wirst sehen, der nächste Mann wird schneller vor deiner Tür stehen, als du denkst.«

»Es ist eh zu spät. Laut meiner Mutter ist man keine richtige Frau, wenn man nicht spätestens in den Dreißigern heiratet, ein Haus baut und Kinder bekommt. Man mutiert zu einer alten Kartoffel, die der Gesellschaft zur Last fällt.«

»Du brauchst Jasper nicht, um dich selbst zu definieren.«

»Du hast leicht reden.« Die Vorstellung, Jasper nie wieder küssen zu dürfen, lässt meine Augen feucht werden. Flach atmend presse ich die Hände zu Fäusten, um nicht in Tränen auszubrechen. »Du konntest ihn von Anfang an nicht leiden. Ich weiß, was zwischen euch beim Grabenspringen geschehen ist. Die ganze Insel spricht davon.«

»Dann muss es ja wahr sein.«

Von der Seite möchte ich sein Gesicht lesen. Doch das bisschen, was der Sternenhimmel preisgibt, ist undeutbar.

»Ist es das denn nicht?«

Thies lacht und streicht seinen Bart glatt, wie immer, wenn er etwas sagen wird, das mich als naiv dastehen lässt.

»Du willst die Wahrheit nicht wissen. Du willst glauben, was das Inselfeuer dir an Neuigkeiten auftischt. Hauptsache brisant. Ob es gelogen ist, interessiert dich und deine Freunde nicht.«

»So bin ich nicht.«

»Nein?«

»Nein!« Ich bleibe mit den Händen an den Hüften stehen. Für einen Augenblick fällt sein Blick in mein Dekolleté, was mich zum Grinsen bringt, denn er hält sich die Hand vor die Augen. »Ich höre nicht auf Gerüchte. Das habe ich nie. Sag mir, was passiert ist.«

Thies fixiert mich, nachdem er die Hand gesenkt hat. »Dein feiner Jasper hat herumerzählt, dass ich meine Ex-Frau ermordet habe. Ich musste deswegen sogar zur Polizei und eine Aussage machen. Und warum das? Weil ich besser im Grabenspringen gewesen bin als er. Er hat nicht verkraftet, dass ich ihn bei einem lächerlichen Spiel geschlagen habe.«

»Das glaube ich nicht.« Jasper ist ehrgeizig, doch er würde nie jemandes Ruf schädigen, weil derjenige ihn in einem Wettkampf besiegt hat. »Das muss ein Irrtum sein. Jasper ist nicht fähig, jemanden zu verletzen.«

»Ach, nein?«

»Nein, er …« Meine Antwort verpufft in der Nacht.

»Hat er dich nicht gerade vor allen bloßgestellt?«

»Dafür gibt es eine Erklärung.« Es muss, ansonsten sterbe ich. »Wahrscheinlich ist Dina schwer krank oder eins der Kinder.« Schmerzlich wird mir bewusst, dass ich mich an eine Alge klammere, die längst vertrocknet ist. »Wieso erteilst du mir überhaupt Ratschläge? Ich sehe keinen Ring an deinem Finger. Hattest du eine einzige Verabredung seit deiner Trennung? Du versteckst dich hinter deiner Arbeit und schließt das Leben aus. Du bist keinen Deut besser als ich.«

Thies sieht mich an, und ich weiß, dass ich zu weit gegangen bin. »Den Rest des Weges schaffst du allein?«

Ich nicke. Schnaufend blicke ich ihm nach, wie er im Dunkeln verschwindet.

Zwei Schritte weiter sinke ich mit getrockneten Tränen auf eine Sitzbank. Das Adrenalin verfliegt. Ich streiche mir über die freien Arme, um die Gänsehaut zu vertreiben.

Mir graut es davor, die Nachrichten auf dem Smartphone zu lesen. Seit ich vom Marktplatz verschwunden bin, vibriert es in meiner Handtasche.

Rike hatte eine Affäre, werden sie sagen. *Rike hat eine Ehe zerstört, eine Familie auf dem Gewissen. Verbrennt sie auf dem Scheiterhaufen*! Niemand von ihnen wird sich für die Wahrheit interessieren.

Die Biere, die Demütigung, die Erkenntnis. All das ist zu viel. Ich beuge mich zur Seite und würge die Reste meiner Würde ins hohe Gras.

Auf einmal bewegen sich meine Haarsträhnen, die aus der Flechtfrisur hängen. Thies steht wieder neben mir und hält sie mir aus dem Gesicht.

Ein Kater kommt selten allein

Die nächsten Wochen lassen sich in drei Wörtern zusammenfassen: Essen und Arbeiten. Ich stille meine Einsamkeit bei jeder Gelegenheit mit Selbstgebackenem und übernehme so viele von Hannas Schichten, wie sie mir zu geben bereit ist. Bloß nicht nachdenken. Sobald ich stillstehe, ist der Schmerz zurück und ich breche in Embryonalstellung auf dem Boden zusammen.

Das Novemberwetter passt sich meiner Laune an; Trüb bis regnerisch mit einem Haufen Matsch. Meine Bücherregale habe ich zweimal umsortiert. Einmal in den Farben des Regenbogens, einmal dem Gender nach und darin nach Alphabet. Der zaghafte Versuch, mich bei Neele und Gerrit auszuweinen, ist an einer Nachricht gescheitert.

Ich hab's dir gesagt.

Ich habe ihre Zurückweisung verdient. Hängengelassen habe ich sie, ausgegrenzt aus meinem Leben, das ich mir zusammen mit Jasper ausgemalt hatte.

All mein Glück ist in einer Nacht verpufft.

Seine Nummer habe ich unterdrückt. Ein wertvoller Rat von Thies, obwohl es mich jede Überwindung und eine volle Flasche Wein gekostet hat. Seit dem Oktoberfest begegnen Thies und ich uns öfter auf der Insel, wenn ich mit dem Fahrrad gegen die Windböen ankämpfe. Mir kommt es vor, als vertiefe sich unsere Nachbarschaft zu einer Freundschaft, die mir wertvoller ist als jedes Buch.

Er ist neben meiner Familie und Hanna der Einzige, der mich auf Fehmarn nicht meidet.

Im Nieselregen laufe ich zu ihm die Treppen hinauf, umklammere den Korb voller Schokoladenmuffins mit Feuerwehrfiguren als Topping. Dreimal klopfe ich. Unser geheimes Erkennungszeichen, auch wenn Thies mich dafür auslacht.

Schwungvoll öffnet er die Tür. Bei seinem Anblick fällt mir beinahe der Korb aus der Hand. Es liegt aber nicht an der dunklen Jeans und dem edlen Hemd mit Sakko, das er trägt.

»Du ... Dein Gesicht ... Es ist nackt.«

Thies schenkt mir das atemberaubendste Lächeln, das ich seit langer Zeit gesehen habe. Sein Blick fällt auf meine Hände.

»Du hast dich mehrfach bei mir bedankt, Rike. Mehr Muffins sind nicht nötig.«

»Jetzt lenk nicht ab. Du hast dich rasiert!«

Wie zum Beweis fährt er sich über den kantigen Kiefer, an dem ich nicht eine Bartstoppel erkenne.

»Deine Predigt war hilfreich.«

»Welche Predigt?« Ich kann mich nicht daran erinnern, mit ihm über das Rasieren gesprochen zu haben. Mir gefällt sein Anblick, wie ein Fotomodel aus einer Rasierwasserwerbung. Doch irgendwie vermisse ich seinen Bienenstockbart. Er verlieh ihm etwas Besonderes.

»Du hast mich wachgerüttelt, als du mir vorgeworfen hast, dass ich mich nicht verabrede.«

»Ach, hör am besten nicht auf mich.« Eine Dosis schlechtes Gewissen kriecht an mir hoch. »Ich war verletzt, weil Jasper mich ... Du weißt schon.« Ich bin noch nicht in der Lage, ohne zitternde Lippen über das Ende meiner Beziehung zu sprechen. »Es ist Sonntag!« Ich ändere lieber das Thema. »Tag des Herrn. Da isst man Muffins.« Mein Lächeln ist aufgesetzt, als ich ihm den Korb überreiche, aber es ist ein Lächeln. »Und zum Dank wollte ich dich ins Kino einladen. In Burg läuft *Der Gesang der Flusskrebse.* Wir könnten über die Vergleiche vom Buch zum Film philosophieren.«

Thies nimmt die Leckereien entgegen. »Danke, nett von dir, aber ...« Er stellt den Korb auf seinen Schuhschrank. Sein mitleidiger Gesichtsausdruck lässt meine Mundwinkel nach unten sinken. »Tut mir leid, ich bin mit Klara verabredet. Wir gehen in die *Doppeleiche* und danach ins Kino.«

Essen und Kino. Seine Antwort ist wie ein Blitz, der neben mir einschlägt. »*Der Gesang der Flusskrebse*?«

Thies nickt. »Du weiß, wie sehr ich das Buch liebe.«

Ich weiß. Nicht ohne Grund habe ich genau diesen Film für unseren Kinoabend ausgesucht. Mit verschränkten Armen stehe ich vor ihm. Etwas in mir verändert sich, wenn ich daran denke, wie Thies neben einer anderen Frau im Kino sitzt, seinen Arm um sie legt. Etwas, das übermächtig wird. Wird er sie am Ende küssen? Wird er sie mit nach Hause nehmen? Werde ich hören, wie sie sein Bett anwärmt?

Ein gelber Beetle fährt auf unsere Auffahrt. Die Reifen drücken den Kies in den Boden. Eine Autotür schlägt zu. Thies tritt aus der Tür und winkt der Frau in der hautengen Skinny Jeans und körperbetonten Bluse zu. Ihr charmantes Lächeln verschönert ein dunkelroter Lippenstift. Thies mag kein Make-up, aber das wird er ihr nicht sagen.

Woher ich das weiß? Ich kenne meinen Nachbarn besser als diese Frau. Wann hat er sie bitte schön zwischen Tischlerei und Feuerwehr getroffen? Jeden Abend war er zu Hause, ebenso wie ich. Woher ich das weiß? Ich kenne meinen Nachbarn besser als diese Frau.

Seine Abfuhr trifft mich, aber ich verstehe nicht, warum. Beträchtlich schwerer zu ertragen ist für mich das Lächeln, das er der Frau schenkt.

»Viel Spaß!«, rufe ich gequält und eile die Treppenstufen wie ein wankendes U-Boot auf Tauchstation hinunter.

»Ein anderes Mal?«

Thies meint es nett, aber bemitleidet werden möchte ich nicht. Ich tue so, als hätte ich seine Frage nicht gehört und schlage die Haustür zu. Hinter der Küchengardine beobachte ich, wie Thies die Frau im Nieselregen mit einer Umarmung begrüßt. Sie streichelt ihm über das haarlose Kinn, als täte sie das nicht zum ersten Mal.

Ich knackse mit den Fingernägeln. Mein Kiefer mahlt. Ich weiß nicht, was ich von meinem Kinoabend mit Thies erwartet hatte, doch zu sehen, wie er mit einer anderen Frau ins Auto steigt, lässt mich unruhig auf der Stelle treten.

Ablenkung! Das ist es, was ich jetzt brauche. Ich schiele ins Bücherzimmer. Ich könnte meine Schätze nach Erscheinungsjahr anordnen, obwohl dann die Bücher von ein und demselben Autor nicht beieinanderstehen würden.

Besser als nichts.

Wenige Stunden später stehe ich abermals vor dem Fenster. Die Straßenlaterne hüllt unseren Kies in dämmriges Licht. Der Nieselregen hat die Herbstblätter am Boden in eine Rutschbahn verwandelt.

Kein Auto. Kein Thies.

Nach dem Film sind sie sicher zu ihr gefahren. Was hat sie gegen seine Wohnung? Nirgendwo ist es gemütlicher, außer vielleicht bei mir. Wahrscheinlich hasst sie Katzen oder ist allergisch. Dieser Gedanke dämpft mein unterschwelliges Herzrasen. Wenn sie mit Thunfisch und seinen Mäuschen nicht zurechtkommt, wird Thies sie nicht in sein Leben lassen. Und auf ihren hohen Absätzen sah sie definitiv nach einer katzenverachtenden Furie aus.

Augenrollend sinke ich auf einen Stuhl am Esstisch. Warum benehme ich mich wie eine eifersüchtige Schreckschraube?

Mein 40. Geburtstag steht bevor. Meine Freunde reagieren nicht auf meine Nachrichten, meine Familie hält mich für verrückt. Ganz Fehmarn denkt, ich wäre eine Ehebrecherin. Und zu allem Übel bin ich wieder Single.

Ich sollte mich für Thies freuen. Er war immer für mich da und hat alles Glück verdient. Wenn er Karla, oder wie ihr Name war, heiraten will, soll er es tun.

Am Montagmorgen räume ich mit Hanna in der *Inselbuchhandlung* die Bücher von den Tischen, um eine neue Anordnung der Krimis und Ostseeromane auszuprobieren, die mir beim Umsortieren meiner Bücherregale eingefallen ist.

Als ich zur Kasse gehe, um das neueste Werk von Klaus-Peter Wolf neben dem Bücherstapel von Eva Almstädt zu legen, bemerke ich eine Frau vor dem Schaufenster.

Dina verfolgt mich mit finsterer Miene. Als sich unsere Blicke treffen, zieht sie die mattrote Oberlippe ihres Schmollmunds hoch und stürmt zur Glastür. Ihre hellbraune Mähne weht über dem beigefarbenen Wollmantel wie eine Fahne hinter ihr her.

So sehr ich mir auch wünsche, mich in meine Bestandteile aufzulösen, beobachte ich mit rasendem Herzen, wie die Türglocke unangenehm laut klirrt und Dina kurze

Zeit später vor mir steht. Hanna würdigt sie keines Blickes. Ihre hübschen eisblauen Augen sind rotunterlaufen, ihre Lider verquollen; der strahlende Glanz ihrer reinen Haut durch rote Flecken im Gesicht ersetzt.

»Du hast mein Leben ruiniert.« Wie brennende Pfeile donnern mir ihre Worte um die Ohren. Ich halte mich am Tresen fest, um ihrer Heftigkeit standzuhalten. »Du bist schuld, dass meine Kinder in einer zerrütteten Familie aufwachsen. Du hast mein Leben auf dem Gewissen.« Mit bebenden Lippen sieht sie mich an. »Wie konntest du mir das antun?«

»Ich ... Es ...« Jeden Tag habe ich mir ausgemalt, wie es sein würde, Dina mit ihrer Clique oder Dina und Jasper mit ihren Kindern zu begegnen. Bei jedem Versuch bin ich in Tränen ausgebrochen. Nun, da Dina vor mir steht, weine ich nicht. Mein Herz schlägt so stark, dass meine Augen keine Zeit haben, Tränen zu produzieren.

»Ist das alles, was du zu sagen hast?«

»Nein ... Ich ... Es tut mir furchtbar leid. Ich wusste nicht, dass ihr noch zusammen seid. Jasper hat gesagt, dass ihr getrennt lebt. Also, in einem Haus zwar, aber ...«

»Und das glaubst du ihm? Wie naiv bist du?«

Wie oft ich mir dieselbe Frage gestellt habe, weiß ich nicht mehr. Und ohne eine neue Packung Mascarpone will ich diesen Gedanken nicht wieder aufgreifen.

»Hast du seinen Ring nicht bemerkt, als du dich auf ihn gestürzt hast?« Dina hält den Ringfinger der rechten Hand hoch. »Es ist derselbe wie meiner. Ich bin seine Frau. Oder ...« Sie stutzt, unterdrückt krampfhaft einen Schluchzer. »Oder war es jedenfalls, denn einen Ehebrecher will ich nicht. Du kannst ihn haben, ihr passt zueinander. Du bist genauso wenig wert wie er.«

Der Schwindel, der in meinem Kopf tobt, nimmt mir fast die Sicht. Gerade so erkenne ich, dass Dinas Umriss mit den Armen fuchtelt. Jedes Wort bringt das Blut in meinen Ohren zum Rauschen. Die Begegnung mit ihr ist tausendmal schlimmer, als ich vermutet hatte. Wie Stecknadeln im Auge.

»Das reicht!« Hanna baut sich hinter Dina auf, als stünde ein Ladendieb vor ihr. »Rike hat sich bei dir entschuldigt.«

Wie eine schnaufende Dampflok dreht Dina sich zu ihr um. »Und du denkst, das genügt? Eine lächerliche Entschuldigung? Mehr ist meine Ehe nicht wert? Sie hat sie zerstört!«

»Es ist schlimm, was vorgefallen ist, keine Frage.« Wie Hanna derart ruhig bleiben und mit sanfter Stimme sprechen kann, ist mir ein Rätsel. »Aber dein Mann hat euch beide an der Nase herumgeführt. Du kannst Rike nicht allein die Schuld für die Zerstörung deiner Ehe geben.«

»Ich kann und ich werde!« Mit dem Finger zeigt sie auf mich und redet, als wäre ich nicht mehr vorhanden. »Ich will, dass sie verschwindet. Sie soll zurück auf das Festland ziehen oder ich mache ihr das Leben auf Fehmarn zur Hölle. Genauso wie sie es mit meinem getan hat.«

Ich bin wie erstarrt. Wenn Dina auf mich einschlagen würde, ich könnte mich nicht rühren. Und ich hätte es verdient.

»Raus aus meiner Buchhandlung!«

»Du wagst es, mich rauszuschmeißen?«

»Mein Laden, meine Regeln.«

Dina stemmt die Hände in den beigefarbenen Wollmantel. »Ich werde allen erzählen, wie du mit deinen Kunden umgehst. Niemand von Fehmarn wird mehr ein Buch bei dir kaufen.«

Scharf ziehe ich die Luft ein. Hanna und ich haben diese Saison hart dafür gearbeitet, den Umsatz zu erhöhen. Wenn Dina ihre Drohung wahr macht, war unsere Arbeit umsonst.

Doch meine Chefin sieht nicht besorgt aus. Sie lächelt und steckt sich dabei rotblonde Strähnen zurück in den Haarknoten.

»Das willst du tun?«

»Nicht nur das. Ich werfe dich aus den *Inselfrauen.* Du kommst sowieso kaum zu unseren Treffen. Wann bist du das letzte Mal bei uns gewesen?«

»Zur Weihnachtsfeier.«

»Siehst du. Das ist eine Ewigkeit her. Ich hätte jedes Recht, dich wegen Vernachlässigung aus unserem Verein zu werfen.«

»Das würde ich mir an deiner Stelle überlegen.« Hanna schmunzelt und lehnt sich an den leeren Tisch im Rücken.

»Wieso das? Ich bin die Vorsitzende. Meine *Inselfrauen* tanzen nach meiner Pfeife.«

»Wenn du Rike von der Insel vertreibst oder Gerüchte über mich und meine Buchhandlung verbreitest, erzähle ich allen von der letzten Weihnachtsfeier.« Hanna verfällt in einen höhnischen Flüsterton. »Ich habe gesehen, wie du mit Dirk hinter der Sporthalle geknutscht hast. Karen und Jasper wären sicherlich nicht erfreut, davon zu hören.«

Ich weiß nicht, ob ich lachen oder weinen soll. Gespannt beobachte ich, wie Dinas Haltung sich verkrampft.

»Das ist Verleumdung! Rufmord! Du kannst nicht einfach Lügen in die Welt setzen, um Rikes und deine Haut zu retten.«

Hanna geht auf Dina zu und wischt ihr über die Schultern, als läge Schmutz darauf. »Du weißt es. Ich weiß es.«

Mit beiden Händen fasst sie an Dinas breiten Kragen und schließt den oberen Knopf. »Dirk erinnert sich bestimmt auch an deinen silbernen Paillettenrock, den er mit den Händen hochgeschoben hat.«

Dinas Mund steht offen. Erschöpft. Verwundert. Hilflos.

Behutsam geleitet Hanna sie zum Ausgang.

»Geh nach Hause, und kümmere dich um deine Kinder. Sie brauchen ihre Mutter gerade mehr denn je.«

Nickend tritt Dina nach draußen. Zögerlich bleibt sie stehen und sieht mich durch die Glasscheibe an.

Egal, womit Hanna ihre Wut auf mich gebremst hat. Ich habe mit ihrem Ehemann geschlafen, auch wenn mir die Umstände nicht bewusst waren. Das werde ich mir nie verzeihen.

Zögerlich winke ich Dina zu. Irgendwann können wir wie halbwegs normale Menschen miteinander reden. Wenn Gras über die Sache gewachsen ist. Doch Dina streckt mir den Mittelfinger entgegen und lässt meine Zuversicht platzen.

Wenn die Geburtstagstorte kaum ausreicht, um die Anzahl der Kerzen darauf anzurichten, kann man sich gleich die Kugel geben. Mein 40. Geburtstag fühlt sich wie ein Weltuntergang an. Der bedeckte Himmel spricht mir mit seinem dunklen Grau aus der Seele. Wie ein bedrohlicher Endgegner schimmert er durch die Terrassentür in das festlich geschmückte Wohnzimmer meiner Eltern.

Über dem dunkelgrünen Ecksofa, das den halben Raum einnimmt, hängt eine Vierzig aus zwei goldenen Luftballons; darüber in einem Halbkreis *Herzlichen Glückwunsch* in bunt glänzenden Lettern.

Heute sollte ich feiern, doch in mir herrscht Leere. Weder Neele noch Gerrit haben mir gratuliert. Vorgestern habe ich sie beim Einkaufen gesehen und mich im Gang mit dem Kaffee vor ihnen versteckt. Die einzige Krönung an meinem Ehrentag ist Thies, den ich heute Morgen in Pullover und Arbeitshose beim Rasenmähen durch die Gardine beobachtet habe. Ich kenne keinen Mann, den eine Hose mit Werkzeuggürtel und zahllosen kleinen Taschen besser kleidet. Stundenlang könnte ich ihm bei der Gartenarbeit zusehen. Sein Gesicht ziert mittlerweile ein scheuer Vollbart, was entweder bedeutet, dass er dieser Karin den Laufpass gegeben hat oder er ihn für sie wieder wachsen lässt. Ich persönlich hoffe auf Ersteres.

Ein Grinsen bildet sich auf meinem Gesicht, wenn ich daran denke, wie er mich vom Fahrersitz des Feuerwehrfahrzeugs aus angeschrien hat, weil ich aus Versehen auf die Straße gelaufen war. Oder wie er am ersten Abend in seinem mit Katzenhaaren übersäten Onesie vor der Tür stand und trotz der miesen Laune recht attraktiv aussah.

»Wenigstens lächelst du mal.« Regine boxt mir an die Schulter. Der Schmerz zieht mich in die Realität zurück. »Mutter hat sich für deine Feier völlig verausgabt. Sie hat sogar Großmutters bestickte Tischdecke hervorgeholt. Ich hätte nicht so ein großes Tamtam veranstaltet, mit Schwarzwälder Kirschtorte, Blumenbukett und dem teuren Silberbesteck. Das hast du nicht verdient.«

In ihrem Rüschenkleid sieht meine Schwester aus wie die perfekte Ehefrau. Peter sitzt im Anzug mit den Kindern auf dem Sofa und verfolgt stumm unsere Unterhaltung.

»Wie oft soll ich es dir noch sagen, Regine? Mir hat Jasper erzählt, er wäre Single. Außerdem habe ich meine Torte selbst gemacht.«

Ihre weichen Gesichtszüge unter dem weißblonden Pony verhärten sich. »Was interessiert mich deine Torte?

Erst wenn du verheiratet bist, wirst du wissen, wie es sich anfühlt, wenn eine Ehe zerbricht.«

»Ich fühle mich mies genug, danke.« Mir weicht die Kraft aus den Beinen, ich falle in einen Stuhl neben dem Wohnzimmertisch. Innerlich bete ich, dass Regine mit ihrer Predigt, die sie mir mittlerweile zu jedem Sonntagsessen auftischt, fertig ist.

»Du fühlst dich schlecht?«

»Kinder! Ich bitte euch.« Mein Vater betritt das Wohnzimmer, in der Hand ein Feuerzeug. Neben seinem grauen Anzug sehe ich in meiner Jeans mit einem ungewollten Loch im linken Knie aus, als wollte ich auf dem Feld Steine sammeln. »Beate kommt gleich mit Sektgläsern. Wir wollen Rike heute feiern, nicht das Fürchten lehren.« Er zwinkert mir zu und zündet die unendlich vielen Kerzen auf der Torte an. Ich hätte eher vierzig kleine Muffins backen sollen, dann hätten sich die Flammen besser verteilt.

Zischend setzt Regine sich neben ihre Kinder, deren leuchtende Augen die Torte fixieren.

»Davon kann die arme Dina ein Lied singen. Auf dem letzten Elternabend gab es nur ein Thema: die armen Kinder der Janssens. Jasper schläft bei einem Kollegen, da er in Burg keine Wohnung findet.«

Peter nickt Regine zu, als sie nach seiner Hand greift. »Das wird uns nicht passieren, Schatz. Wir sind eine eingeschworene Einheit.«

Wie lange muss ich wohl warten, bis Dina, Jasper und ich nicht mehr das Hauptgesprächsthema der Insel sind? Ein Jahr? Zehn?

»Nun ist aber gut.« Meine Mutter trägt ein Tablett mit vollen Sektgläsern vor sich ins Wohnzimmer. Ihre lange Robe schleift über den flauschigen Teppich. »Sind die Kerzen bereit, Herbert?«

»Bereit!« Mit dem Feuerzeug in der Hand tänzelt mein Vater auf meine Mutter zu, küsst sie und verteilt die Sektgläser. Sibylle und Klaus bekommen stilles Wasser.

»Auf unser Rikchen!« Meine Mutter hebt ihr Glas. Ich setze mich gerade hin und lächle besonders fröhlich. »Vor vierzig Jahren habe ich sie nach endlosen 40 Wochen und schmerzvollen acht Stunden zur Welt gebracht. Weißt du noch die Hebamme, Herbert?« Meine Mutter sieht meinen Vater mit aufgerissenen Augen an. »So eine Neunmalkluge vom Festland. Die hat mich verwirrt mit ihren neumodischen Anweisungen.«

Mein Vater zuckt die Schultern und zeigt auf mich, als müsse er sie daran erinnern, um wen es in diesem Moment geht.

»Ja, stimmt. Jedenfalls warten Herbert und ich seitdem sehnsüchtig darauf, dass unser Rikchen uns zu Großeltern macht. Jedes Jahr sinkt die Wahrscheinlichkeit mehr, aber wir geben die Hoffnung nicht auf.«

»Hört, hört!« Mein Vater prostet mir zu, als hätte meine Mutter mir ein Kompliment gemacht. »Auf unser Rikchen. Wir lieben dich!«

»Auf dich!« Meine Mutter küsst mich auf die Wange. Mein Vater drückt mich wie ein Knautschkissen. Peter winkt mir vom Sofa aus zu und Regine gratuliert mir auf ihre Weise. »Willkommen im Club.« Damit meint sie die Vierziger. Endstation Sehnsucht. Wenn man es bis hierhin nicht geschafft hat, eine Familie zu gründen, ein Haus zu bauen, dem Golden Retriever seinen Pullover zu häkeln, ist der Liebesofen aus.

»Kerzen blasen!« Der kleine Klaus klatscht in die Hände und verschüttet dabei Wasser auf dem Teppich.

»Los, Tante Rikchen.« Sibylle feuert mich an, während Regine in die Küche rennt. »Luft holen und pusten.«

Ich wünschte, Neele und Gerrit wären bei mir. Sie würden mir ein wohlwollendes Lächeln schenken und später mit mir bei mehreren Flaschen Wein und Schwarzwälder Kirschtorte über meine Familie herziehen.

Seufzend stehe ich auf und schaue in ein Flammenmeer. Von der oberen Sahneschicht und den Schokoraspeln ist kaum etwas zu erkennen.

»Was wünschst du dir?« Klaus sieht mich mit großen Augen an.

»Das darf man nicht sagen, Schatz. Das Geburtstagskind behält seinen Wunsch für sich, während es die Kerzen ausbläst. Das haben wir heute früh beim Frühstück besprochen. Erinnerst du dich?« Regine ist zurück und kniet sich nieder. Mit einem Küchenhandtuch tupft sie den nassen Teppich trocken.

»Selbstverständlich wünscht sie sich einen Ehemann.« Meine Mutter schaut in die Runde, als würde jede gegenteilige Annahme sie zum Weinen bringen. »Oder, Rikchen?«

Ich nicke, obwohl es nicht stimmt. Das Einzige, das ich mir wünsche, ist, mich wieder in meiner Haut wohlzufühlen und nicht wie eine erbärmliche Aussätzige. In Berlin habe ich gedacht, mir fehlt ein Ehemann zu meinem Glück. Mittlerweile bin ich mir da nicht mehr sicher.

»Tante Rikchen kriegt einen Ma-a-nn.« Sibylle hüpft auf dem Sofa herum und stößt gegen Regines Kopf, die am Boden kniet. »Einen großen mit viel Geld und vielen Tieren. Dann kann ich sie auf ihrem Bauernhof besuchen und mit den Schweinen schmusen.«

Meine Schwester hält ihre Tochter fest. »Der sollte aber per Express kommen, sonst ist sie ausgetrocknet.«

»Regine!« Meinem Vater glüht das Gesicht. Entweder wegen des Themas oder des sprudelnden Sekts. »Das gehört hier nicht her.«

»Aber sie hat recht, Herbert.« Meine Mutter stellt ihr leeres Glas auf einen Korkuntersetzer mit Goldrand vor sich ab. »Mit dreißig habe ich unserem Rikchen geraten, sich die Eier einfrieren zu lassen. Aber hat sie auf mich gehört?«

»Nein!«, bestätigt meine Schwester. Ich bleibe in verkrampfter Haltung über der brennenden Torte stehen und stöhne.

»Du brauchst dich nicht beschweren. Wenn du damals auf mich gehört hättest, dann hättest du heute von uns einen Familiengutschein für die *FehMare* Badewelt bekommen und nicht bloß den Frotteebademantel für einsame Winternächte. Dann gäbe es Hoffnung für dich. Denk nur an die Tochter der Müllers aus Dänschendorf. Wie hieß sie gleich, Herbert?«

»Die mit den dunklen Locken? Sophie Müller.«

»Richtig. Die arbeitet an der Tankstelle auf dem Festland, hat ständig Spätschichten. Wie soll sie dabei einen Mann kennenlernen, der kein Lkw-Fahrer ist? Gott sei Dank hat sie auf ihre Mutter gehört. Jetzt mit Anfang vierzig hat sie einen Sohn auf die Welt gebracht. Zwar durch künstliche Befruchtung, aber kerngesund.«

»Neulich habe ich gesehen, wie Sophie ihm Schokoladenkekse auf dem Spielplatz gegeben hat.« Regine rümpft die Nase, als hätte sie ihre Kinder dabei erwischt, wie sie Matsch essen. »Bei dem ganzen Süßkram wird er es später schwer im Leben haben.«

»Das bisschen Zucker tut niemandem weh. Meine Enkelkinder könnten auch ein Stück Torte vertragen, nicht wahr?«

Sibylle und Klaus strahlen. Doch ehe sie nach einem leeren Teller greifen können, zieht Regine beide zurück auf das Sofa. »Ist das dein Ernst, Mutter? Hast du vergessen, dass Peters Tante Diabetes hat? Willst du, dass deine Enkelkinder auch zuckerkrank werden?«

»In Rikchens Torte ist kaum Zucker. Du siehst das alles zu streng.«

»Und deine Erziehung ist viel zu locker. Hätten wir nicht jeden Tag zum Nachtisch Süßes bekommen, wäre Rike längst verheiratet. Ich habe mit sieben Jahren die Wahrheit erkannt und die Zuckerleine gezogen. Aber meine kleine Schwester war nicht diszipliniert genug, wie immer. Der Zucker hat alles verschlimmert. Du hättest besser auf sie aufpassen müssen.«

»Gibst du mir etwa die Schuld, dass Rike keinen Mann halten kann?« Meine Mutter greift nach dem Tortenmesser und schneidet die Torte an, auf der nach wie vor Kerzen brennen.

»Regine! Entschuldige dich bei deiner Mutter. So haben wir dich nicht erzogen.«

»Aber ich habe recht, oder Peter?«

Peter hält beide Daumen hoch.

»Das wisst ihr ebenso wie ich. Rike ist schwach; verkriecht sich mit Süßkram zwischen ihren Büchern. Sie wird nie einen Mann finden.«

Während Regine mit unseren Eltern diskutiert, flüchte ich aus dem Haus. Ich liebe meine Familie, aber jede Liebe hat ihre Grenzen. Heute ist mein Geburtstag. Ich möchte nichts darüber hören, was ich alles falsch gemacht habe und welchen Weg ich ihrer Meinung nach hätte einschlagen sollen.

Der Rückenwind treibt mich auf dem Fahrrad voran. Ich habe kein bestimmtes Ziel, nur weg aus Burg. In Burgstaaken fahre ich auf den Deich am Wulfener Hals und genieße die Aussicht auf das IFA-Hotel und Burgtiefe am Horizont. Anschließend biege ich nach Wulfen hinein und steuere an der Ostsee entlang die Fehmarnsundbrücke an. Mein Kopf fühlt sich schwer an, als hätte Thunfisch darauf geschlafen. Meine Schläfen pulsieren wie nach einem Rockkonzert, meine Beine jedoch treten in die Pedale, als wäre der Klabautermann hinter mir her.

Allein der Blick auf die stürmische See, die ihre Wellen an den Strand peitscht und ebenso wütend scheint wie ich, besänftigt meinen Zorn. Unter der Fehmarnsundbrücke fahre ich am Strand weiter in Richtung Campingplatz Strukkamphuk. Das nasskalte Herbstwetter schreckt keinen Touristen von der Insel ab. Mit Grill und Buffet sitzen sie zwischen ihren Campingwagen und genießen meinen Ehrentag.

Nach Gold und Lemkenhafen folge ich dem Deich über Orth durch das Naturschutzgebiet nach Flügge. Jeden Spaziergänger klingle ich aus dem Weg, damit ich nicht bremsen muss. Mannshohe Schilfgräser bieten mir Geborgenheit. Niemand kann mich bei den Schafen mit abschätzigen Blicken strafen.

Auf der Straße zum Flügger Leuchtturm bleibe ich stehen. Sein rotes Häubchen auf dem braunen Mauerwerk leuchtet trotz der dunklen Wolkendecke im Hintergrund. Nichts kann ihn davon abhalten, für die Insel zu strahlen. Er schert sich nicht darüber, was andere von ihm halten. Anders als ich.

Schluchzend bedecke ich das Gesicht mit den Händen. Die Rückkehr nach Fehmarn hatte ich mir anders vorgestellt. Im Sommer gehörte die Insel mir. Jede einzelne Blume am Wegesrand blühte nur für mich. Jeder einzelne Sonnenstrahl galt mir. Mittlerweile bin so weit von mir entfernt, dass ich mich im Spiegel nicht wiedererkenne.

An welchem Punkt in meinem Leben bin ich zuletzt ich selbst gewesen? Auf diese Frage gibt es bloß eine Antwort: in Berlin.

Ich reibe mir über das eiskalte Gesicht, während der beginnende Regen sich mit meinen Tränen mischt. Wie eine Erlösung fühlt sich das kalte Nass auf meinem aufgewühlten Kopf an. Lächelnd recke ich das Gesicht gen Himmel und genieße jeden einzelnen Tropfen. Es dauert nicht lang, bis ein sintflutartiger Regenfall meine kirschrote Steppjacke durchnässt.

In der Ferne tauchen Scheinwerfer auf der Straße auf, ein Firmenwagen mit grün-gelber Aufschrift fährt auf mich zu. Schnell schiebe ich das Fahrrad auf den Sandweg, um nicht im Weg zu stehen. Doch der Wagen hält neben mir an.

Thies lässt die Fensterscheibe herunter. »Willst du dich umbringen? Es gießt in Strömen.«

Wie erstarrt schaue ich ihn an. Träume ich? Halluziniert man, wenn man unterkühlt ist?

»Rike?«

»Thies?« Durch den prasselnden Regen sieht er mich an. »Was machst du hier?«

Er öffnet die Wagentür, kommt in schwarzem Hemd und dunkelgrauer Jeans auf mich zu. Ob er sich mit seiner Freundin treffen wollte?

»Ich suche dich überall.«

»Mich? Warum? Ist etwas mit Thunfisch?«

»Nein, dem Ollen geht's gut.« Kurz vor mir bleibt er stehen. »Deine Mutter hat mich gestern beim Einkaufen getroffen und mich zu deinem Geburtstag eingeladen. Hat sie dir das nicht erzählt?«

Ein Hoch auf meine Mutter, die heimliche Puppenspielerin. Ich kann nicht anders und lächle schief. »Sollte wohl eine Überraschung sein.«

»Du warst gerade weg, als ich angekommen bin. Deine Mutter war ganz aufgelöst. Sie hat erzählt, dass du von deiner eigenen Feier weggelaufen bist.«

Schön auf die Tränendrüse drücken. Dass sie vorher auf mir und meinen alternden Eizellen herumgehackt haben, wird selbstverständlich verschwiegen.

»Und da hast du dir Sorgen um mich gemacht?« Ich begreife nicht, dass Thies tatsächlich zu meinem Geburtstag gekommen ist. Ist er nicht mehr mit dieser Kira zusammen?

»Wir alle waren besorgt. Deine Mutter hat mich losgeschickt, um nach dir zu suchen.«

Meine Mutter lässt Thies nach mir suchen? Wunderbar! Als wäre ich nicht fähig, meinen Geburtstag allein zu verbringen. Was bitte ist falsch daran? Wieso denken alle, ich käme allein nicht zurecht?

»Jetzt steig ein.« Mein Nachbar winkt mich zu seinem Wagen und schlägt die Hände um seinen Oberkörper. »Wir sind nass bis auf die Knochen. Dein Rad kommt hinten rein.«

Typisch Thies. Denkt, er winkt und ich hüpfe. »Nein, danke. Ich fühle mich wohl, du musst mich nicht retten. Der Regen tut mir gut.«

»Eine Grippe auch?« Mit dem Rücken lehnt Thies sich gegen die Fahrertür.

»Willst du nicht in dein Auto steigen? Du wirst noch krank.«

»Nur, wenn du mitkommst.« Er schenkt mir einen herausfordernden Blick. Darunter blitzt ein Lächeln auf, das mir versichert, dass er stehen bleibt, bis ich mit ihm mitkomme. Wie im Kindergarten benimmt er sich. Der Starkregen lässt keinen Millimeter aus. Mit klatschnassen, nussbraunen Haaren sieht er aus wie ein Hund, der zu lange in der Ostsee gespielt hat.

Kopfschüttelnd schiebe ich das Fahrrad auf ihn zu.

»Ist es so schwer, auf mich zu hören?«

Ich brumme, was Thies zum Lachen bringt. Sein herzlicher Ton lässt mich strahlen.

»Ich kann ja nicht riskieren, dass du dich erkältest. Was wird dann aus dem armen Thunfisch?« Außerdem friere ich seit gut zehn Minuten, aber das behalte ich für mich.

»Der Olle braucht mich nicht.« Thies hievt das Fahrrad auf die Ladefläche neben eine Tischplatte mit passenden Holzbeinen. »Thunfisch ist lieber bei dir als bei mir.« Mit einem kräftigen Ruck schließt er die Türen. »Komm.« Vorsichtig schiebt er mich zur Beifahrerseite und öffnet mir die Tür. »Lass uns nach Hause fahren. Oder willst du zurück zu deiner Familie?«

»Nein, bloß nicht. Nach Hause wäre schön.«

Die Rückfahrt verläuft schweigsam. Thies ist vollkommen nass. Ich würde ihm gern die Tropfen vom Gesicht wischen, die ihm über das Gesicht laufen, traue mich jedoch nicht, ihn zu berühren.

Auf Höhe von Landkirchen halte ich die Stille nicht mehr aus. »Wie geht's Kiana?«

»Wem?« Thies sieht mich an, als hätte er noch nie von seiner Freundin gehört.

»Deinem Date?«

»Klara.«

Auch nicht besser. Ich nicke.

»Gut, glaube ich.«

Weiter sagt er nichts. Thies könnte ein Webinar in Kommunikation gebrauchen. Jedes Wort muss ich ihm aus der Nase ziehen.

»Wie hat ihr *Der Gesang der Flusskrebse* gefallen?« Um ihn nicht weiter anzustarren, schaue ich in den Regen, der auf die Insel trommelt. Petrus hat definitiv sein Bestes getan, um mir den Geburtstag zu versüßen.

»Sie kannte das Buch nicht, deshalb war das Ende besonders überraschend für sie.«

»Ist sie keine Leseratte wie du?«

Thies sieht geradeaus auf die Straße. Von der Seite her beobachte ich, wie seine Augenbrauen zur Nase wandern und sich sein schöner Mund kräuselt.

»Ist es dir unangenehm, mit mir über sie zu sprechen?«

»Ein bisschen.« Er fährt auf das Gewerbegebiet von Burg zu, seine Hände verkrampfen am Lenkrad. »Ich will dich nicht zum Weinen bringen.«

»Wieso sollte ich weinen?« Dass ich bereits alle Tränen mit dem Deich, dem Schilf und den Schafen geteilt habe, muss er nicht wissen.

Thies brummt. »Heute ist immerhin dein Geburtstag, und du hast die Geschichte mit Jasper noch nicht verwunden. Ich will dir nicht von meiner Freundin vorschwärmen. Das wäre unpassend.«

Ein überraschtes Lachen schießt aus meinem Mund. Wie edelmütig von ihm. Feuerwehrmann Thies, der Retter der alten Jungfern. Bei dem Gedanken schwillt mir die Kehle zu, meine Unterlippe schiebt sich unweigerlich nach vorn. Vielleicht liegt es auch daran, dass er Jasper erwähnt hat oder diese Katja als seine Freundin betitelt. Meine Augen brennen, mein Magen drückt, und mein gebrochenes Herz überwältigt mich mit einer Heftigkeit, die selbst mich erstaunt. Schluchzend sitze ich neben Thies, dessen Ohren vermutlich glühen, weil ihm mein aufgelöster Anblick unangenehm ist.

»Ich freu mich für dich. Für euch!«, gebe ich unter Tränen zu. Thies sieht mich an, als glaubte er mir nicht. »Wirklich!«, beteuere ich und schniefe meine Trauer hoch. »Aber warum funktioniert es bei mir nicht? Warum will mich niemand? Nicht einmal Neele und Gerrit haben mir zum Geburtstag gratuliert. Alles habe ich kaputt gemacht. Und wieso? Weil ich dachte, ich bräuchte einen Mann. Sogar von der Geburtstagstorte habe ich nichts bekommen. Und die habe ich extra für mich gebacken.«

Thies brummt, während er sich in der Gegend umschaut. An der Tankstelle in Burg reißt er das Lenkrad herum und fährt an eine Zapfsäule. »Warte.«

»O-okay.« Als würde ich die Chance nutzen, um zu verschwinden. Mit geröteten Augen sehe ich ihm hinterher. Offenbar ist er kein Mann für Krisensituationen. Lässt mich einfach sitzen, während ich in Selbstmitleid bade.

Ich kann es ihm nicht verübeln. Schluchzend klappe ich den Sonnenschutz herunter und erschrecke beim Anblick im Spiegel. Ich sehe schlimmer aus als jeder Pandabär auf zu viel Bambusblättern.

Aber mein verweintes Gesicht hat etwas Gutes. Ich nutze die Feuchtigkeit, um mir die Mascara aus den vierzigjährigen Falten zu wischen. Wird es jetzt ewig so weitergehen? Mit Wucht knalle ich den Sonnenschutz nach oben. Tränen am Geburtstag? Heulkrämpfe an Weihnachten? Selbstmordgedanken am Valentinstag? Jeden Feiertag allein zu Haus? Bei der Vorstellung laufen mir Tränen über das Gesicht.

Als die Beifahrertür aufspringt, zucke ich zusammen. Mein Nachbar reicht mir ein schokoladiges Yes-Törtchen mit einem Teelicht darauf.

»Die haben keine Geburtstagskerzen. Das muss reichen.«

»Du schenkst mir einen Kuchen?« In mir drängen weitere Tränen in die Freiheit, doch ich schlucke sie hinunter. Thies ist mein Held des Tages!

»Aber nur, wenn du mir eins versprichst.«

»Und was?«

Er schließt die Autotür, läuft zur Fahrertür und steigt ein. »Du bist eine großartige Frau, Rike. Du brauchst keinen Jasper, der dir das bestätigt.«

Mit seinem Oberkörper bewegt er sich langsam auf mich zu, ich erstarre. In meinem Bauch regen sich totgeglaubte Schmetterlinge. Ich habe mich nicht geirrt. Zwischen Thies und mir hat es gefunkt. Ich habe es längst gemerkt, aber Männer brauchen bekanntlich länger, ehe der Nebel sich lichtet. Ich bin keine Niete. Jemand hat mich gern!

Leicht öffne ich den Mund. Doch mein Nachbar küsst mich nicht. Aus der Klappe vor dem Beifahrersitz entnimmt er ein Feuerzeug.

»Darf ich?«

Kräftig schlucke ich. Ich bin nicht nur eine Niete, ich bin die naivste Niete auf Fehmarn!

»Alles gut?«

»Ähm, ja.« Mit zitternden Händen reiche ich ihm das Yes-Törtchen und flehe Gott an, dass Thies von meinem irrwitzigen Gedanken nichts mitbekommen hat. »Ich bin bloß so überwältigt. Du bist wirklich fantastisch. Karla hat sehr viel Glück, dich zum Freund zu haben.«

»Jetzt geht es aber nicht um Karla, jetzt geht es um dich. Wünsch dir etwas.« Das kleine Flämmchen des Teelichts auf dem Kuchen tanzt vergnügt.

Mit geschlossenen Lidern puste ich die Geburtstagskerze aus. Was ich mir wünsche, behalte ich für mich, so wie es sich gehört.

»Darf ich dir einen Rat geben?«

Nickend entferne ich das Teelicht und beiße in den herrlichsten Kuchen, den ich mir heute wünschen kann. Schokoladenbiskuitteig, Kakaocreme und noch mehr Schokoladenbiskuitteig, umhüllt mit einer hauchdünnen, knackigen Schicht aus Zartbitterschokolade.

»Du solltest etwas Neues wagen, etwas, das dich auf andere Gedanken bringt und dich nicht an diesen Idioten denken lässt.« Er startet den Wagen und fährt den *Landkirchener Weg* in Richtung Zentrum.

»Möchtest du auch?« Ich halte ihm das angebissene Törtchen hin, aber er winkt ab.

»Das ist ganz für dich allein.«

Ich grinse. Ein Stück Kuchen für mich allein. Allein sein ist manchmal gar nicht übel.

»Und sprich dich mit deinen Freunden aus. Neele und Gerrit sind zwar verrückt, aber herzensgut.«

»Neele sagt immer, dass es viel wichtiger ist, die Spitzenunterwäsche für sich selbst zu tragen, als für einen Mann.«

»Neele ist schlau. Manchmal braucht es seine Zeit allein, um zu erkennen, was man will und wer für einen bestimmt ist.«

Ich sehe Jasper, ehe wir auf unsere Kiesauffahrt fahren. Rücklings lehnt er an der Hauswand und starrt uns an.

Sein schwarzer Mantel und seine helle Jeans scheinen ebenso aufgeweicht zu sein wie Thies und ich.

Seit dem Abend auf dem Oktoberfest haben wir uns nicht mehr gesehen. Zwei-, dreimal hatte ich mir gewünscht, dass er mich besucht, um mir seine Sichtweise zu erklären, mich in den Arm zu nehmen und mich zu küssen. Aber nach mehreren Heidelbeermuffins mit Frosting aus Spekulatiuscreme kam ich immer wieder zur Vernunft.

»Soll ich bleiben?« Thies berührt meine Hand, und ein Blitz durchzuckt mich. Es ist gut zu wissen, dass er für mich da ist. Aber Jasper muss ich mich allein stellen. Vielleicht kann ich nach dem Gespräch endlich wieder durchschlafen.

»Danke, aber du hast genug getan.«

»Wenn du willst, jage ich ihn über die Felder und treibe ihn bis in die Ostsee. Dann siehst du ihn nie wieder.«

Mir vorzustellen, wie Thies knurrend hinter dem schreienden Jasper herläuft, dämpft mein Herzrasen.

»Das ist nicht nötig. Ich bin heute vierzig geworden. Das muss ich allein klären.« Ich drücke seine Hand und warte darauf, dass er sie loslässt, aber das tut er nicht. Thies sitzt mir gegenüber und hält meine Finger zwischen seinen.

»Du bist nicht allein, auch wenn du das glaubst.«

Ich nicke, denn meine Worte bleiben mir im Hals stecken. Dieser Mann ist verwirrender als alle Männer, die mir bisher begegnet sind. So wie er mich mit samtbraunen Augen ansieht, möchte ich für immer in seinem Auto sitzen bleiben. Plötzlich wird mir eines klar. Das Dümmste, was mir hätte passieren können, ist geschehen.

Ich habe Gefühle für meinen Nachbarn.

»Scheiße.«

»Was ist?« Mit beiden Händen hält Thies mich fest. Wenn er bloß nicht so charmant wäre, so gut riechen würde und die schokoladigsten Augen hätte, die ich je gesehen habe. »Hast du Angst vor Jasper? Dann bleibe ich bei dir.«

Nein. Ich fürchte mich davor, dass du mich loslässt.

»Rike? Soll ich dir ein weiteres Törtchen holen?«

Lächelnd löse ich mich von ihm. »Lass uns aussteigen. Sonst schlägt Jasper dir die Scheibe ein.«

Oder ich küsse dich aus Versehen und ruiniere unsere Freundschaft.

Die Türen des Firmenwagens sind noch offen, da läuft Jasper auf mich zu. Der Platzregen hat sich in einen sanften Nieselregen gewandelt, als hätte Petrus meine Beschwerde gehört.

»Dein Fahrrad schiebe ich dir später ins Gartenhäuschen.«

»Danke, Thies. Für alles.«

Mit einem Knurren geht mein Nachbar an Jasper vorbei, der ihn keines Blickes würdigt. Er sieht nur mich an. Ich hingegen schaue Thies hinterher, wie er an der Holztreppe stehen bleibt.

Einen Herzschlag lang beobachtet er mich. Seine Lippen formen *Happy Birthday* und bringen mich zum Grinsen. Ich hebe die Hand zum Abschied und beobachte, wie er hinter dem Geländer verschwindet, als er die Treppe hinaufgeht.

»Seid ihr jetzt zusammen?«

»Auch dir ein freundliches *Moin*, Jasper.« Dass er so verdammt gut aussieht, ist ungerecht. In einem großen Halbkreis gehe ich um ihn herum, direkt auf meine Tür zu. Die Nase halte ich in eine andere Richtung, um seinen betörenden Meergeruch nicht einzuatmen.

»Seid ihr es? Sag es mir!«

Ich weiß, dass Thies uns zuhört, denn seine Haustür steht offen. »Und wenn? Thies ist ein großartiger Mann. Ich könnte mich glücklich schätzen, seine Freundin zu sein. Aber nichts davon geht dich etwas an. Du gehörst nicht mehr zu meinem Leben.«

Ich kann förmlich hören, wie mein Nachbar grinst, als seine Tür zuschlägt. Jasper allerdings sieht aus, als hätte ich ihm die Faust in den Magen gerammt.

Ich schließe die Tür nicht auf, damit er nicht denkt, er dürfe eintreten. Wenn sich sein Duft erst in meinen vier Wänden ausbreitet, bin ich verloren. Es hat mich mehrere Waschladungen gekostet, ihn aus meinem Bett zu entfernen. Ich wünschte, das könnte ich auch mit meinen Gedanken machen. Ihn vor mir zu sehen, ist wie unendlich viele Valentinstage als Single zusammen.

»Ich habe dir geschrieben.« Seine traurige Stimme will sich in mein Herz schleichen, aber ich habe vorgesorgt. Es ist hinter einer häuserhohen Mauer eingeschlossen.

»Ich habe dich geblockt.« Es tut gut zu sehen, wie ihm die Röte ins Gesicht schießt.

»Hat er dir das geraten?« Jasper zeigt in den obersten Stock.

»Was willst du hier?« Mit verschränkten Armen stehe ich vor der Wohnung und bete, dass die Tür mir genügend Halt gibt.

Aus der rechten Manteltasche holt er eine Schachtel Toffifee mit einem roten Geschenkband umwickelt.

»Sie sind nicht selbst gemacht, aber sie kommen von Herzen.«

Ich bewege keinen Finger. Wenn ich das Geschenk annehme, breche ich mit dem Vorsatz, ihn nicht an mich heranzulassen. Das darf nicht passieren.

Jasper senkt die Schachtel und sucht meinen Blick. »Es tut mir leid, was geschehen ist.«

Leid tut es ihm. Ich beiße mir auf die Unterlippe, um mich zu zügeln. Mir tut auch einiges leid. Vor allem, dass ich mich auf ihn eingelassen und seine Lügen geglaubt habe.

»Ich bin ein Dummkopf gewesen. Ich hätte zu dir stehen müssen und nicht kneifen. Aber ich hatte Angst, ich kon–«

»Wovor verdammt hattest du Angst? Dass unsere Affäre rauskommt und du auf eine Frau verzichten musst?« Die zu Fäusten geballten Hände verberge ich unter meinen gekreuzten Armen, damit ich nicht auf seinem Brustkorb herumtrommle.

»Ich ...« Er weicht meinem zornigen Blick aus. »Es war wegen der Kinder. Ich wusste, wenn ich mich für dich entscheide, nimmt Dina sie mir weg.« Seine hellgrauen Augen füllen sich mit Tränen. »Die Drei sind mein Leben.«

Die Fingernägel presse ich so stark gegen die Hand, dass sie meine Wut, meine Trauer, meinen Wahnsinn zügeln. Mein Verstand wehrt sich gegen Jaspers Worte, die an der Mauer meines Herzens kratzen.

»Sag etwas.«

Kontrolliert atme ich ein und aus. »Warum hast du nie mit mir darüber gesprochen? Wir wollten ehrlich miteinander sein. Warum hast du mich belogen?«

Mit der Hand fährt er sich durch das strohblonde Haar und schenkt mir eine verführerisch unschuldige Miene. »Ich dachte, auf diese Weise wäre es für beide Seiten einfacher. Ich kann weiterhin bei den Kindern sein und bei dir. Ich liebe dich, Rike. Das war nicht gelogen, das musst du mir glauben.« Scharf ziehe ich die Luft ein, während er nach meiner Schulter greift. »Ich werde dich immer lieben. Du bist die Frau meines Lebens.«

Ich wünschte, die Tür wäre offen und ich könnte sie ihm in sein flehendes Gesicht knallen. Aus seinen Augen kullern Tränen, die er nicht verdient hat.

»Ich glaube dir nicht.« Mit einem Ruck schüttle ich seine Hand von der Schulter. »Wenn du mich lieben würdest, wärst du mir nicht in den Rücken gefallen. Das, was du mir angetan hast, hat unendlich wehgetan, Jasper. Du hast mich gedemütigt und unsere Liebe in den Schmutz gezogen.«

»Du weißt nicht, wie das ist. Du hast keine Kinder. Versetz dich bitte in meine Lage, was hätte ich tun sollen?«

Das Stechen in meinem Magen verstärkt sich. »Nein, ich weiß nicht, wie das ist, wenn man Kinder hat. Aber Kinder zu haben, rechtfertigt nicht, mich anzulügen. Du solltest jetzt gehen.«

»Nein, bitte, Rike. Nicht! Tu uns das nicht an! Gib uns noch eine Chance.« Er zieht mich zu sich und flüstert mir ins Ohr. »Ich will mit dir zusammen sein, nur mit dir.«

Ich bräuchte das Gesicht bloß zu heben und unsere Lippen würden sich begegnen. Nur eine kleine Drehung trennt Jasper und mich von einer sehnsuchtsvollen Wiedervereinigung.

»Wir gehören zusammen.«

Ein Kribbeln fließt mir durch den Körper und lässt mich schwer atmen. Eine Bewegung, und er gehört mir. All das, worauf ich gehofft hatte, ist zum Greifen nahe. Fröhliche Sonntagsessen bei meinen Eltern; Regine, die stumm in der Ecke schmollt, weil sie mich nicht mehr mit meinem Singledasein necken kann; Weihnachtspostkarten mit unseren Gesichtern darauf. Eventuell ein Kind? Definitiv einen Hund, Jasper liebt Hunde. Und ich liebe ihn.

Das dachte ich jedenfalls. Ich habe immer gedacht, dass er der einzige Mann ist, der mich glücklich machen kann.

»Rike? Gibst du uns noch eine Chance? Ich bin durch die Hölle gegangen, um bei dir sein zu können. Ist das denn nichts wert? Ich habe Dina für dich verlassen.«

»Hat nicht sie sich von dir getrennt?« Dinas Mittelfinger, den sie mir entgegengestreckt hat, drängt sich zurück in meine Gedanken. Entschlossen schiebe ich Jasper von mir.

»Macht das einen Unterschied?«

Ich lache stumpf. »Für mich schon. Ich will kein Trostpreis sein.«

»Das bist du nicht. Ich liebe dich, Rike, und will mit dir zusammen sein.« Er greift nach mir, zieht mich zu sich. Als seine Hand mein Kinn berührt, versteife ich mich. »Ein Häuschen im Südosten der Insel, so wie wir es besprochen haben. Du und ich Rike. Für immer zusammen.«

Das, wovon er spricht, sehe ich nicht. Mit geschlossenen Lidern stehe ich in seinen Armen und male mir unser gemeinsames Leben aus. Doch ich habe die Verbindung zu uns verloren, erkenne bloß verschwommene Umrisse einer vergangenen Beziehung. Stattdessen kommt mir Thies in den Sinn. Sein warmes Lächeln, als er meine Geburtstagskerze anzündet.

»Bitte, Rike.« Jasper küsst mich innig. Alles in mir wehrt sich dagegen. Seine Lippen fühlen sich falsch auf meinen an.

»Nein!«, quetsche ich hervor und stoße ihn von mir. »Geh bitte. Zwischen uns ist es aus. Unsere Liebe liegt Jahrzehnte zurück. Wir hatten unsere Chance, wir haben es vermasselt. Ich kann dir nicht mehr vertrauen.«

»Das glaube ich nicht. Du gehörst zu mir, ich gebe dich nicht auf.«

»Geh, verdammt!«

Die Haustür im ersten Stock schwingt auf. Thies starrt durch die Holzbalken hinab. »Du hast die Lady gehört. Verschwinde, wenn du keinen Ärger willst.«

»Verschwinde selbst. Das geht dich nichts an.«

Auf Socken stürmt mein Nachbar die Treppe hinab. Seinem harten Gang nach zu urteilen, wird er seine Drohung wahr machen und Jasper in die Ostsee treiben.

»Jasper, bitte, geh!«

Wie ein Schäferhund lauert Thies neben seinem Briefkasten.

Jasper sieht erst ihn und dann mich an. »Treibt ihr es miteinander?«

»Jasper!« Ich glaube nicht, was ich da höre.

Brummend schnellt Thies auf ihn zu, bleibt aber auf der Höhe der Mülltonnen stehen, weil ich die Hand hebe. Eine weitere Prügelei zwischen den beiden ertrage ich nicht.

»Du bist hier nicht mehr willkommen.« Nie im Leben hätte ich gedacht, dass ich diese Worte einmal zu Jasper sage. Doch anders als gedacht, bereue ich sie nicht. Mein Brustkorb füllt sich mit Luft, und ich atme auf.

»Dein letztes Wort, Rike?«

Ich nicke. »Bitte.«

»Ihr zwei habt euch verdient.« Sein gramerfüllter Blick verschafft mir eine Gänsehaut. Aber in diesem Moment weiß ich, dass es die richtige Entscheidung ist. Wir sind nicht füreinander bestimmt.

Wie eine schützende Mauer baut sich mein Nachbar in nassen Socken vor mir auf und beobachtet Jasper, wie er die Kiesauffahrt in schnellen Schritten hinter sich lässt. Der Regen hämmert auf den Boden, wie zum Applaus für das Drama vor der Tür.

Thies nimmt mich in den Arm. So sehr ich mich auch dagegen wehre, weine ich, während er mir Geborgenheit schenkt.

Ein Feuerwehrschlauch mit Folgen

Jeder Tag ist eine Herausforderung. Ich meide den Marktplatz, um Jasper und Dina nicht zu begegnen. Frühmorgens schleiche ich zum Einkaufen, schiele in jeden Gang, ehe ich eintrete. Die Sonntagsessen bei meinen Eltern sage ich mit wechselnden Ausreden ab, um mich von dem Versteckspiel zu erholen. Mein einziger Trost ist der Buchclub, der wöchentlich Zuwachs bekommt. Gerda motiviert jeden ihrer Bekannten, mit uns zu lesen. Trotzdem habe ich mir das Leben auf Fehmarn anders vorgestellt.

Ich brauche eine Ablenkung, muss *etwas Neues wagen*, wie Thies es vorgeschlagen hat.

Da kommt mir die Titelseite des *Fehmarnschen Tageblatts* gerade recht: *Fehmarns Feuerwehr sucht Freiwillige.* Mein Herz schlägt Purzelbäume, wenn ich daran denke, mehr Zeit mit meinem Nachbarn verbringen zu dürfen. Seit dem Vorfall mit Jasper habe ich ihn kaum gesehen.

Zwei Tage später ist es so weit. Am Freitag ist Schnupperabend bei der Feuerwehr in Burg, Treffen auf dem Parkplatz des IFA-Hotels am Südstrand. Ich bin die einzige Frau zwischen drei Männern, die am Übungsabend teilnimmt. Einer von ihnen schaut mich ständig an. Erst auf den zweiten Blick entdecke ich den Fischer Matthias Moorbrink, mein fehlgeschlagenes Date. Ich stelle mich abseits der Gruppe, damit er mich nicht wie ein Ausstellungsstück begafft.

Thies steht in dunkelblauer Dienstkleidung vor uns. Er zwinkert mir zu, als er mich erkennt, was mir die Aufmerksamkeit seiner Feuerwehrtruppe zusichert. Wie beim Militär stehen sie in einer Reihe neben ihm, die grellgelbgrauen Leuchtstreifen auf ihrer beigefarbenen Kleidung lassen sie im Schein der Straßenlaternen wie Glühwürmchen strahlen. Dahinter ragt ein feuerrotes Feuerwehrfahrzeug empor, das mit seinem rotierenden Blaulicht durch die Dunkelheit schneidet.

Die kalte Herbstluft zwängt sich unter meine Steppjacke, als Thies mit einer Handbewegung die Herren neben mir zum Schweigen bringt.

»Moin zusammen. Ich bin Thies Kruse, Wehrführer der Feuerwehr von Burg, und freue mich über euer Interesse. Bei unserem heutigen Übungsabend proben wir den Ernstfall eines brennenden Pkws.« Thies zeigt hinter sich. Auf dem leeren Parkplatz befindet sich ein ausgeschlachteter VW Golf 1. »Alex wird später eine Brandbombe in den Pkw werfen, um das Feuer zu simulieren. Wenn der Qualm sich ausgebreitet hat, werden wir die Lage erkunden und das Feuer löschen.« Er lässt den Blick durch die Menge schweifen. »Eure Einsatzschutzkleidung liegt bereit. Wer von euch packt mit an?«

Die Hände der Männer neben mir schnellen in die Höhe. Ich folge zögerlich. *Etwas Neues wagen.* Heute stürze ich mich in ein neues Abenteuer, gewinne neue Freunde und schließe mich einer sinnvollen Gemeinschaft an. Doch ehe wir mit dem Einsatzszenario beginnen, gibt Alex uns eine Sicherheitseinweisung. Gerrits Bruder sieht hochprofessionell aus, wie er uns alles Wichtige über den Übungseinsatz und die lauernden Gefahren erklärt. Trotzdem fühle ich mich wie von einem anderen Stern. Meine Aufregung und der starke Wind am Südstrand blockieren meine Ohren. »... Schutzhandschuhe«, erwähnt er und Sätze wie »... Helm richtig aufsetzen ... Unfälle vermieden werden.«

Dann übergibt uns Thies die Kleidung. Beige steht mir nicht, aber das behalte ich für mich. In dem Feuerwehrhelm mit Nackenschutz fühle ich mich wie Lord Helmchen aus *Spaceballs.* Keine Chance, dass mein Nachbar mich in dieser Kluft attraktiv findet. Aber in den Schutzhandschuhen und dem passenden Schuhwerk mit Stahlkappen fühle ich mich sicher. So vermummt erkennt mich nicht einmal meine Mutter.

Thies weist mich dem Wassertrupp zu. Gemeinsam mit Truppmann und Truppführer werde ich dem Angriffstrupp, der bereits seine Atemschutzgerätemasken trägt, die Wasserversorgung vom Fahrzeug aus ermöglichen. Mein Wassertrupp sieht unglücklich aus. Vermutlich trauen die beiden Männer mir nicht zu, beim Ausrollen des Schlauches Hilfestellung zu leisten. Aber ich werde mein Bestes geben, damit Jürgen und Manni von meiner Heldentat berichten können.

1.000 Liter fasst der Löschwassertank im Fahrzeug, die nach weniger als 90 Sekunden leer sein werden. In der Zwischenzeit baut der Schlauchtrupp die Wasserversorgung zum Fahrzeug auf.

Verpackt und vermummt stehen wir bereit. Alle warten auf Thies' Zeichen.

»Kann losgehen, Alex!«

Gerrits Bruder wirft die Brandbombe durch die zerstörte Frontscheibe in den Wagen und nimmt sogleich Abstand.

Der Knall lässt mich zusammenfahren. Ein Feuerball explodiert und setzt den Fahrer- sowie Beifahrersitz in

Flammen. Sekunden später steigt grauschwarzer Rauch auf und dringt meterhoch aus Fenstern und Kofferraum.

Ich weiß, das ist ein Übungsabend, dennoch bin ich froh, nicht in diesem Auto zu sitzen. Die Flammen erobern das Fahrzeuggestell wie bei einer Sturmflut. Gleichzeitig heult das Martinshorn auf.

»Antreten!«

Ein Stimmengewirr bricht aus, während ich auf die Rauchschwaden starre, die mittlerweile fast so hoch sind wie die Türme des IFA-Hotels.

»Rike!« Mein Truppführer zerrt an meinem Ärmel und stellt mich zwischen die anderen, die sich die Befehle des Gruppenführers anhören. »Zum Einsatz fertig!«

Absolut nicht! Trotzdem folge ich Jürgen und Manni auf wackeligen Beinen zum Schlauch. An der hinteren, rechten Seite des Löschgruppenfahrzeugs bleiben wir stehen und rollen den schwarzen Schnellangriffsschlauch von der Haspel ab. Der Maschinist steht an der Pumpe bereit, Wasser marsch zu geben.

Hinter mir zieht der Angriffstrupp am Strahlrohr und läuft damit zum brennenden Auto. Trotz der umherschwirrenden Menschen höre ich das Feuer knacken und knistern, wie sich die Flammen des Metalls bemächtigen und die Sitze verschlingen. Der beißende Geruch nach Rauch lässt mich schwer unter meinem Schutzhelm atmen.

»Zack, zack!«, ruft Manni mir zu. »Kräftig ziehen.« Er steht vorn an der Haspel und lässt den Schlauch herunter. So stark, wie ich kann, zerre ich daran, um dem Angriffstrupp mehr Schlauch zu geben, während hinter mir mein Truppmann grummelt.

»Nicht so!« Jürgen drängelt an mir vorbei und zieht energisch aber kontrolliert am Schlauch. »Das muss schneller gehen. Trägheit kostet im Ernstfall Menschenleben.« Seine Ellenbogen schießen an meinen Schläfen vorbei wie Geschosse eines Katapults. Ich halte den Rhythmus, bis er mich trifft. Wie ein gefällter Baum stürze ich in der Einsatzschutzkleidung zu Boden. Mein rechtes Auge pulsiert, während ich mich zur Seite rolle, um nicht im Weg zu sein.

»Genug!«, brüllt Manni. Augenblicklich hört Jürgen auf, zu ziehen. Ein paar Meter weiter hält der Angriffstruppmann sein Stahlrohr auf die Flammen und löscht den Brand.

Zurück bleiben weiße Rauchwolken, ein verkohlter VW Golf 1 und ich, die am Boden liegend zu den Sternen hinaufschaut.

»Hast du dich verletzt?« Jürgen kommt auf mich zu und hilft mir hoch. »Nein«, lüge ich. Bei meinem Anblick verzieht er das Gesicht. »Du solltest Eis auf dein Auge legen, sonst schwillt es an.«

»Nichts passiert.« Wieder eine Lüge. Mir brennt die obere Gesichtshälfte, als wäre ich auf einer Herdplatte eingeschlafen. Ich beiße mir auf die Unterlippe, damit ich nicht in Tränen ausbreche.

»Tut mir leid, ich wollte dich nicht verletzen, aber im Einsatz kann es ruppig zugehen.« Jürgen knufft mich an die Schulter. »Gleich gibt es Getränke. Damit kannst du dein Auge kühlen.«

»Jürgen!« Unser Truppführer wedelt mit den Armen, und Jürgen sprintet los, um den Schlauch aufzurollen.

Mit ein paar Schritten Abstand beobachte ich, wie jeder gewissenhaft seiner Aufgabe nachgeht. Thies inspiziert mit einer Wärmebildkamera das Auto und redet mit seinem Gruppenführer. Dankbar darüber, dass er von meinem Sturz nichts mitbekommen hat, schleiche ich mich um das Auto, schlüpfe aus der Einsatzschutzkleidung und verschwinde vom Südstrand. Ich sollte bei meinen Büchern bleiben, zur heldenhaften Feuerwehrfrau bin ich nicht geboren. *Etwas Neues wagen.* Richtig. Aber vielleicht doch eher etwas anderes?

Mein Fahrrad und ich bewegen uns träge auf der *Strandallee* nach Burg. Es ist beinahe windstill, und doch komme ich mir vor, als trete ich gegen einen Orkan an. Zwischendurch halte ich mein Auge für den Fall, dass es hinausfällt.

Zum Übungsabend zu gehen war eine dumme Idee. Ebenso dumm, wie mich in meinen Nachbarn zu verlieben. Was habe ich mir nur dabei gedacht? Thies sieht mich in der klobigen Uniform und gesteht mir seine Gefühle?

Ein keuchendes Lachen platzt mir aus dem Mund. Das darf so nicht weitergehen. Ich hasse mein Leben. Für die Liebe verliere ich noch den Verstand.

Regen bedeckt meinen erhitzten Kopf, während ich zum Supermarkt fahre und das Weinregal plündere. Eine halbe Stunde später stehe ich mit klimpernden Flaschen vor dem Haus, in dem sich Neeles und Gerrits Wohngemeinschaft befindet. Aus Angst, dass sie nicht an ihre Telefone gehen, habe ich nicht vorher angerufen. Jetzt, da ich auf ihre Klingel starre, bin ich mir unsicher, ob das die richtige Entscheidung war.

»Wer stört?«, tönt es aus der Freisprechanlage.

»Neele?«

»Wer ist da?«

Sie erkennt nicht einmal mehr meine Stimme.

»I-Ich bin es.«

»Wer ist *ich*?«

»R-Rike.«

»Kenn ich nicht.«

»Friderike Hansen. Deine Freundin.«

»Kennst du eine Friderike Hansen?«

Die Frage ist nicht an mich gerichtet.

»Nie von ihr gehört.«

»Gerrit, bitte! Es tut mir leid. Lasst ihr mich rein? Ich habe Wein. Und Käse.«

»Kein Interesse.«

»Aber sie hat Wein dabei. Meiner ist leer.«

»Dann trink Wodka.«

»Das ist nicht dasselbe.«

Ich weiß nicht, was schlimmer ist, meine steigende Nervosität oder die herrschende Stille, bis ich Neeles Stimme höre.

»Wenn sie von Jasper erzählt, fliegt sie raus.«

»Werde ich nicht. Versprochen!«

Der summende Ton der Haustür erlöst mich aus der Starre. Vor der Wohnung mit dem herbstlichen Blätterkranz an der Tür im Erdgeschoss bleibe ich stehen. Gerrits Mundwinkel sinken nach unten, als er mich sieht. »Was ist dir denn passiert?« Mit einer fließenden Handbewegung lädt er mich in die Wohnung. Die sonnengelbe Flurfarbe nimmt mir beinahe mein restliches Augenlicht. Das Strahlen wird durch gestrichelte Regenbogenfarben unterbrochen, als hätte sie ein Kleinkind an die Wand gemalt. Eindeutig Neeles kreative Handschrift.

»Ich bin einem Feuerwehrschlauch in die Quere gekommen.«

»Du bist, was?« Neeles herzliches Lachen ist wie Balsam für meine gebeutelte Seele. »Hast du dich mit Thies geprügelt?«

»Schlimmer.« Ich sinke auf ein Sofa mit weißem Plüschüberzug und erzähle meine Leidensgeschichte. Alles. Von der Prügelei in der Buchhandlung, von meinem Sommer mit Jasper, von dem Oktoberfest, meinem Geburtstag und dem kläglichen Versuch, Thies näherzukommen. Nichts lasse ich aus. Nach zwei Flaschen Wein, diversen Lachkrämpfen und Heulattacken liegen Neele und ich uns in den Armen. Gerrit umklammert die leere Rotweinflasche.

»Und was willst du jetzt tun?«, fragt er mich, als ich mich von Neele löse. »Von dem Oktoberfestalbtraum haben selbst meine Kollegen gehört, und die leben hinter dem Mond. Dina hat bestimmt Kopfgeld auf dich ausgesetzt.«

»Ich habe keine Ahnung.« Zum ersten Mal im Leben fühle ich mich wie ein unbeschriebenes Blatt Papier. Selbst mit zwanzig habe ich gewusst, was ich wollte. In Berlin leben und als Buchhändlerin arbeiten. Mit vierzig erkenne ich mich selbst nicht wieder; laufe den Männern wie eine läufige Hündin nach, damit ich meinen Facebook-Status in *Vergeben* ändern kann.

»Es ist ganz einfach.« Neele öffnet die nächste Flasche Wein und schenkt uns ein. »Das Leben ist zu kurz, um Trübsal zu blasen. Wann bist du das letzte Mal glücklich gewesen, Perle?« Strafend sieht sie mich von der Seite her an. »In Jaspers Armen zählt nicht.«

Ich brauche nicht lange überlegen. »Berlin. Eindeutig im *dicken B*. Ich habe es geliebt, in Friedrichshain zu leben.«

»Da hast du deine Antwort.«

»Was meinst du?« Gerrit riecht am Weinbukett und rümpft die Nase. »Widerlicher Jahrgang.« Dann sieht er mich an. »Rike kann nicht zurückziehen. Sie ist gerade erst hergezogen.«

»Wieso nicht? Auf Fehmarn wird sie offenbar nicht glücklich. Soll sie warten, bis dieser Fischer sie an den Haaren auf seinen Kutter schleppt, damit sie ihm Essen kocht und seine Dreckwäsche wäscht? Das ist nicht das Leben, das sie will.«

Ich nicke. Das ist nicht das Leben, das ich will.

Wenn mir eins in den letzten Wochen bewusst geworden ist, dann das. Ich habe ein wunderbares Leben in Berlin aufgegeben, um auf Fehmarn einen Mann zu finden, mit dem ich glücklich werden kann, obwohl ich längst glücklich war.

Wahrscheinlich ist er mir nicht bestimmt, der All-inclusive-Lifestyle mit Ehemann, Haus, Kind und Haustier. Reicht es nicht aus, das Leben allein zu genießen? Meine Selbstachtung schwindet mit jedem weiteren Tag, den ich unter den Argusaugen meiner Familie, Dinas Clique und Jasper verbringe.

Neeles kuschelige Riesenmöwe in der Ecke neben dem Fernseher zwinkert mir zu, jedenfalls bilde ich mir das ein.

»Auf die Zufriedenheit!« Neele hebt ihr Glas. »Auf dass wir uns nicht mehr darum scheren, was jemand über uns denkt und was jemand uns vorschreibt. Auf dass wir alle zufrieden und glücklich werden.«

»So wie wir sind«, fügt Gerrit dazu.

»Ich liebe euch!« In diesem Moment weiß ich, was ich zu tun habe. Ich werde die Koffer packen und zurück nach Berlin ziehen. Gleich morgen früh werde ich bei Hugo anrufen und fragen, ob ich zurückkommen kann. Die kleine Buchhandlung in Friedrichshain mit ihrem großen Bereich für Fantasy- und SciFi-Romanen. Bei dem Gedanken, wieder das Großstadtleben zu genießen, mir um Mitternacht Sushi zu holen und an den Wochenenden die Flohmärkte abzuklappern, wird mir warm ums Herz.

Mein Schlüsselloch ist geschrumpft. Seit Minuten stehe ich vor der Haustür und will die Tür öffnen. So betrunken kann ich nicht sein. Wir hatten nur ... Im Kopf zähle ich die Flaschen, die wir geleert haben, und die Wodkashots, die Neele verteilt hat.

Doch ich kann.

Ein Wagen fährt auf unsere Auffahrt. Im Halbdunkel erkenne ich Thies, wie er mit wütendem Gesichtsausdruck auf mich zustürmt.

»Du kommst genau richtig. Mein Schlüssel ist geschrumpft.«

»Wo bist du gewesen?« Er zieht mich ins Licht des Bewegungsmelders und betrachtet mein Auge, das mittlerweile aussieht, als hätte ich gegen Rocky gekämpft und verloren.

»Hübsch, nich wa?«

Thies brummt. »Du bist betrunken.«

»Bissl bloß.«

»Ich hab dich überall gesucht. Jürgen hat mir von deinem Auge erzählt. Du kannst nicht einfach verschwinden, wenn du dich bei unserem Übungsabend verletzt. Dafür gibt es Regeln.«

»Stimmt nicht. Alles jut. Mach dir keine Sorgen. Hilf mir lieber in die Wohnung.«

Thies hebt meine Hand an, in der sich das Schlüsselbund befindet. »Das ist der falsche. Der kleine ist für den Schuppen. Den musst du nehmen.« Er hält mir einen großen, silberfarbenen Schlüssel hin.

»Siehste! Ich weiß schon, warum ich mich in dich verliebt habe. Für jedes Problem hast du die Lösung.«

Seine Augenbrauen schnellen in die Höhe. »D-du hast was?«

»Was? Du guckst wie ein Fisch, der bei lebendigem Leib ausgenommen wird.«

»Du bist in mich verliebt?«

Ich kichere. »Ist nicht schlimm, bin sowieso bald weg. Entscheidung ist heute gefallen. Muss weg von der Insel.« Der Schlüssel passt in sein Loch wie ein Brötchen in einen Möwenschnabel. Als ich mich zu Thies umdrehe, um mich zu verabschieden, starrt er mich an. »Bist du böse auf mich?«

»Ob ich böse bin? Was denkst du denn? Ich habe gerade erst begonnen, wieder auszugehen. Da kannst du mir nicht sagen, dass du dich in mich verliebt hast. Vor allem nicht, wenn du sowieso wegziehst.«

»Wieso nicht? Ist nichts dabei. Bald bist du deine nervige Nachbarin los und kannst mit Kerstin und Thunfisch in diesem Haus glückliche Familie spielen.«

»Was soll das, Rike? Sie heißt Klara, so schwer ist der Name nicht.« Wie ein beleidigter Schimpanse, dem ich seine Banane gestohlen habe, stapft Thies die Treppe hinauf. »Und leg dir einen Eisbeutel auf dein Auge, du siehst schlimm aus.«

Ein ordentlicher Knall bestätigt, dass seine Tür ins Schloss gefallen ist. Ich begreife nicht, was gerade geschehen ist. Aber ich freue mich tierisch, dass mich meine Wohnung hineinlässt.

Noch in derselben Nacht schreibe ich Hugo eine lange E-Mail und bettle ihn an, mir meinen Job wiederzugeben. Dass ich Hanna dabei in den Rücken falle, daran darf ich nicht denken. Sie wird eine andere Buchhändlerin finden, die auf Fehmarn ihr Glück versuchen möchte. Ich bin nicht die Einzige, die nach Liebe sucht.

Am Samstagmorgen habe ich frei, aber ich schlafe nicht aus. Trotz des mächtigen Katers bin ich energiegeladen wie seit Monaten nicht mehr. Statt zu frühstücken, tue ich nach dem Kaffee etwas, was ich noch nie getan habe. Ich wische die dicke Staubschicht von meinen Turnschuhen und laufe los.

Schritt für Schritt werde ich schneller, jogge am kleinen Wäldchen zwischen abgeernteten Raps- und Gerstenfelder hindurch nach Gahlendorf. Miley Cyrus singt in meinen Ohren: »I was born to run, I don't belong to anyone, oh no. I don't need to be loved by you, by you.« Ein Lied, das mir aus der Seele spricht, als hätte sie es für mich geschrieben.

Einen halben Kilometer später liege ich mit Schnappatmung am Feldrand und genieße das Brennen in den Lungen.

Mein Entschluss steht fest. Ich gehe zurück nach Berlin. So sehr ich Fehmarn und die Ostsee liebe, frei zu sein liebe ich mehr. Keine sonntäglichen Kämpfe mit Regine, keine Listen mit potenziellen Ehemännern. Kein Versteckspiel mehr im Gang mit den Nudeln und Tütensuppen. Kein Herzrasen mehr, ob Dina gleich in der Buchhandlung steht.

Das Einzige, was ich will, ist, mein Leben so zu leben, wie ich es für richtig halte. Die Spitzenunterwäsche trage ich ab heute für mich allein. Und das ist gut so.

Meine Mutter will mich enterben, wenn ich die Insel ohne einen Ehering verlasse. Aber mein Vater denkt, sie beruhigt sich wieder. Im Grunde will sie, dass ihre Kinder glücklich sind. Regine hält meine Entscheidung für das Beste, Peter stimmt ihr zu. Fehmarn ist zu klein für uns beide.

Ihre Worte, nicht meine.

Hugo hat mir am selben Tag geantwortet. Ich kann jederzeit bei ihm anfangen, was mich abermals zum Weinen bringt, dieses Mal jedoch mit Freudentränen. Zusätzlich bietet er mir an, bei ihm und seiner Frau zu wohnen, bis ich eine geeignete Wohnung in Friedrichshain gefunden habe.

Das Schlimmste aber ist, es Hanna zu beichten. Dafür backe ich einen Drip Cake aus mehreren luftigen Biskuitschichten, kleinen pastelligen Sahnebaisers und Waldfrüchten als Topping sowie einer Erdbeercreme, die an der Seite hinuntertropft. Mit dieser Spezialität bewaffnet kündige ich bei ihr. Hanna will mich nicht gehen lassen, aber ich sehe, wie sie mit der Erdbeercreme liebäugelt. Ich denke, sie wird meinen Weggang verkraften.

Der Buchclub wird mir am meisten fehlen. Wir sind zu einer kleinen Buchfamilie geworden, die mir nähersteht als meine eigene. Ich habe versprochen zu schreiben und das werde ich.

Nach einem Monat ist es so weit. Hanna hat eine neue Kollegin eingestellt, und ich verlasse die Insel. Ein Umzugsunternehmen lädt meine Möbel, Bücher und Kartons in einen Lkw. Mein ganzes Leben in 10 Kubikmetern verpackt.

Mit einem Körbchen voller Double Chocolate Brownies, stehe ich auf der Terrasse. Zu meinen Füßen liegt ein kleiner Teller mit frischer Leberwurst, damit Thunfisch mich nicht vergisst.

Da Thies mir seit meinem nächtlichen Geständnis aus dem Weg geht, stelle ich ihm mein Abschiedskörbchen vor die Tür. Ehe ich gehe, stecke ich in jeden Brownie einen kleinen Feuerwehrmann aus Papier, der auf einem Zahnstocher klebt. Meinen Nachbarn nicht mehr zu hören, wie er die Treppe hinunterpoltert, fühlt sich unwirklich an und schmerzt. Wer wird meine Waschmaschine anschließen? Wer wird mir jetzt ein Yes-Törtchen schenken?

Ich mir selbst. Und das fühlt sich gut an.

In einem roten VW Jetta II fahren Neele und Gerrit auf die Kiesauffahrt. Wild hupend bringt Neele mich zum Lachen, während Gerrit winkend aus dem Fenster hängt. Beide haben sich freigenommen, um mit mir Berlin zu erkunden. Bessere Freunde kann ich mir nicht wünschen. Mit der Hand fahre ich über den edlen, grauen Mauerstein und verabschiede mich von einer Wohnung, in der ich erkannt habe, was ich wirklich im Leben will.

Als wir auf die Fehmarnsundbrücke fahren, laufen mir Tränen die Wangen hinunter. Fehmarn wird immer meine Heimat bleiben. Der Geruch nach Sand und süß-salzigem Brackwasser wird mich immer daran erinnern, wo meine Wurzeln sind. Aber meine Zukunft liegt in Berlin. Zwischen bunten Lichtern, unzähligen Büchern und jeder Menge Lebensfreude.

Eine Woche ist es her, dass ich meine Freunde verabschiedet habe und ich wieder in *Hugos Bücherkiste* arbeite. Eine neue Wohnung habe ich noch nicht, aber das wird sich finden. Ich liebäugle mit einer Zwei-Zimmer-Wohnung am *Straußberger Platz.* Berlin ist wie eine Lieblingsstrickjacke für mich, die ich länger nicht getragen habe, aber deren Strickmuster und Tragekomfort genau zu mir passen.

Das Sortiment in *Hugos Bücherkiste* habe ich um einige Ostseekrimis erweitert. Ich bin gespannt, wie die Berliner Leserschaft auf norddeutsche Spannung in stürmischen Nächten reagiert. Als ich Eva Almstädts *Ostseekreuz* neben *Ostseefalle* ins Regal sortiere, höre ich die Worte, die mein Leben für immer verändern werden.

»Habt ihr den zweiten Band von *Fifty Shades of Grey*?«

Ehe mir der Ostseekrimi aus der Hand fällt, schiebe ich ihn zwischen die Bücher. Ich weiß genau, wer hinter mir steht.

»*G-gefährliche Liebe*?«

Ich drehe mich nicht um. Es besteht eine winzig kleine Möglichkeit, dass ich mich irre, denn eigentlich kann es nicht sein. Er kann nicht den weiten Weg auf sich genommen haben und bloß zufällig in *Hugos Bücherkiste* auftauchen.

»Genau diesen Band. Der soll weitaus spannender sein als der erste. Und von dem habe ich schon viel gelernt.«

Ich grinse. Thies steht hinter mir und hält einen Blumenstrauß aus Buchseiten in der Hand. Seine Ohren glühen wie Hugos Deckenlampen. Noch nie hat mein ehemaliger Nachbar charmanter ausgesehen. Hinter ihm am Regal für erotische Literatur entdecke ich zwei weitere bekannte Gesichter. Neele und Gerrit geben vor, sich für die Bücher zu interessieren, aber so wie beide ständig zu uns hinübersehen, vermute ich eine Intrige.

»W-was machst du in Berlin?« Mein Herz schlägt so schnell, dass ich meine Gedanken kaum höre.

»Dich nach Hause holen.« Mit zitternden Händen reicht er mir den Strauß voller Wörter. Ich rieche daran und sauge den Duft fantastischer Geschichten ein. »Es tut mir leid, wie ich reagiert habe, als du mir deine Gefühle gestanden hast. Ein dummer Aalkopp bin ich. Ich habe erst jetzt gemerkt, wie sehr Thunfisch dich vermisst.«

»Nur Thunfisch?«

»Nein.« Thies räuspert sich und sieht mich mit samtbraunen Augen eindringlich an. Dass er seinen Bart wieder wachsen lässt, gefällt mir. »Ich vermisse dich auch. Mir fehlen deine Nackttänze.«

»Ich war nicht nackt. Und getanzt habe ich auch nicht.«

»Halb nackt.« Schmunzelnd greift Thies nach meiner freien Hand und ein Kribbeln lässt Schmetterlinge in mir wachsen. »Ich vermisse den Geruch nach deinen Backwaren, der bis hoch in meine Wohnung strömt. Ich vermisse, wie du mit deinem Klapprad gegen den Wind ankämpfst, deinen schiefen Gesang unter der Dusche, dein schräges Lachen, bei dem dir Tränen in die Augen schießen und du mich jedes Mal damit ansteckst. Aber ganz besonders vermisse ich den Leberfleck an deiner linken Pobacke.«

»Scht!«

»Ich bin hier, um dich nach Hause zu holen. Wir drei gehören zusammen. Du, Thunfisch und ich. Ich bin in dich verliebt, Rike.«

Da waren sie die Worte, die ich mir vor Wochen sehnlichst gewünscht hatte. Ein Mann, für den ich Gefühle habe, will mit mir zusammen sein. Doch zu meiner Verwunderung springe ich ihm nicht in die Arme. Ich habe Zweifel.

Ich mag mein Leben in Berlin, mag mich in Berlin.

»Ich bin schon zu Hause.« Ich glaube nicht, was ich da sage, aber es stimmt. Ich liebe das Leben in der Großstadt und möchte nicht zurück nach Fehmarn.

Thies lässt meine Hand los. »Oh. Das ...« Unsicher sieht er zu Neele und Gerrit, die uns mittlerweile ungeniert anstarren. »Das wusste ich nicht. Ich dachte, du … bist auch in mich verliebt. Tut … tut mir leid.«

»Das muss es nicht. Ich freue mich, dich zu sehen.«

»Ja … Freude. Verstehe.« Mein ehemaliger Nachbar lächelt schief und winkt mir zu. »Gut, ich … geh dann besser.«

Wenn meine Mutter mich jetzt sehen würde, würde sie die Fehmarnsundbrücke hochklappen, damit ich sie nie wieder besuchen kann. Aber hierbei geht es nicht um meine Mutter. Was schert es mich, was meine Familie oder irgendwer anderes über mein Leben denkt.

Mein Leben geht bloß mich etwas an.

Thies hat meine Freunde gleich erreicht, dann ist er fort. Verschwunden. Vermutlich werde ich ihn niemals wiedersehen.

Bei dem Gedanken fängt mein Herz an zu brennen, und ein dicker Knoten bildet sich in meiner Kehle. Wie ich ihm so hinterhersehe, wie er in dem kuscheligen Seemannspullover und der schlichten Jeans davongeht, in der sein Hintern zum Anbeißen gut aussieht, überkommt es mich.

Was mache ich hier? Was zum Teufel mache ich hier?

In den Händen halte ich den wunderschönsten Blumenstrauß, den mir je ein Mann geschenkt hat. Rosenblüten aus Buchseiten. Ein wenig sieht er aus, als hätte Thies den Strauß selbst gebastelt. Einzig für mich. Weil er in mich verliebt ist.

Er ist in mich verliebt. Thies ist in mich verliebt.

Und ich in ihn!

Oh. Mein. Gott.

Als ich aufschaue, steht er bei meinen Freunden. Neele wirft mir einen bitterbösen Blick zu. Was sie gerade von mir denkt, weiß ich. Aber es geht nicht um sie. Es geht allein um Thies und mich.

»Thies? Thies, warte!«

Er dreht sich zu mir um, seine traurige Miene bricht mir das Herz.

»Bald habe ich Mittagspause.« Ein paar Schritte gehe ich ihm entgegen, bleibe jedoch neben dem Tisch mit den Werken von Stephen King stehen. Sollte er *Nein* sagen, möchte ich nicht zu nah bei ihm stehen. »Am U-Bahnhof *Frankfurter Tor* gibt es einen *Books & Bagels.* Würdest du …« Mein Herz flattert, als wäre ich ein Teenager. »Würdest du mit mir einen Kaffee trinken gehen?«

»Einen Kaffee mit dir zwischen Büchern?« Thies strahlt mich an und nimmt mich in die Arme. »Jederzeit.«

Danksagung

Verliebt auf Fehmarn spricht mir aus der Seele. Natürlich sind alle Personen dieses Romans erfunden und doch steckt in jeder Figur ein kleiner Teil von mir. Ich bin unendlich dankbar, dass Piper Digital mir ermöglicht hat, diese Geschichte auf meine Weise zu erzählen. Vielen Dank an dieser Stelle an das gesamte Team.

Auch möchte ich Diana Napolitano für Lektorat und Korrektorat danken. Das Arbeiten mit ihr hat mir sehr viel Vergnügen bereitet.

Im Herbst 2018 bin ich auf Fehmarn angekommen. Die Sonneninsel hat mein Leben verändert. Und ohne Björn wäre diese Geschichte niemals entstanden. Danke für alles.